Das vermisste Mädchen

Bettina Lausen, Jahrgang 1985 und überzeugte Sauerländerin, lebt seit ihrer Kindheit in Menden. Sie arbeitet hauptberuflich als Bankkauffrau. Neben dem Schreiben studiert sie an der Fernuniversität Hagen Kulturwissenschaften mit Schwerpunkt Literatur. Sie hat bereits mehrere Kurzgeschichten in Anthologien veröffentlicht.
www.bettinalausen.de

Dieses Buch ist ein Roman. Handlungen und Personen sind frei erfunden. Ähnlichkeiten mit lebenden oder toten Personen sind nicht gewollt und rein zufällig.

BETTINA LAUSEN

Das vermisste Mädchen

EIN KRIMI AUS DEM SAUERLAND

emons:

Bibliografische Information der Deutschen Nationalbliothek
Die Deutsche Nationalbibliothek verzeichnet diese Publikation in der Deutschen Nationalbibliografie; detaillierte bibliografische Daten sind im Internet über http://dnb.d-nb.de abrufbar.

MIX
Papier aus verantwortungsvollen Quellen
FSC® C083411
FSC
www.fsc.org

Umschlagmotiv: photocase.com/designritter
Umschlaggestaltung: Tobias Doetsch
Gestaltung Innenteil: César Satz & Grafik GmbH, Köln
Druck und Bindung: CPI – Clausen & Bosse, Leck
Printed in Germany 2014
ISBN 978-3-95451-278-2
Ein Krimi aus dem Sauerland
Originalausgabe

Prolog

Das Bild für ihre Mutter landet in der Pfütze. Sie wird in ein Auto gezerrt. Schnell. Viel zu schnell. Sie hat das Auto gar nicht kommen hören. *Hilfe!* Sie will schreien, doch ihr Mund wird zugehalten. *Was soll das?* Sie zappelt und strampelt. Versucht sich zu drehen. Ihre Augen werden verbunden. *Hilfe.* »Hilfe!« Sie kann wieder schreien. Lauter. Kräftiger. Plötzlich kriegt sie keine Luft mehr. Muss würgen. Sie hat etwas im Mund. Es schmeckt ekelhaft, muffig. Ein Tuch. Ihr Herz pocht. Sie spürt die Schläge in ihrem Kopf hämmern. Sie will atmen, kann nicht. *Was passiert mit mir?* Sie versucht, um sich zu schlagen, doch ihre Hände werden festgehalten. Auf ihrem Rücken zusammengebunden. Viel zu eng! Das Band schneidet in ihre Haut. Sie versucht zu schreien. Kaum mehr als ein Brummen ist zu hören. Keine Chance. Sie bleibt ruhig liegen. Konzentriert sich auf die Atmung. Durch die Nase. Luft! *Mama, bitte hilf mir!*

1

Montag, 15.04.

Ich ging zu Fuß zur Detektei, wie ich es mir vorgenommen hatte. Die Fachwerkhäuser und die gepflasterte Straße strahlten altertümliches Flair aus. Links von mir lag die Kirche, davor plätscherte ein kleiner Springbrunnen. Ich bog rechts ab und blieb kurz vor dem alten Gebäude stehen, in dem sich das Museum von Menden befand. Das Gebäude war siebzehnhundertdreißig erbaut worden und stand unter Denkmalschutz, wie ich auf einer kleinen Infotafel las. Es war hier alles ganz anders als in Düsseldorf, wo ich in einem großen Bürokomplex gearbeitet hatte. Obwohl ich einem Umzug erst skeptisch gegenübergestanden hatte, gefiel mir die Atmosphäre dieser Kleinstadt immer besser. Ich bog in den kleinen Durchgang ein, in dem die Haustür zu meiner Detektei lag. Vor der Tür parkte ein Polizeiauto. Was war denn hier los? Ich schloss auf und trat ein. Im Flur versperrten mir zwei Polizistinnen, ein Mann um die vierzig und ein farbiges Paar den Weg. Stimmengewirr. Ich kam nicht umhin zuzuhören. Eine Afrikanerin schrie, die Polizistinnen sollten ihre Tochter finden. »Tshala, Tshala«, rief sie immer wieder. War Tshala nicht das Mädchen, das mir letzte Woche ein Bild geschenkt hatte? Auch der Vater redete auf die Beamten ein, erst auf Deutsch, dann in einer Sprache, die ich nicht verstand.

»Darf ich mal vorbei?«, fragte ich.

»Was wollen Sie hier?«, fragte mich der Mann. Jeans und Trenchcoat unterschieden ihn von den Beamtinnen. Obwohl er mich ernst ansah, hatte er eine sympathische Ausstrahlung. Er trug eine modische Brille, und seine grau melierten Haare gingen in dünne Koteletten über.

»Ich habe Räume in diesem Haus gemietet.«

Er sah die Polizistinnen ungläubig an.

Die dunkelhaarige Ordnungshüterin gab ihm Auskunft: »Wir haben alle Wohnungen überprüft. Eine ist seit diesem Monat neu vermietet an eine Frau namens Helena Briest.« Wie sie meinen

Namen ausspuckte, gefiel mir nicht. »Auf dem Namensschild unten steht ›Detektei‹.«

»Auch das noch«, sagte er.

»Und wer sind Sie?«, fragte ich.

»Volker Nienstedt. Kripo.«

Ich nickte, drängte mich an ihnen vorbei und lief die Treppen hinauf. In meiner Detektei ließ ich meine Tasche auf den Boden fallen und setzte mich in meinen Sessel. Ein Mädchen war verschwunden, ausgerechnet in diesem Haus. Ich stützte meinen Kopf mit meinen Händen ab und rieb mir über die Stirn. Mir wurde heiß und ich lehnte mich zurück. Ich sah aus dem Fenster. Auf dem gegenüberliegenden Dach gingen zwei Tauben spazieren. Es klopfte an der Tür. Langsam erhob ich mich und öffnete sie. Vor mir stand der Farbige, der im Flur auf die Polizisten eingeredet hatte. Er hatte ein kantiges Gesicht, eine breite Nase und einen Schnurrbart. Sein Kopf war kahl geschoren. Er streckte mir die Hand entgegen.

»Upenyu Kiwanika.«

Wie sollte ich mir das denn merken?

»Helena Briest.« Ich erwiderte seinen Händedruck.

»Sie sind Detektivin. Sie helfen uns«, sagte er bestimmend.

Ich schüttelte den Kopf, doch er dirigierte mich schon die Treppen hinunter. Überrascht von seiner Zielstrebigkeit, die keine Widerworte zuließ, folgte ich ihm.

In der Wohnung ockerfarbene Wände, aufgeräumte Schränke, ein ovaler Esstisch aus Holz und eine Sofagarnitur mit bunten Decken. Dort saß die Mutter und hielt die Hände eines Mädchens im Teenageralter und eines kleinen Jungen fest in ihrem Schoß. Verzweifelte Blicke. Die Tochter schaute permanent auf den Orientteppich, der die Hälfte des Fußbodens bedeckte. Auf einem herangezogenen Esszimmerstuhl saß ein schätzungsweise Zwanzigjähriger. Er trug ein enges Hemd und beobachtete mich mit wachen Augen. Der Vater lehnte sich an die Wand und bat mich, Platz zu nehmen. Ich ließ mich widerwillig auf dem freien Sessel nieder. Obwohl der Raum mit Menschen gefüllt war, spürte ich das alles überlagernde Fehlen der zweiten Tochter. Es war ungewöhnlich warm, trotzdem bekam ich eine Gänsehaut.

Entschuldige dich und geh, dachte ich, doch mein Mund und meine Beine gehorchten mir nicht. Ich blieb. Upenyu Kiwanika, ich musste ihn noch mal nach seinem Namen fragen, berichtete mir von Tshalas Verschwinden und von den bisherigen Unternehmungen der Polizei.

»Sie haben die Umgebung durchsucht. Mit Suchhunden und Hubschraubern. Hunderte haben gesucht«, begann er, ging dabei auf und ab und fasste sich an den Kopf. »Die Polizei hat Freunde und Nachbarn überprüft – nichts. Tshala ist nicht aufgetaucht. Und das Schlimmste …« Er stoppte und sah mich fassungslos an, seine Augen geweitet, die Stirn in Falten gezogen. »Da gibt es einen Mord.«

Bei dem Wort »Mord« zuckte ich zusammen.

»Ein Mädchen ist ermordet worden. Letzte Woche. Hier ganz in der Nähe. Celina hieß sie.«

Davon hatte ich gehört. Lars hatte mir die Zeitung beim Frühstück hingeschoben. Nur flüchtig hatte ich über den Artikel gelesen.

»Acht Jahre war Celina. Ein Jahr älter als unsere Tshala. Stellen Sie sich vor.« Upenyu stand jetzt direkt vor mir und sah mich aus weit aufgerissenen Augen an. »Die Polizei vermutet eine Verbindung zwischen dem Mord an diesem Mädchen und dem Verschwinden von Tshala.«

Ich atmete tief durch, spürte seine Verzweiflung. Am liebsten hätte ich ihn in den Arm genommen und ihm gesagt, dass alles gut werden würde und wir seine Tochter finden würden. Doch ich saß steif auf dem Sessel, meine Glieder waren angespannt.

»Innerhalb einer Woche verschwindet ein zweites Mädchen«, fuhr er fort. »In der Nähe. Zwanzig Kilometer sind nicht viel.«

Ich nickte langsam.

»Aber ich sehe keinen Zusammenhang. Es gibt keine Beweise dafür.«

Upenyu ging wieder auf und ab und beteuerte mehrmals, dass Tshala nicht in die Hände dieses Mörders gefallen sein konnte. War das nur die Verzweiflung eines liebenden Vaters oder eine realistische Einschätzung?

»Und was soll ich tun?«, fragte ich.

»Vier Tage«, fuhr der Vater fort. »Vier Tage sind vergangen. Tshala ist immer noch fort. Die Polizei sucht nicht richtig. Sie hilft nie. Uns nicht. Wir sind Ausländer.«

Hatte er mir nicht gerade das Gegenteil geschildert?

»Der Kripobeamte gibt sich keine Mühe. Er sieht Tshala nicht. Er nimmt sie nicht wahr. Er kennt sie nicht. So wird er sie nie finden.«

Ich kenne sie auch nicht, dachte ich, aber nickte nur. Ich blickte zur Tür. Wie kam ich hier wieder raus?

Upenyu stand vor mir, zwang mich, ihn anzusehen. Ich atmete tief durch. Vier Tage waren schon vergangen. Wenn die Polizei eine Großfahndung gestartet und schon intensiv gesucht hatte, konnte sie nicht einfach nur weggelaufen sein.

Herr Kiwanika drückte mir ein Foto in die Hand. Ich hatte Tshala letzte Woche kennengelernt, als ich meine Detektei in diesem Haus bezogen hatte. Sie hatte im Treppenhaus gestanden und mich angelächelt. Hatte mir ein selbst gemaltes Bild gegeben und gesagt, es sei für mich. Es zeigte ein Geschenk mit einer bunten Schleife. Ich konnte mich noch genau an das süße Gesicht, die Rastazöpfe und die strahlenden Augen erinnern. Genauso sah sie mich von dem Foto an. Nun würden diese Augen nicht mehr strahlen. Nun war sie ihm ausgeliefert. Wehrlos. Bibberte. Schrie und weinte. Sehnte sich nach ihren Eltern. Mein Magen verkrampfte sich. Ich beugte mich nach vorn, versuchte den Schmerz zu ignorieren.

»Was haben Sie gerade gesagt?«, fragte ich Herrn Kiwanika.

»Es war nicht der Mörder. Tshala lebt.«

Herr Kiwanika stützte den Arm auf seinem Knie ab. Er schaute mich mit seinen schwarzen Augen durchdringend an und wartete. Ich sah wieder auf das Bild. Auf die Kleine. Ich schauderte, als ich mir ihre Situation vorstellte. Glaubte, ihre Angst zu spüren. Wieder ein Krampf im Magen. Oh, Tshala!

»Die Polizei hört nicht auf uns.«

Und war ich die richtige Person, um zu helfen? Konnte ich wirklich etwas tun?

»Wieso ich?«

»Sie sind Detektivin. Sie kennen die Tricks. Wissen, wie man sucht.«

Ich wollte ihm sagen, dass heute mein erster Tag war, doch als ich in seine Augen blickte, stockte ich. Ich erkannte seine Verzweiflung. Die Furcht. Die Angst, seine Tochter zu verlieren, vielleicht schon verloren zu haben. Es lag etwas in seinem Gesichtsausdruck, das ich bei einem anderen Menschen schon einmal gesehen hatte: Todesangst. Wenn er die Nachricht vom Tod seines Kindes erhielte, würde auch ein Stück von ihm sterben. Ich blickte in die Runde und sah in jedes einzelne Gesicht. Gesenkte Schultern, hängende Köpfe, verquollene Augen.

»Nun gut«, sagte ich und nickte.

Herr Kiwanika zwang sich zu einem Lächeln. »Danke.«

Ich schaute auf das Foto. Tshala, lebst du noch?

»Es gibt da noch etwas. Ich hoffe, Sie helfen uns trotzdem«, sagte Herr Kiwanika.

»Was meinen Sie?«, fragte ich.

»Unser Geld ist knapp. Können nicht viel zahlen. Ich arbeite bei einer Umzugsfirma. Ich verdiene nicht viel. Genug für die Familie. Mehr nicht.«

»Ich nehme fünfunddreißig Euro die Stunde. Plus Spesen.« Ich hatte im Internet recherchiert, wie viel die Konkurrenz nahm, und hatte meinen Stundensatz niedrig angesetzt, um an Aufträge zu gelangen. Trotzdem wollte ich nicht umsonst arbeiten.

»Das können wir nicht bezahlen«, sagte er.

So hatte ich mir meinen ersten Fall nicht vorgestellt.

»Was können Sie mir geben?«, fragte ich.

Er ging in den Flur, holte sein Portemonnaie aus seiner Jacke und gab mir einen Fünfziger. »Das muss erst mal reichen.«

»Das wird noch nicht mal meine Spesen decken«, protestierte ich.

Herr Kiwanika hatte seine Geldbörse wieder weggesteckt. Ich sah auf das Foto von Tshala. Eins war sicher: Sie brauchte Hilfe.

»Also gut«, sagte ich und steckte das Foto in meine Jackentasche. Ich nahm mir vor, das Thema später erneut anzusprechen. Jetzt musste ich mir überlegen, wie ich am besten vorgehen sollte. Als Erstes brauchte ich Informationen von der Familie.

»Sie sagten, Sie glauben nicht an eine Verbindung zwischen Celina und Tshala. Warum?«

»Ist ein Gefühl.«

»Und woran machen Sie dieses Gefühl fest?«

Herr Kiwanika zuckte mit den Schultern. »Keine Ahnung.«

»Denken Sie nach. Wo liegt der Unterschied zwischen den beiden Mädchen?«

Er starrte einen Moment an die gegenüberliegende Wand. »Die Polizei hat das andere Mädchen schnell gefunden. Tshala nicht. Trotz der großen Suche.«

Das war durchaus ein erster Anhaltspunkt. Ich brauchte einen Notizblock, entschuldigte mich und holte einen aus meiner Detektei. Als ich zurückkam, telefonierte Upenyu Kiwanika lautstark in der Küche. Ich setzte mich zu der Mutter auf die Couch. Goldene Ohrringe und ein rot-gelbes Kopftuch schmückten ihr ebenmäßiges Gesicht. Sie war schlank, besaß volle Lippen und eine positive Ausstrahlung, obwohl sie zutiefst besorgt sein musste.

»Wo sind die Kinder?«, fragte ich.

»Sind in ihren Zimmern.«

»Wie heißen die beiden?«

»Bashira und Jomo.«

»Bashira ist das Mädchen und Jomo der Junge, nehme ich an.«

Die Mutter nickte.

»Und Ihr ältester Sohn?«

»Mugambi. Er ist nach Hause gefahren. Wohnt in Dortmund.«

»Warum Dortmund?«

»Er studiert.«

Ich machte mir eine Notiz.

»Hilft Ihnen der Familienbetreuer von der Polizei ein wenig, mit der Situation fertigzuwerden?«, fragte ich weiter.

»Wir haben keinen.«

»Sie bekommen keine psychologische Unterstützung? Das verstehe ich nicht.«

Sie sah kurz zur Tür. Herr Kiwanika telefonierte immer noch in der Küche.

»Mein Mann hat Nein gesagt.«

»Warum? Es ist so wichtig für Sie und Ihre Kinder. Ein Ansprechpartner vor Ort kann viel Unterstützung geben.«

»Er will keine Polizei im Haus.«

Ich schüttelte verständnislos den Kopf, wollte aber zum Wesentlichen übergehen.

»Wie heißen Sie?«

»Feza Kiwanika.«

Ich notierte mir den Namen, da ich mir nicht sicher war, ob ich ihn behalten konnte.

»Und wo kommen Sie her?«, fragte ich weiter.

»Mein Mann kommt aus Kenia, ich aus Kongo, früher Zaire.«

»Sie kommen aus verschiedenen Ländern?«

Sie nickte. »Wir haben uns in Deutschland kennengelernt.«

Ich machte mir wieder eine Notiz. Ich wusste nur sehr wenig über Afrika, geschweige denn über die Unterschiede der einzelnen Länder dort.

»Zurück zu Tshala. Wie alt ist sie?«

»Sieben.«

Ich erinnerte mich, dass Upenyu schon vorhin im Gespräch das Alter erwähnt hatte.

»Frau Kiwanika, bitte erzählen Sie mir noch mal genau, was passiert ist.«

Sie faltete die Hände im Schoß.

»Tshala hatte Schule bis elf halb … halb zwölf. Sie geht mit zur Freundin … danach kommt nach Hause. Meist ist sie ein bisschen vor zwölf hier.«

Feza sprach mit einem leichten französischen Akzent, und manchmal suchte sie nach den richtigen Ausdrücken.

»Wo wohnt Tshalas Freundin?«

»Lahrweg 19 b.«

Ich musste heute Morgen daran vorbeigegangen sein. Der Lahrweg war die Straße, die mich von zu Hause den Berg hinunter Richtung Stadt führte.

»Und wie heißt sie?«

»Marie.«

»Und der Nachname?«

»Stemmer.«

»Wieso kommt Tshala nicht direkt nach Hause?«, hakte ich nach.

»Sie mag gehen durch Friedhof, die Blumen, die Farben.«

»Und diesmal kam Tshala nicht nach Hause.«

Feza schüttelte den Kopf und berichtete, dass sie sich erst nichts dabei gedacht hatte. Vielleicht sei sie bei der Freundin geblieben. Manchmal dauere es einfach etwas. An genaue Uhrzeiten habe sich Feza in Deutschland nie richtig gewöhnen können. Als jedoch ihr Mann um fünfzehn Uhr nach Hause gekommen war, sei sie besorgt gewesen. Sie habe die Freundin und die Schule angerufen. Ohne Erfolg. Dann habe Upenyu die Polizei informiert.

»Was hat Marie erzählt?«

»Tshala kam mit zu ihr. Nichts ungewöhnlich. Alles wie immer.«

»Hat Maries Mutter etwas gesehen?«

»Nein.«

»Was hat die Polizei unternommen?«, fragte ich weiter.

»Die Polizei hat gefragt Nachbarn von Schule. Sie haben das Zimmer durchsucht, Fotos mitgenommen, wollten wissen, was sie für Kleidung trägt. Große Suche, viele Polizisten sind gekommen. Ein Hubschrauber flog über Stadt, Hunde liefen durch den Wald.«

Ich hatte den Trubel nicht mitbekommen, da ich mit Lars übers Wochenende in den Niederlanden gewesen war. Wir hatten lange Spaziergänge an der Nordsee gemacht und uns anschließend in den Strandcafés mit Tee und Cappuccino aufgewärmt.

»Was hat die Polizei herausgefunden?«, fragte ich.

Feza senkte ihren Blick. »Nichts. Viele Fragen, keine Ergebnisse. Polizist Herr Nien…stedt glaubt Verbindung mit anderem Mädchen … es …« Sie stockte.

»Das ermordet wurde. Ja«, ergänzte ich. Ich hoffte, dass der Kripobeamte sich irrte.

»Gibt es Indizien dafür, dass es derselbe Täter war?«, fragte ich.

»Tshala und Mädchen kamen nach Schule nicht nach Hause. Bei dem anderen Mädchen wurde Stofftier auf dem Heimweg gefunden. Bei Tshala …«, sie schluckte, »… ein Bild.«

»Wurde noch etwas gefunden?«

Kopfschütteln. Eine Strähne löste sich aus ihrem Kopftuch, die sie aufzwirbelte und zurück unter das Tuch schob.

»Und die Anwohner? Hat keiner was gesehen?«

»Polizei hat alle gefragt. Nichts.«

Wohin bist du gegangen, Tshala? Wo bist du deinem Entführer begegnet? Ich musste mir die Örtlichkeiten genau ansehen.

»Wo ist die Schule?«, fragte ich.

»Ist nicht weit. Die Kirche in der Stadt. Sankt Vincenz. Da vorne.« Sie zeigte mit dem Finger auf die Wand gegenüber dem Fernseher. »An Kirche vorbei, links, ein paar Meter, dann über die Kreuzung. Da ist die Josefschule.«

Die Schule musste auf meinem Weg von zu Hause Richtung Stadt liegen. Und der Friedhof – war ich nicht heute Morgen am Eingang vorbeigelaufen? Ich hatte nicht darauf geachtet.

»Wo wurde das Bild gefunden?«, fragte ich.

Es sei dort gewesen, wo der Lahrweg auf den Schwitter Weg traf, nicht weit von der Schule entfernt.

»Haben Schüler was gesehen?«

»Keiner.«

»Ihr Mann glaubt nicht an eine Verbindung zwischen den Entführungen der beiden Mädchen. Haben Sie eine Ahnung, wer für die Entführung Ihrer Tochter in Frage kommt?«

Feza schaute zur Tür, suchte Hilfe, wahrscheinlich von ihrem Mann, doch seine aufgeregte Stimme drang immer noch aus dem Nebenzimmer zu uns. Hatte sie Angst, etwas Falsches zu sagen?

»Papa!«, rief sie laut. Einen kurzen Moment später verstummte er und kam ins Wohnzimmer. Seine Augen wirkten müde, trotzdem strahlte er eine enorme Autorität aus. Er setzte sich zu uns mit geradem Rücken, breiten Schultern, die Hände auf den angewinkelten Knien, als wolle er jeden Augenblick aufspringen.

»Ich hatte Ihre Frau gefragt, was Sie glauben, wer für das Verschwinden Ihrer Tochter verantwortlich sein könnte.«

»Wir wissen es nicht«, sagte er bestimmt. »Finden Sie es heraus.«

***

Ein gleichmäßiges Motorengeräusch. Vor ihr räuspert sich jemand. Dunkel, tief. Es ist ein Mann. Sie schluchzt, röchelt, bekommt kaum Luft. Muss würgen von dem unausstehlichen Geschmack. Sie versucht das Tuch auszuspucken, schafft es nicht. Tränen quellen aus ihren Augen, befeuchten das Band. Sie dreht und windet sich. Nichts geschieht. Ihre Handgelenke brennen wie Feuer. Sie tritt um sich. Ihre Kräfte verlassen sie. Sie hofft, dass die Fahrt bald zu Ende ist, und hat gleichzeitig Angst davor. Denn dann wird er wieder zu ihr kommen. Der, der sie gefesselt und geknebelt hat. Der Wagen stoppt. Ihr Herz rast. *Nein! Bitte nicht.* Schweiß bildet sich auf ihrer Stirn. Ihr wird heiß und kalt. Er gibt wieder Gas. Es geht weiter. Ihre Glieder entspannen sich. *Wohin fahren wir? Papa, bitte hilf mir!*

2

Ein gelbes Haus mit einer Terrasse davor, die von einem Blumenbeet umgeben war. Ein Sonnenschirm lehnte an der Hauswand. Links führte eine steile Auffahrt zur Garage. Hier wohnte Marie Stemmer. Hier war Tshala am Freitag definitiv gewesen. Hatte sie auch hier gestanden und sich das Haus angeschaut? Wahrscheinlich nicht. Bestimmt hatte sie mit ihrer Freundin geredet, rumgealbert, vielleicht mit ihr über Bilder gesprochen, die sie in der Schule gemalt hatten. Dann hatten sie sich verabschiedet. Auf der gegenüberliegenden Straßenseite lag der Eingang zum katholischen Friedhof. Ich ging durch das Tor. Ruhe, Blätterrauschen, Vogelgezwitscher. Die vielen Namen. Die vielen Leben. Was hatte Tshala hierhergezogen? Nur die bunten Farben und Blumen? Die Stille und Ruhe? Das Für-sich-Sein? Oder war es nur der kürzeste Weg zurück? Ich ging den Hauptweg hinunter. Mir waren Friedhöfe immer unheimlich. Die vielen Toten, die traurigen Geschichten. Wo bist du entlanggelaufen, Tshala? Welche Gräber hast du dir angeschaut? Eine weißhaarige Frau mit einer Gartenschaufel kam mir entgegen, das Gesicht starr und unnahbar. Sie schaute zu Boden, wich meinem Blick konsequent aus. Dies war kein fröhlicher Ort. Passte dieser Ort zu Tshala? Ich musste noch mehr über das Mädchen erfahren, musste verstehen, begreifen und tief in sie eintauchen. Ich schlenderte die Querverbindungen entlang. Wo war sie hergelaufen? Hatte der Entführer ihr hier aufgelauert? Ich sah auf den Boden in der Hoffnung, Hinweise zu finden. Was machte ich mir nur für Illusionen? Alles, was verdächtig ausgesehen hatte, musste die Spurensicherung schon eingesammelt haben. Trotzdem musste ich mich selbst überzeugen. Je weiter ich ging, desto lauter wurden die Geräusche von der Straße. Am Ende des Friedhofes stand eine nahezu lebensgroße Mutter Maria. Die Hände gefaltet, betend mit einem traurigen, fast verzweifelten Gesichtsausdruck. Blumen und Friedhofskerzen zu ihren Füßen. Drei Bänke komplettierten die Gebetsstätte auf dem kleinen runden Platz. Ich blickte mich um. Hinter den Büschen und Hecken hätte sich der Entführer lange vor Tshala verstecken, sie beobachten können. War es hier passiert? Ich verließ den Friedhof und befand mich an der Straßenecke, wo der Lahrweg auf den Schwitter Weg traf. Hier musste das von Tshala gemalte Bild gefunden worden sein. Hatte sie es schon vor der Entführung verloren, oder war es bei dem Übergriff passiert? Gegenüber standen Wohnhäuser. Hatte jemand etwas gesehen? Was war mit den Autos, die vorbeifuhren? Ich konnte mir nicht vorstellen, dass eine gewaltsame Entführung an dieser Straßenecke ungesehen blieb. Ich befand mich an keiner Hauptstraße, aber es fuhren erstaunlich viele Autos vorbei. Ich ging ein paar Schritte weiter Richtung Stadt und stand nach einer Kurve direkt vor der Schule. Ein rotes Klinkergebäude, mit Efeu bewachsen. An der Seitenmauer eine lachende Sonne, die ein Buch in den Händen hielt, darunter der Name: Josefschule Menden. Von hier aus waren es kaum fünf Minuten zu Fuß, bis Tshala zu Hause war. Ein kleines Zeitfenster für eine Entführung. War Tshala gezielt ausgewählt worden oder ein Zufallsopfer?

Ich ging zurück zu dem Haus, in dem Marie wohnen sollte. Ich klingelte, aber niemand öffnete. Ich stellte mich auf die Zehenspitzen, um durch ein Fenster zu schauen, doch ich konnte nichts erkennen. Erneut klingelte ich, es tat sich immer noch nichts. Ich musste später noch mal zurückkommen.

Zurück in der Detektei suchte ich im Internet nach der Durchwahl von Herrn Nienstedt. Vergebens. Es gab nur die Nummer der Zentrale. Ich landete bei einer Beamtin, die sich weigerte, mich weiterzuverbinden, und mir nur einen Rückruf in den nächsten Tagen versprach. Um eigene Ermittlungen anstellen zu können, musste ich aus sicherer Quelle den Stand der Ermittlungen erfahren. Das konnte nicht warten. Also lockte ich sie.

»Ich habe wichtige Informationen im Fall Tshala Kiwanika, die Herrn Nienstedt interessieren könnten.«

Sie fragte mich nach Details, doch ich beharrte darauf, mit Herrn Nienstedt persönlich zu sprechen. Sie versprach mir, dass sich der zuständige Kollege im Laufe der nächsten Stunden bei mir melden würde, aber durchstellen könne sie mich nicht.

Wie sollte ich weiter vorgehen? Ich konnte nicht untätig in der Detektei rumsitzen und auf Informationen warten. Vier Tage war Tshala verschwunden. Dabei waren die ersten Stunden nach einer Entführung die wichtigsten. In denen war die Chance am größten, ein vermisstes Mädchen zu finden. Jetzt konnte Tshala schon tot sein. Ich durfte nicht daran denken. Mein Handy vibrierte. Bevor die Musik ertönte, nahm ich ab.

»Was haben Sie?«, fragte mich Herr Nienstedt, ohne mich zu begrüßen. Seine Stimme klang eiskalt und passte nicht zu dem sympathischen Eindruck, den ich heute Morgen von ihm gewonnen hatte. Als ich seine Stimme hörte, war ich mir nicht mehr sicher, ob der Anruf eine gute Idee gewesen war. Ich hatte nichts in der Hand.

»Die Anwohner müssen etwas gesehen haben. Was haben Sie von denen erfahren?«, fragte ich.

»Meine Kollegin hat mir gesagt, Sie haben Informationen für mich. Nicht, dass ich Ihnen welche geben soll. Also, was wollen Sie mir mitteilen?«, fragte er fordernd, fast genervt. Wahrscheinlich hatte er seit mehreren Tagen nicht richtig geschlafen.

»Ich wollte Ihnen sagen, dass die Familie Kiwanika mich gebeten hat, bei der Suche zu helfen. Also wollte ich wissen, in welche Richtung Sie ermitteln, damit wir uns nicht in die Quere kommen.«

Nachdem ich den Satz ausgesprochen hatte, wusste ich, dass diese Worte nicht das bewirken würden, was ich mir erhofft hatte.

»Sie kommen mir schon jetzt in die Quere. Hören Sie! Kindesentführung ist keine Bagatelle. Das ist Aufgabe der Kriminalpolizei und nicht die einer Hobbydetektivin. Egal, was die Familie Ihnen bietet, halten Sie sich aus der Sache raus! Sonst droht Ihnen eine Anzeige wegen Behinderung polizeilicher Ermittlungen. Haben Sie das verstanden?«

»Können Sie mir nicht wenigstens den Stand der Dinge …«

»Frau Briest. Den Stand der Ermittlungen erfahren Sie aus den Medien.«

Ein Klicken ertönte in der Leitung. Auf eine Zusammenarbeit mit ihm brauchte ich nicht zu hoffen. Ich las im Internet die Nachrichtenmeldungen. Es waren immer die gleichen spärlichen

Informationen: vermisstes afrikanisches Mädchen, das nach der Schule nicht nach Hause gekommen war. Die Letzte, die sie gesehen hatte, war die beste Freundin. Das selbst gemalte Bild. Die Frage nach der Verbindung mit dem Mord an Celina. Letzten Montag war die Achtjährige in Garbeck, einem Ortsteil von Balve, entführt und ermordet worden. Am Dienstag hatte eine Wanderin ihre Leiche in einem Bachlauf gefunden. Die Bevölkerung wurde um Hinweise gebeten. Ein Phantombild aufgrund einer Zeugenaussage hatte die Polizei veröffentlicht: ein schmaler Kopf, Seitenscheitel, Kinnbart und Brille. Der Gesichtsausdruck erschien freundlich. Wenn dieser Mensch wirklich so aussah wie auf dem Bild, könnte ich ihn mir nicht als Kriminellen vorstellen. Ich druckte das Bild aus und steckte es in meine Tasche. Gab es eine Verbindung zwischen den beiden Verbrechen? Da ich von Herrn Nienstedt keine Informationen zu erwarten hatte, musste ich sie mir selbst beschaffen. Ich wollte mir das Heimatdorf des ermordeten Mädchens ansehen, mit Anwohnern sprechen, vielleicht mit den Lehrern und Verwandten. Es war mittlerweile siebzehn Uhr. Heute war es dafür schon zu spät.

★★★

Die Schmerzen haben nachgelassen. Sie spürt ihre Hände nicht mehr. Ihre Beine sind verkrampft und steif. *Wer tut mir das an? Was hat er mit mir vor?* Diese Dunkelheit. Sie muss endlich etwas sehen. Sie reibt ihren Kopf an dem Sitz und versucht, das Band vor ihren Augen hochzuschieben. Ein Stückchen. Ja. Noch ein Stückchen. Sie blinzelt. Noch kann sie nichts sehen. Weiter! Weiter! Durch den Tränenschleier erkennt sie ihre Beine. Sie versucht es weiter, bis das Auto mit einem Ruck zum Stehen kommt. Handbremse. Er steigt aus. Oh nein! Ein Knall. Die Vordertür. Ihr Herz beginnt zu rasen. Sie will schreien, nur schreien, doch das Tuch hindert sie daran. Sie würgt. Versucht es mit der Zunge aus dem Mund zu drücken. Der ölige Geschmack zieht in ihre Nase. Sie muss sich übergeben. Hilfe. Um Himmels willen nicht jetzt. Die Hintertür wird aufgemacht. *Wer bist du?*, will sie fragen. *Was willst du von mir? Bring mich zurück nach Hause.* Ihre

Gedanken bleiben lautlose Worte. Sie strampelt mit den Beinen, so weit es ihre Fußfesseln zulassen. Sie will nicht, dass er sie anfasst. Sie will ihn nicht sehen. Sie will nur in die Arme ihrer Mutter. Doch er packt sie an den Fußgelenken.

3

Upenyu reichte mir das Brot. Die Kruste war noch warm. Ich hatte bei den Kiwanikas geklingelt, als Feza den Tisch deckte. Sie ließen mich nicht mehr gehen, sondern holten ein Gedeck für mich. Sie waren gespannt darauf, was ich zu erzählen hatte. Der Eintopf aus Kohl, Paprika, Möhren und Mais schmeckte süßlich und scharf. Die Erdnüsse fand ich befremdlich, aber passend zum Gericht.

»Was haben Sie herausgefunden?«, fragte Upenyu. Er starrte mich aus seinen schmalen Augen konzentriert an. Sein kantiges Gesicht war von Sorgenfalten geprägt. Und doch lächelte er mich freundlich an.

»Noch nicht so viel«, gab ich zu.

Ich berichtete ihm von meinen Erkundungen auf dem Friedhof und dem Versuch, mit Herrn Nienstedt ins Gespräch zu kommen.

»Die Kripo verfolgt eine falsche Spur«, sagte er.

War es nur seine Verzweiflung, die ihn zu dieser Annahme brachte, oder steckte wirklich etwas dahinter?

»Die Polizei vermutet eine Verbindung, sucht intensiv nach dem Mörder von Celina. So zumindest die Nachrichten.«

Upenyu nickte. »Das stimmt. Aber Herr Nienstedt schaut nicht rechts, nicht links.«

»Ich habe vor, morgen nach Garbeck in das Heimatdorf von Celina zu fahren.«

Er ließ seinen Löffel auf den Teller fallen.

»Eine Sackgasse.«

»Ich muss mir einen Überblick verschaffen, um die Situation einschätzen zu können. Die Informationen bekomme ich von der Polizei nicht.«

»Fragen Sie uns.«

»Das reicht nicht. Ich muss mir selbst ein Bild machen.«

»Tun Sie, was ich sage.« Seine Augen funkelten. Die Muskeln zeichneten sich durch sein enges Oberhemd ab und spannten sich an.

»Ich will meinen Job gut erledigen, also arbeite ich so, wie ich es für richtig halte.«

»Ich bin der Auftraggeber.«

»Und deswegen bekomme ich von Ihnen die Spesen für die Fahrt dorthin. Ich nehme ...«

»Das ist unerhört«, sagte er laut und haute mit der Hand auf seinen Oberschenkel. Er stand auf und lief auf und ab, sprach schnell in einer afrikanischen Sprache. Er sah mich dabei an, als könnte ich ihn verstehen. Ich atmete tief durch.

»Beruhigen Sie sich wieder«, sagte ich.

Er blieb stehen und sah mich starr an. Seine Nasenflügel bewegten sich. Sicher, er musste verzweifelt sein, und ich wollte auch noch Geld von ihm, aber er hatte mich beauftragt. Upenyu ging in den Flur und kam kurze Zeit später mit dreißig Euro zurück.

»Gehen Sie sparsam damit um, mehr kann ich Ihnen diese Woche nicht geben.«

»Danke«, sagte ich und steckte das Geld in meine Hosentasche. Es würde zwar meine Ausgaben nur für kurze Zeit decken, doch ich gab mich vorerst damit zufrieden. Upenyu setzte sich und schob sich einen Löffel Eintopf in den Mund.

»Ich werde trotzdem nach Garbeck fahren«, sagte ich, um auf das Thema zurückzukommen.

»Ich habe doch gesagt ...«

Seine Frau fasste ihn am Arm und redete beschwichtigend auf ihn ein: »Papa, sie macht richtig. Sie sollte untersuchen alles.«

Nachdem sich die Situation wieder entspannt hatte, fragte ich nach Tshala. »Ich will sie näher kennenlernen. Möchte ihre Hobbys, Gewohnheiten und Eigenheiten erfahren. Ich muss alles über sie wissen.«

Nun lächelte Upenyu. »Sie ist ein braves Mädchen. Sehr gut in der Schule. Eine der Besten. Sie malt gerne. Viele Bilder hängen in der Küche und im Flur. Sie ist fröhlich. Sie spielt gerne mit ihrer Freundin Marie.«

»Und wieso brachte sie Marie nach Hause, anstatt direkt nach der Schule hierherzukommen?« Bei der Frage schaute ich Feza an, doch Upenyu antwortete: »Sie mag Marie.«

»Und wieso ging sie jeden Tag über den Friedhof zurück?« Ich blickte in die Runde. Feza schaute ihren Mann an, Bashira löffelte konzentriert ihren Eintopf, und Jomo spielte an seinen kurzen Dreadlocks herum.

»Sie mochte den Weg«, sagte Upenyu.

»Verband sie etwas mit dieser Umgebung? Ich war dort. Ruhe, Religion, Trauer. Überall sind Kreuze, an jeder Ecke begegnet man Jesus. Eine Gebetsstätte vor der Heiligen Maria. Welche Bedeutung hatte das für Tshala?«

Upenyu schüttelte energisch den Kopf. »Keine. Wir glauben an Allah.«

Verheimlichte er mir etwas, oder kannte er seine Tochter nicht richtig? Ich holte das ausgedruckte Phantombild aus meiner Handtasche und zeigte es ihnen.

»Kennen Sie diesen Mann?«

Upenyu nahm mir das Bild ab, betrachtete es und reichte es mir zurück.

»Nein. Das hat die Polizei schon gefragt.«

Ich steckte die Kopie wieder weg. Ich hätte es mir denken können.

Nach dem Essen nutzte ich die Chance, Bashira allein zu sprechen. Sie teilte sich das Zimmer mit Tshala. Zwei Betten. Über dem einen hingen Poster von Boybands und über dem anderen selbst gemalte Bilder. Der Schreibtisch war übersät mit Papier und Buntstiften. An der Stirnseite ein Schrank mit Büchern und einer Stereoanlage, daneben ein paar CDs. Ich ließ mich auf einem der bunten Bürostühle nieder.

»Vermisst du deine Schwester?«

Bashira nickte. Sie besaß die schmalen Augen und das kantige Gesicht ihres Vaters. Ihre bauschigen Haare bändigte sie mit einem Haarreifen. Mehrere Pickel sprossen auf ihrem Gesicht.

»Versteht ihr euch gut?«, fragte ich.

»Ja«, antwortete sie kaum hörbar.

»Was magst du besonders an ihr?«

Bashira setzte sich auf ihre Hände, ihre Arme nah am Körper, als ob sie sich so klein wie möglich machen wollte.

»Tshala ist immer so fröhlich. Sie lacht laut und viel. Sie bringt mich auch oft zum Lachen.«

»Und warum geht sie über den Friedhof?«

»Sie mag Blumen. Manchmal sitzt sie davor und zeichnet sie ab. Diese hier hat sie letzte Woche gemalt.«

Sie zeigte auf ein Bild, das an dem Schrank hing: eine violette Blume mit birnenförmigen Blütenblättern.

»Kommt sie öfter spät nach Hause?«

Bashira nickte. »Ein paarmal musste ich sie holen. Meist sitzt sie auf einer Bank und malt.«

»Und was sagen deine Eltern dazu?«

Sie zuckte mit den Schultern. »Mama ist es egal. Freiheit ist wichtig, sagt sie. Papa gefällt es nicht. Er will immer wissen, wo wir sind. Aber wenn er auf der Arbeit ist, merkt er es nicht.«

»Gibt es etwas, das dich an deiner Schwester stört?«

Sie schaute zu Boden, als wolle sie es nicht zugeben. »Ich mag nicht, dass sie überall ihre Stifte liegen lässt. Sie ist unordentlich. Außerdem macht sie viel Quatsch, ärgert mich und Jomo oft. Das ist anstrengend.«

Ich begann die herumliegenden Buntstifte auf dem Schreibtisch in die Plastikbecher zu stellen. Dann begutachtete ich die Bilder auf dem Tisch. Das oberste zeigte ein buntes Geschenk. Eine überdimensionale Schleife, deren Bänder sich auf dem Boden schlängelten. Ein Bild, wie Tshala es mir gegeben hatte.

»Warum ein Geschenk?«

»Sie hatte sich so auf ihre Geschenke gefreut. Jetzt Donnerstag ist ihr Tag. Wir wollten feiern.«

Ich nahm mir vor, Tshala bis zu ihrem Geburtstag zu finden.

Als ich vor unserer Haustür stand, atmete ich schnell und wischte mir den Schweiß von der Stirn. Der Lahrweg kam mir heute Abend noch steiler vor als sonst. Ich musste wieder mit dem Boxen anfangen. Während der Umzugsarbeiten hatte ich keine Zeit dafür gefunden. Ich fummelte den Haustürschlüssel aus meiner Handtasche, schloss auf und trat ein. Im Wohnzimmer lief der Fernseher. Der ZDF-Kultur-Sender, anscheinend mit einer Dokumentation über Literatur. Lars lag auf dem Sofa und schlief. Unter seine Füße hatte er die Tageszeitung gelegt. Ich weckte ihn mit einem Kuss. Er öffnete die Augen.

»Lief kein Krimi?«, fragte ich.

»Ohne dich machen Krimis nur halb so viel Spaß. Wie spät ist es?«

»Gleich elf.«

»Wo warst du so lange?«, fragte Lars.

»Gearbeitet. Stell dir vor, ich habe meinen ersten Auftrag.«

Er richtete sich auf, nahm die Zeitung, faltete sie ordentlich und legte sie auf den Tisch.

»Erzähl!«, sagte er und lächelte mich an.

Ich setzte mich zu ihm und strich ihm übers Haar. Als ich zögerte, forderte er mich erneut auf: »Was ist es für ein Fall? Ehebruch, Versicherungsbetrug, Verdacht auf Schwarzarbeit? Na, sag schon.«

Ich versuchte meine plötzliche Unsicherheit zu verbergen. Am liebsten hätte ich ihm die Art dieses Auftrages verschwiegen, aber das war natürlich nicht möglich.

»Eine Entführung.«

»Was?« Er sah mich erstaunt an. »Was für eine Entführung?«

»Das afrikanische Kind, das entführt wurde. Hast du bestimmt schon in der Zeitung gelesen.«

»Das kam vorhin in der ›Tagesschau‹. Glaubst du, dass das der richtige Auftrag für dich ist?« Seine Augenbrauen zuckten.

Ich nickte. »Ja. Genau der richtige.«

»Helena, das gefällt mir nicht ...« Er nahm meine Hand und streichelte sie.

»Schhhhh. Das will ich nicht hören.« Ich küsste ihn. Ablenkung. »Und wie war dein erster Arbeitstag bei der neuen Firma?«, fragte ich, nachdem ich mich von ihm gelöst hatte.

»Anstrengend. Wenn ich Glück habe, finden die Sekretärinnen den Power-Knopf an den PCs.«

***

Er packt sie und hebt sie aus dem Auto. Sie will schreien, wehrt sich, will sich losreißen. Sieht durch den Schlitz Kies auf dem

Boden und zwei schwarze Schuhe. Seine Schuhe. Sie lehnt sich nach hinten, doch er packt sie so fest an den Schultern, dass ihr Tränen in die Augen schießen. Tränen, die aufgefangen werden – von dem Band. *Lass mich*, will sie schreien. Sie würgt wieder und versucht das Tuch auszuspucken, doch es gelingt ihr nicht. Er zerrt sie weg vom Auto. Wohin? Ihre Beine versagen. Sie knickt ein. Er hebt sie hoch, packt sie fest am Arm und zieht sie hinter sich her. Sie will nicht mehr. Kann nicht mehr. *Wo bringst du mich hin? Was willst du?* Lautlose Fragen. Der Kies ist weg. Etwas Festes unter ihren Füßen. Treppen hinunter. In den Keller. Dann lässt er sie los. Sie sackt zusammen. *Wer hilft mir nur?*

4

Dienstag, 16.04.

Die Grundschule in Garbeck lag hinter der freiwilligen Feuerwehr und dem Kindergarten. Ich betrat das Schulgelände. Eine blau-gelbe Raupe mit den Zahlen von eins bis zwanzig war auf den Pflastersteinen aufgemalt. Als ich um die Ecke bog, sah ich das bunte Meer aus Blumen neben dem Eingang. Ich trat näher heran. An einem Holzkreuz lehnten Stoffteddys, Blumensträuße standen in Vasen und lagen auf der Erde, dazwischen Grablichter. Ein Foto von Celina lehnte an der Wand. »Wir vermissen dich!«, stand auf einem großen Banner. Ich blieb einen Moment stehen, nahm eine Rose, roch an ihr und legte sie wieder neben die anderen. Meine Hände zitterten. Wie schrecklich. Man las die Verzweiflung von Klassenkameraden und Freunden auf handgeschriebenen Zetteln. Ich schluckte einen Kloß hinunter und ging ins Gebäude. Das Sekretariat hatte ich schnell gefunden. Darin saß eine kleine, gedrungene Frau mit lockigen Haaren hinter einem Schreibtisch. Sie zog ihre Brille ein Stück nach unten und sah mich über den Brillenrand hinweg an.

»Ja, bitte?«

»Wo finde ich die Klassenlehrerin von Celina?«, fragte ich.

»Und wer sind Sie?« Sie zog ihre Augenbrauen hoch.

»Helena Briest.«

»Sind Sie von der Presse?«

Ich schüttelte den Kopf und erklärte ihr, weswegen ich hier war.

»Vielleicht haben Sie Glück und erwischen Frau Siekmann in der Pause. Das Lehrerzimmer ist nebenan.«

Ich bedankte mich und wartete, bis um neun Uhr fünfunddreißig die Schulglocke läutete. Da nur sechs Lehrer an mir vorbeigingen, hatte ich die junge Lehrerin schnell ausfindig gemacht. Sie war ein paar Zentimeter größer als ich, was nicht viele Frauen schafften. Schmale Schultern und blonder Kurzhaarschnitt, ein freundliches, fast noch kindliches Gesicht und ein Muttermal auf dem linken Nasenflügel. Sie bat mich, mit ins Lehrerzimmer zu kommen, da sie die Pause für ein Frühstück nutzen wollte. Wir setzten uns mit den anderen Lehrern an einen großen Holztisch. Wasserflaschen, Süßigkeiten, Kugelschreiber, Zettel und Fotokopien lagen auf dem Tisch verstreut, an der Wand stand ein riesiger Schrank, mit vielen gelben Post-its beklebt.

»Bitte beschreiben Sie mir Celina«, forderte ich Frau Siekmann auf, nachdem ich ihr kurz mein Interesse an ihrer Schülerin erklärt hatte.

Die Lehrerin begann ihren Apfel zu schneiden, langsam und konzentriert. »Celina war ein schüchternes Mädchen, meldete sich wenig im Unterricht, aber schriftlich war sie immer gut. Sie verstand sich mit allen Mitschülern, war hilfsbereit …« Frau Siekmann ließ das Messer sinken. Ihr Gesicht verzog sich zu einer Grimasse.

»Wir sind alle noch geschockt!«, erklärte mir der vollbärtige Lehrer, der mir gegenübersaß.

»Es tut mir sehr leid, was mit Celina passiert ist«, sagte ich.

»Uns auch«, antwortete Frau Siekmann und wischte sich die Tränen aus den Augen.

»Ist Ihnen an dem Tag bei Celina etwas Besonderes aufgefallen?«, fragte ich.

Kopfschütteln.

Der Bärtige mischte sich wieder ein: »In der Dritten hatte sie Musik bei mir. Beim Singen und Tanzen blüht sie auf. Sie hat mir erzählt, dass sie an dem Tag noch Geigenunterricht hätte.«

»Und diesen Termin hätte sie nicht verpasst?«

»Niemals, sie hatte sich schon drauf gefreut.«

»Was hatte sie nach dem Musikunterricht?«

»Nichts mehr. Sport ist ausgefallen«, antwortete Frau Siekmann.

»Das heißt, Sie waren die letzte Person, die Celina noch gesehen hat?«, wandte ich mich an den Musiklehrer.

»Nicht ganz. Celina war mit zwei Freundinnen beim Bäcker. Dort haben sie Schokobrötchen gekauft und sind dann zum Spielplatz.«

»Weil eine Unterrichtseinheit ausgefallen ist«, folgerte ich.

»Weil sie noch Zeit hatten«, ergänzte er.

»Und danach?«, fragte ich weiter.
»Sind die Mädchen nach Hause gegangen.«
»Und dort ist Celina nicht angekommen?«
Beide Lehrer nickten. Ähnliche Situation wie bei Tshala.
»Haben Sie eine Ahnung, wer das getan haben könnte?«
Frau Siekmann starrte auf den Tisch und schob sich ein Stück ihres Apfels in den Mund. Der Lehrer blickte aus dem Fenster, schien zu überlegen.
»Ich weiß nicht genau, aber …« Er stockte, sah immer noch nach draußen.
»Fahren Sie fort«, forderte ich ihn auf.
Der Lehrer blickte mich an. Er hatte klare blaue Augen, die im Kontrast zu seinem schwarzen Pullover zu leuchten schienen. »Ich meine mich an Gesprächsfetzen von Celina und Lotta zu erinnern, bin mir aber nicht mehr sicher. Die Erinnerung verschwimmt immer mehr.«
»Umso wichtiger, dass Sie es aussprechen«, versuchte ich ihn zu ermutigen.
Er holte tief Luft und strich über seinen Bart.
»Celina hat irgendwas von einem Auto erzählt, das ihr zur Schule gefolgt sei.«
Mein Herz klopfte.
»Hat sie noch was gesagt?«, fragte ich.
Er zuckte mit den Schultern und sah wieder aus dem Fenster.
»Versuchen Sie sich zu erinnern.«
Es dauerte ein paar Sekunden, bevor er weiterredete: »Sie sprach von einem dunkelgrünen Auto.« Seine blauen Augen visierten mich wieder an. »Aber …«
»Ich habe verstanden. Sie sind sich nicht mehr sicher. Trotzdem bin ich froh, dass Sie es mir erzählt haben. Jeder Hinweis kann helfen.«
Er nickte, griff nach einem Stift, der auf dem Tisch lag, und drehte ihn gedankenverloren zwischen den Fingern.
»Haben Sie das auch der Polizei erzählt?«, fragte ich.
Der Lehrer schüttelte den Kopf, starrte dabei weiter auf den Stift. »Nein, ich … ich wollte den Beamten nichts Falsches sagen.«

»Ich verstehe. Die Kinder, die mit Celina auf dem Spielplatz waren – kann ich mit ihnen sprechen?«, fragte ich.

»Lotta und Pauline sind noch zu Hause. Der Schock, wissen Sie?«

Frau Siekmann hatte ihren Apfel aufgegessen und wischte ihr Schälmesser mit einem Taschentuch sauber.

»Können Sie mir die Namen der Eltern nennen?«, fragte ich.

Frau Siekmann sah ihren Kollegen an, der schüttelte den Kopf und sagte: »Leider nein. Datenschutz.«

Ich strich mir eine Strähne hinters Ohr und atmete tief durch. »Sie wissen doch, dass ich damit kein Schindluder treibe.«

Doch die Lehrer blieben hartnäckig.

Die Schulglocke ertönte, und meine Gesprächspartner erhoben sich. Ich tat es ihnen gleich und ließ mich von Frau Siekmann zum Ausgang begleiten. Als ich gehen wollte, fasste sie mich am Arm.

»Im Dorf gibt es einen Gasthof.« Sie zeigte mit dem Finger in die Richtung. »Die Straße hinunter und dann rechts. Dort wird man Ihnen weiterhelfen können.«

Ich bedankte und verabschiedete mich.

An der Holztür des Gasthofs hing ein Schild: »Vom 09.04. bis zum 22.04. geschlossen«. Wieso hatte mich die Lehrerin hierhergeschickt? Ich trat einen Schritt zurück und betrachtete die Fassade. An den Fenstern der ersten Etage hingen Blumenkästen mit roten Blumen. Ein Zigarettenautomat befand sich direkt neben dem Eingang, rechts daneben ein Fenster aus buntem Glas. Ich versuchte ins Innere zu blicken, doch die vielen Pflanzen versperrten mir die Sicht. Ich ging um die Ecke zur Straßenseite und fand eine alte hölzerne Eingangstür mit gelbem Sichtschutzglas. Ein großer Mann mit Schnurrbart öffnete mir auf mein Klingeln. Er besaß eine Halbglatze und hatte die wenigen Haare zu einem Zopf zusammengebunden. Seine dunklen Augen wirkten matt und müde.

»Ich bin auf der Suche nach der Familie von Celina«, sagte ich.

»Von welchem Sender sind Sie?« Seine Stimme klang rau und gelangweilt.

»Von keinem. Helena Briest, Privatdetektivin.«

Ich streckte ihm die Hand entgegen, die er misstrauisch begutachtete.

»Hat Melanie Sie engagiert?«, fragte er.

»Melanie? Ich kenne keine Melanie. Aber ich brauche Ihre Hilfe. Ein zweites Mädchen ist verschwunden. In Menden. Von dort komme ich. Es würde mich freuen, wenn ich reinkommen darf.«

Er musterte mich einen Augenblick skeptisch.

»Ich möchte herausfinden, ob eine Verbindung zwischen beiden Fällen besteht«, sagte ich.

Kurze Zeit später saß ich in seinem Wohnzimmer. Eine dunkle Truhe, an die ich mit meinen Knien stieß, diente als Tisch. Darauf ein Aschenbecher, der fast überquoll. An der Wand hingen ein ausgestopfter Truthahn und ein Wildschweinkopf. Friedhelm Huhle, so hatte er sich vorgestellt, erklärte mir, er sei Celinas Onkel.

»Celinas Mutter Melanie ist in psychologischer Behandlung.« Er schaute gedankenverloren aus dem Fenster. »Wir hatten so gehofft, dass sie noch lebt, und dann kam die Nachricht, dass sie tot ist. Melanie will es nicht wahrhaben. Sie hat Celina gesehen, im Leichenschauhaus, doch sie glaubt immer noch, dass ihre Tochter zurückkommt.«

Ich nickte und ließ ihm einen Moment. Auf einer Kommode standen mehrere Fotos. Eines davon zeigte ein kleines Mädchen, das in einem Planschbecken saß und lachte. Das musste Celina sein.

»Was genau ist passiert?«, fragte ich.

Er schaute mir in die Augen und faltete seine Hände vor seinem Bauch. »Ein Gewaltverbrechen. Sie wurde … geschändet.« Er schien das Wort Vergewaltigung nicht in den Mund nehmen zu wollen.

»Sie hatte blaue Flecke an Armen und Beinen. Sie muss sich gewehrt haben … Kurz darauf … wurde sie ermordet.«

Er stand auf und nahm einen Fotorahmen in die Hände, strich über ihr Gesicht.

»Man hat ihr … die Kehle durchgeschnitten.« Seine Stimme zitterte.

Ich blieb regungslos sitzen. Krallte mich im Bezug des Sofas fest. Ich sah Celina daliegen. Spürte ihre Angst. Bloß acht Jahre alt. Hilflos. Kaum wissend, was passierte. Dann musste er zu ihr gekommen sein. Musste ihre Wäsche heruntergezogen haben, tief in sie eingedrungen sein. Sie würde geweint, Schmerzen gehabt haben, ohne wirklich zu verstehen. Und dann das Messer. Hatte sie gewusst, dass sie sterben würde? Sicher hatte sie das. Zumindest geahnt.

Herr Huhle stellte das Foto zurück und blickte mich an.

»Das Schwein ist immer noch auf freiem Fuß. Er kann rumlaufen und weitermorden. Das ist das Schlimmste.«

Er hatte seine Hand zu einer Faust geballt. Sie zitterte. Sein Gesicht schmerzverzerrt.

»Die Polizei hat Speichelproben von Männern aus der Umgebung eingeholt. Die werden jetzt ausgewertet … Ich musste auch. Können Sie sich das vorstellen? Die denken echt, ich hätte was damit zu tun. Dabei würde ich das Schwein eigenhändig erwürgen, wenn ich nur könnte.«

Er setzte sich wieder zu mir und zündete sich eine Zigarette an.

»Und es gibt noch keinen Hinweis auf den Täter?«, fragte ich.

»Noch nicht«, antwortete er.

»Was denken Sie?«

»Ich weiß es nicht. Kann es nicht jeder gewesen sein? Der nette Nachbar von nebenan, von dem man es nicht erwartet. Der jeden Morgen nett grüßt und mit seinem Hund spazieren geht. So was hört man doch ständig in den Medien.«

»Gibt es einen Nachbarn, bei dem Sie sich das vorstellen könnten? Jemand, der sich in Celinas Nähe seltsam verhalten hat?«

Er zog an seiner Zigarette und kniff die Augen zusammen, als der Rauch in sein Gesicht stieg. Die Asche an der Zigarette bog sich, und ein Teil davon fiel auf den Boden. Er beachtete es nicht.

»Vielleicht Celinas Musiklehrer. Er ist sechsundfünfzig, und seine Freundin ist dreißig. Aber beweist das was?« Er hob abwehrend die Hände.

»Können Sie mir den Namen nennen?«
Er drückte die Zigarette im Aschenbecher aus.
»Ich will keinen unnötig in Schwierigkeiten bringen.«
Ich machte mir eine Notiz auf meinem Block. Ich würde schon an den Namen herankommen. Dann fragte ich ihn nach Personen, die von außerhalb ins Dorf gekommen waren.
»Es sitzen immer wieder fremde Leute in meiner Gaststätte. Aber ich frage nicht nach Namen. Auch an dem Tag waren viele da, die ich nicht kannte. Um halb elf kamen Trauergäste zum Leichenschmaus. Ulla Myssok war gestorben. Aber …«
»Aber was?«, hakte ich nach, als Herr Huhle nicht weitersprach.
»Nur weil Fremde in meiner Kneipe sitzen, heißt das noch nicht, dass einer davon der Mörder ist.«
Mir fiel der Hinweis des Lehrers wieder ein, und ich erzählte Herrn Huhle davon.
»Ein grünes Auto«, wiederholte er nachdenklich.
»Ist Ihnen an dem Tag oder an den Tagen zuvor ein grünes Auto aufgefallen?«, fragte ich ihn.
Er zündete sich eine neue Zigarette an und inhalierte den Rauch. »Ich bin einmal kurz nach draußen gegangen, um Zigaretten zu holen. Es standen mehrere Autos vor der Gaststätte, aber ich kann mich weder an Fabrikate noch an Farben erinnern.«
»Was ist mit dem Phantombild?«, fragte ich.
»Ein Versicherungsvertreter, der bei Melanie war.«
»War er auch bei Ihnen im Lokal? Kennen Sie ihn?«
»Nicht an dem Tag. Es war eine geschlossene Gesellschaft.«
»Und vorher?«
Ich zog das Bild aus meiner Tasche und reichte es ihm, damit er es sich noch einmal ansehen konnte. Er nahm es, beugte sich vor und betrachtete es lange.
»Ich selbst kann mich nicht mehr erinnern.« Er gab mir das Bild und lehnte sich in seinem Sessel zurück. »Aber mein Stammgast Reinhold meint, ein paar Tage vorher ein Bier mit ihm getrunken zu haben.«
»Ist er sich denn sicher?«

»Reinhold ist sich bei allem sicher, was er erzählt«, sagte er und grinste dabei.

»Wo kann ich ihn finden?«, fragte ich.

»Normalerweise bei mir in der Gaststätte. Aber da ich geschlossen habe – keine Ahnung. Wahrscheinlich zu Hause oder in einer anderen Kneipe.«

Wenn es wirklich der Mann vom Phantombild war, schien er Celina im Vorfeld ausgekundschaftet zu haben.

Ich stand auf und nahm das Foto von der Kommode. Ähnlich sahen sich Celina und Tshala nicht. Celina hatte helle Haut, blonde Haare, blaue Augen. Tshala war farbig, dunkle Augen, schwarze Haare. Celina schüchtern, Tshala lebhaft. Gegensätzlicher kaum vorstellbar. Beide waren im ähnlichen Alter. Aber reichte das für die Annahme desselben Täters? Es müsste Hinweise auf ein ähnliches Verhalten bei Tshala geben. Ich musste unbedingt mit ihrer Freundin sprechen.

»Erzählen Sie mir noch ein bisschen von Celina. Wie war sie?«

»Sie war ein stilles Mädchen. In sich gekehrt. Las gerne, am liebsten Märchen. Hat bei einem Schreibwettbewerb in der Schule gewonnen. Ihre Cousine war ihre beste Freundin. Sie ging gerne mit ihr in den Zoo. Sie liebte Delphine. Träumte davon, mit einem zu schwimmen. Und sie bekam Geigenunterricht. Musik lag ihr im Blut.«

»Wie weit ist es eigentlich vom Spielplatz bis zu ihr nach Hause?«, fragte ich.

»Nicht weit.«

»Können Sie's mir zeigen?«

Herr Huhle führte mich an der Kirche, der Feuerwehr und der Schule vorbei. Wir gingen in einen kleinen Seitenweg hinein, der zu schmal für ein Auto war. War der Täter Celina zu Fuß oder im Auto gefolgt? Wenn sie hierher gegangen waren, hätte er ein Auto stehen lassen müssen. Oder hatte er kurz vor ihrem Haus auf sie gewartet? Wir gelangten zum Spielplatz. Rutsche, Schaukel, Tischtennisplatte, Reckstangen. Der Spielplatz war recht groß für ein so kleines Dorf. Eine Mutter schaukelte mit ihrem Sohn, schloss die Augen und streckte ihr Gesicht der Sonne entgegen. Im Sandkasten spielten zwei Mädchen mit Schaufeln und Förmchen.

»Die Kinder haben hier gespielt«, sagte Herr Huhle und wies auf ein Klettergerüst.

»Und hier wurde ihr Stofftier gefunden?«

»Nein, ich zeige es Ihnen.«

Wir verließen den Spielplatz wieder, und nach ein paar Minuten blieb er vor einer Einfahrt stehen.

»Hier lag ihr Stoffdelphin. An der Ecke vom Beet.«

»Und die Anwohner? Hat irgendjemand was mitbekommen?«

Ich sah mich um: Einfamilienhäuser mit Vorgärten, ein Mercedes stand in einer Einfahrt, in einer anderen ein Wohnmobil. Eine gehobene Wohngegend.

»Leider nicht.«

Wir gingen weiter zu Celinas Wohnhaus. Die Entfernung war ähnlich kurz wie bei Tshala. Fünf Minuten vom Spielplatz entfernt, zehn von der Schule.

»Würden Sie mir die Stelle zeigen, an der Celina gefunden wurde?«

Er sah starr auf das dreistöckige Haus, in dem seine Nichte gelebt hatte. An den Holzbrüstungen der beiden Balkone hingen Blumenkästen mit blauen und lilafarbenen Stiefmütterchen.

»Herr Huhle«, sagte ich und trat einen Schritt näher.

»Muss das wirklich sein?« Sein linkes Augenlid zuckte.

»Ich verstehe, dass es Ihnen schwerfällt, aber es könnte mir bei der Suche nach dem anderen Mädchen helfen. Sie könnten damit möglicherweise ihr Leben retten.«

Er griff in seine Jackentasche und zündete sich eine Zigarette an. »Also gut.«

Wir gingen zurück zum Gasthof und stiegen in mein Auto ein.

»In die Richtung«, sagte er.

Ich startete den Wagen, und wir fuhren an den Ortsrand von Garbeck.

»Hier links rein«, sagte Herr Huhle.

»Wirklich?«, fragte ich. Es handelte sich um eine Sackgasse mitsamt Hinweis, dass es keine Wendemöglichkeit gab.

»Aber dort kann ich nicht wenden«, protestierte ich.

»Das geht schon«, beruhigte er mich. Ich ließ einen Traktor vorbeifahren und bog in die enge Straße ab. Ich fuhr bis zu einer Schranke, vor der ich mein Auto parkte.

»Hier stören wir keinen«, sagte Herr Huhle. Er führte mich in den Wald hinein. Nach einigen hundert Metern floss ein Bach neben uns her. »Das ist der Garbach«, erklärte er mir. Von Weitem konnte man die Blumen am Wegrand erkennen. »Hier ist es«, sagte er, als wir vor den Blumensträußen und Kuscheltieren anhielten. Es plätscherte, doch der Bach war vom Weg aus nicht einsehbar.

»Genau hier?«, fragte ich.

»Kommen Sie.« Er ging vom Weg ab ins Dickicht hinein. Der Bach verlief zehn Meter vom Weg entfernt. »Dort«, sagte er und zeigte in den Bachlauf.

»Sie wurde von einer Wanderin gefunden, hat die Presse berichtet«, sagte ich.

»Richtig.«

»Recht schnell dafür, dass diese Stelle vom Weg aus nicht zu sehen ist.« Ich sah mich um. Hohe Bäume, laubbedeckter Boden, Farnkraut und hohe Gräser. Hinter dem Bach eine ebenso dicht bewaldete Anhöhe, sodass diese Stelle auch von der anderen Seite nicht einsehbar war.

»Ihr Hund lief hier zum Bach. Wahrscheinlich hat er etwas gewittert. Die Frau rief ihn, doch er kam nicht und bellte laut. Also ging sie nachsehen.«

»Also Zufall, dass Celina so schnell gefunden wurde.«

Herr Huhle schüttelte den Kopf. »Nein. Kein Zufall. Hier laufen öfters Leute herum. Es hätte nicht lange gedauert, bis man sie gefunden hätte.«

Es hätte aber auch gut ein paar Tage länger dauern können. Tshala, lebst du noch? Können wir dich noch retten?

Ich ging ein paar Meter am Bachufer entlang. Alte, matschige Blätter blieben an meinen Schuhen kleben.

»Hier muss es doch Spuren von der Tat gegeben haben«, sinnierte ich laut.

»Blut wurde gefunden. Celinas. Ansonsten ein paar Fasern. Die Polizei ist dran.«

»Geht man davon aus, dass Celina hier … umgebracht wurde?«

Herr Huhle stand immer noch an der Stelle, wo Celina gefunden worden war, und starrte ins Wasser. Als er mir nicht antwortete, trat ich auf ihn zu. »Herr Huhle!« Er drehte den Kopf zu mir, blickte aber durch mich hindurch. Erst nach ein paar Sekunden schien er mich wieder wahrzunehmen.

»Wie war Ihre Frage?«

»Wurde Celina hier im Wald ermordet?«

»Die Polizei geht nicht davon aus. Sie haben einen Müllsack gefunden. Voller Blut. Wahrscheinlich hat er Celina darin transportiert.«

»Und hier abgelegt.«

»Eher weggeworfen.«

Er drehte sich eine Zigarette und bot mir auch eine an. Ich lehnte ab.

»Herr Huhle!«, hörten wir plötzlich eine Stimme und drehten uns gleichzeitig um. Ein großer Mann mit grauen Haaren und Sonnenbrille kam auf uns zu. »Wo haben Sie Ihr Handy? Ich habe Sie gesucht und konnte Sie nicht erreichen.«

Herr Huhle warf seine Zigarette ins Wasser. »Was gibt's?«

»Wir haben einen Verdächtigen.«

***

Etwas Weiches unter ihr. Das Band um ihre Handgelenke wird durchtrennt. Ihre Hände sind frei! Sie umfasst die Einschnitte an den Gelenken. Sie schmerzen immer noch. Dann wird ihre linke Hand gepackt. Nach hinten gezerrt. Grob. *Nein!!* Sie will schreien. Es geht nicht. Ein Klacken, ein Rasseln. Was ist das? Sie fasst sich an die linke Hand. Etwas Kaltes, Rundes. Dann befreit der Mann sie von dem Knebel. Luft. Sie atmet tief ein. Saugt den Sauerstoff in sich auf. Beginnt zu schreien. »Wer bist du? Wo bin ich? Ich will nach Hause.« Er antwortet nicht. Sie schreit weiter, braucht eine Antwort, verlangt danach. Als sie keine bekommt, verstummt sie. Sie kann ihre rechte Hand bewegen. Kann sie es wagen, ihre Augenbinde vom Kopf zu reißen? Er ist immer noch im Raum. Sie wagt es nicht. Versucht dafür aufzustehen, doch ihre Beine sacken weg. Sie rutscht von dem Weichen herunter. Der zweite Versuch. Endlich. Sie hat wieder festen Boden unter den Füßen. Sie will gehen. Kommt nicht weit. Eine Kette an ihrer linken Hand hindert sie daran. Plötzlich wird ihr die Augenbinde abgenommen.

5

Auf dem Heimweg fuhr ab Balve ein Lkw vor mir her. Er schlängelte sich mit weniger als vierzig Stundenkilometern durch das kurvige Hönnetal. Auf der Rückseite prangte der Spruch: »Ohne mich wäre die Autobahn schön leer. Genau wie Ihr Kühlschrank.« Auf der Autobahn könnte ich dich wenigstens überholen, dachte ich. Doch auf dieser kurvigen, unübersichtlichen Straße war ich gezwungen, fünfzehn Minuten hinter ihm herzukurven. Aus Frust regelte ich das Radio lauter. Der chillige Hip-Hop-Song passte zu der langsamen Fahrt. »Easy« von Cro, wie der Radiosprecher seine Hörer nach dem Lied wissen ließ. Ich dachte an die Situation im Wald. Die Polizei hatte einen Mann festgenommen, der nun verhört wurde. Mehr hatte ich nicht erfahren, da der Kripobeamte mich weggeschickt hatte. Ich hatte Herrn Huhle eine meiner frisch gedruckten Visitenkarten in die Hand gedrückt und ihn gebeten, mich bei neuen Informationen anzurufen. Ich war mir jedoch nicht sicher, ob er es auch tun würde. Meine Gedanken schweiften ab. Was sollte ich als Nächstes tun? Mir fiel Tshalas Freundin wieder ein, mit der ich noch nicht gesprochen hatte. Vielleicht hatte ich heute mehr Glück. Ich fuhr direkt zu ihrem Haus, parkte auf dem Parkplatz des Friedhofs, ging über die Straße und klingelte. Diesmal öffnete mir eine schlanke Frau mit kurzen blonden Haaren und Brille.

»Ja, bitte?«

»Helena Briest. Ich bin Privatdetektivin und versuche, der Familie Kiwanika zu helfen und Tshala zu finden. Ihre Tochter soll Tshalas beste Freundin sein.«

Frau Stemmer lehnte sich an den Türrahmen, verschränkte ihre Arme und zog kurz die Schultern hoch, als sei ihr kalt.

»Schrecklich, was passiert ist.« Sie schüttelte fassungslos den Kopf und sah an mir vorbei in die Ferne.

»Kann ich mit Ihrer Tochter sprechen?«, fragte ich.

»Natürlich«, sagte sie, trat zur Seite und hielt die Tür auf.

»Kommen Sie rein.« Als wir den Flur entlanggingen, fielen mir die vielen Elefantenfigürchen und Fotos von den Dickhäutern an der Wand auf.

»Aber nicht lange. Ich muss Marie gleich zum Training fahren.«

»Was macht sie denn?«, fragte ich, als wir die Treppe in den ersten Stock hochstiegen. Hier hing ein großes Poster von einem Elefanten, der in einem Fluss schwamm.

»Sie spielt Fußball. Ungewöhnlich für ein Mädchen, aber sie kann sich für nichts anderes begeistern. Und sie ist wirklich gut. In jedem Spiel schießt sie mindestens ein Tor.«

»Ich mag Mädchen, die einen typischen Jungensport betreiben«, sagte ich.

Wir waren oben angekommen, und Frau Stemmer öffnete eine Tür. »Marie?«

Sie saß am Schreibtisch und drehte den Kopf zu uns. Ihre braunen Haare waren zu zwei Zöpfen geflochten.

»Hier ist eine Frau, die möchte Tshalas Eltern bei der Suche helfen. Sie hat ein paar Fragen. Möchtest du mit ihr reden?« Frau Stemmer kniete sich vor ihre Tochter und strich ihr über den Kopf. Ich trat näher heran. Auf dem Schreibtisch lag ein Malblock. Das Bild eines Fußballspielers, der gerade ein Tor schoss, hatte sie zur Hälfte ausgemalt.

Marie nickte und warf mir einen verstohlenen Blick zu. Ich zog einen Gymnastikball heran und setzte mich drauf. Frau Stemmer ließ sich auf dem Bett nieder, das neben dem Schreibtisch stand, und hielt die Hand ihrer Tochter fest, bis Marie sie ihr entzog.

»Hallo, Marie«, begann ich, »ich heiße Helena. Ich habe gehört, Tshala ist deine beste Freundin.«

Marie nickte und presste dabei ihre Lippen aufeinander.

»Was habt ihr denn immer so zusammen gemacht?«

Marie sah kurz zu ihrer Mutter, dann wieder zu mir. »Gespielt.«

Ich lächelte sie an. »Das kann ich mir vorstellen. Und gemalt sicherlich auch.«

»Ja«, antwortete sie kurz.

»In Tshalas Wohnung hängen ganz viele Bilder von ihr. Hängt deine Mama auch deine Bilder auf?«

»Das macht meine Oma«, sagte sie und sah auf ihre Finger, die sie nervös aneinanderrieb.

»Du spielst Fußball, hat mir deine Mama verraten. Machst du gerne Sport?«, fragte ich, um das Gespräch erst mal auf ein Thema zu lenken, bei dem sie sich wohlfühlte und auftauen konnte.

Marie lächelte und nickte enthusiastisch. »Auch in der Schule. Die Jungs wollen oft Fußball spielen.«

»Weißt du, ich habe auch ungefähr in deinem Alter mit einem Sport angefangen, den eigentlich nur Jungs machen.«

»Was denn?«, fragte Marie jetzt neugierig.

»Boxen.«

»Du boxt?« Maries Augen wurden größer, und sie rutschte auf ihrem Stuhl hin und her. »Du haust wirklich deine Gegner?«

»Aber mit Handschuhen, damit es nicht so wehtut.«

»Hast du schon mal jemandem auf der Straße wehgetan?«

»Nein.« Ich schüttelte vehement den Kopf. »Nur im Boxring. Es muss sportlich bleiben. Du würdest doch auf dem Schulweg auch keinem den Ball wegschießen, wenn er einen dabeihätte.«

Marie nickte wieder.

»Hat Tshala auch Fußball gespielt?«, fragte ich, um das Gespräch wieder in eine andere Richtung zu lenken.

»Sie mag keinen Sport. Auch nicht in der Schule. Sie malt lieber und spielt gerne draußen. Auch wenn es kalt ist. Sie will immer raus.«

»Also geht ihr oft raus?«

»Ja. In den Garten oder …«, sie sah kurz ihre Mutter an, »auf den Friedhof. Aber da müssen wir leise sein«, ergänzte sie und legte dabei den Kopf schief.

»Und was macht ihr da?«, fragte ich weiter.

»Verstecken spielen.«

»Ich habe gehört, Tshala sitzt dort manchmal und malt die Blumen ab.«

»Ja. Sie kann sehr gut malen«, bestätigte Marie.

Die Mutter sah zur Mickey-Mouse-Uhr an der Wand und rieb ihre Hände auf den Knien. Ich hatte wohl nicht mehr viel Zeit, gleich würde Frau Stemmer mich rausschicken. Ich musste endlich zur Sache kommen.

»Tshala ist ja verschwunden«, sagte ich und beugte mich ein Stück weiter nach vorne. »Du warst die Letzte, die sie gesehen hat. Kannst du mir noch mal erzählen, was an dem Tag passiert ist?«

»Nach der Schule sind wir zu mir gegangen. Ich habe ihr noch gewunken, als ich an der Haustür stand. Dann habe ich mich umgedreht, und Mama hat die Tür geöffnet.«

»Ist dir irgendwas aufgefallen? Ein Mann? Ein Auto?«

Sie schüttelte den Kopf.

»Denk noch mal nach. Ist euch ein Auto gefolgt, oder hattet ihr das Gefühl, verfolgt zu werden?«

»Sie machen meiner Tochter Angst«, wandte Frau Stemmer ein.

»Ich möchte nur deine Freundin finden«, sagte ich an Marie gerichtet. »Du möchtest doch auch, dass ich sie wiederfinde, oder?«

Marie nickte.

»Also. Hattet ihr das Gefühl, verfolgt zu werden?«, fragte ich weiter.

Frau Stemmer atmete tief durch, blieb aber still. Marie sah kurz auf ihre Hände. »Nein.«

»Oder hat Tshala in der Schule erzählt, dass sie auf dem Schulweg verfolgt wurde?«

»Nein.«

Ich überlegte, ob ich ihr etwas von einem grünen Auto erzählen sollte, ließ es aber bleiben. Damit würde ich sie nur in ihrer Erinnerung beeinflussen.

»Es ist uns ein Mann entgegengekommen«, sagte sie unvermittelt.

»Wie sah er aus?«, fragte ich. Mein Herz klopfte.

»Weiß nicht.«

Ich zog das Phantombild aus meiner Tasche und reichte es ihr. Sie nahm es und sah sich das Bild kurz an. »Nein, der nicht.«

»Wie sah er aus?«

Als sie nicht antwortete, merkte ich, dass ich konkreter werden musste. »War er so alt wie deine Eltern oder jünger?«

»Jünger.«

»Hatte er kurze oder lange Haare?«, fragte ich, faltete das Bild wieder zusammen und steckte es in meine Tasche.

Sie schien kurz zu überlegen. »Kurz, glaub ich.«

»Ist dir irgendwas Besonderes an ihm aufgefallen?«

»Er hat uns böse angeguckt.«

»Er hat euch böse angeguckt?«, wiederholte ich. Was mochte das bedeuten? War ihnen wirklich der Täter begegnet? Oder hatte Marie den Gesichtsausdruck eines harmlosen Passanten nur falsch interpretiert?

»Hat er was gesagt?«, fragte ich weiter.

»Nein.«

»Was hat er für Kleidung getragen?«

»Weiß nicht.«

Ich berührte Marie an der Schulter. »Ist nicht schlimm. Du machst das ganz toll.« Ich notierte ein paar Stichworte auf meinem Block und fuhr fort: »Man hat Tshalas Bild gefunden. Was hat sie eigentlich gemalt?«

»Wir sollten Tiere aus dem Zoo malen. Tshala hat eine Giraffe gemalt.«

»Und du?«

»Einen Elefanten.«

Ich fragte mich, ob die Begeisterung für Elefanten von der Mutter oder von der Tochter ausging.

»So, wir müssen gleich los«, unterbrach die Mutter das Gespräch.

»Ich bin gleich fertig«, versicherte ich ihr. An Marie gerichtet fragte ich: »Würde Tshala mit einem Fremden mitgehen?«

»Das dürfen wir nicht.«

Was man durfte und was man dann tat, waren natürlich zwei verschiedene Dinge.

»Würde Tshala mit einem Fremden reden? Allein?«

Marie sah wieder auf ihre Finger und sagte leise: »Sie hat mal eine Frau auf dem Friedhof gefragt, wie spät es ist.«

Tshala hatte also keine Probleme, auf Fremde zuzugehen.

»Noch eine Frage zum Bild. Hatte Tshala das Bild die ganze Zeit in der Hand?«

»Ja. Wir hatten sie nicht in die Rucksäcke getan. Wir wollten sie direkt unseren Eltern zeigen.«

»Hatte sie ihr Bild noch in der Hand, als du dich von ihr verabschiedet hast?«

»Ich glaube schon.«

»Du glaubst nur?«, fragte ich skeptisch. Wenn sie das Bild bereits vorher verloren hatte, kam der ganze Heimweg als Tatort in Frage und nicht nur die Stelle, wo das Bild gefunden wurde.

»Versuch dich zu erinnern!«, bat ich Marie. »Du hast ihr zugewinkt. Hat sie zurückgewinkt?«

Marie schien einen Moment zu überlegen. »Ja«, sagte sie schließlich.

»Und hatte sie das Bild in der Hand?«

Es dauerte wieder einen Moment, dann schüttelte sie den Kopf. »Nein.«

»Bist du dir sicher?«, fragte ich. Zu meinem Erstaunen antwortete sie: »Ganz sicher. Das Bild war weg.«

Frau Stemmer stand auf. »Jetzt müssen wir uns schon beeilen. Frau Briest, ich muss Sie jetzt leider bitten zu gehen. Wenn Sie noch Fragen haben …«

»Ich denke, das reicht«, sagte ich und stand ebenfalls auf. Der Gymnastikball rollte in die Ecke. »Ich danke dir, Marie. Du hast mir sehr geholfen. Ich werde alles daransetzen, dass du bald wieder mit Tshala spielen kannst.«

Frau Stemmer begleitete mich zur Tür und wünschte mir viel Glück bei der Suche. Dabei standen ihr die Tränen in den Augen. Ich wollte nicht, dass sie zu weinen begann, also verabschiedete ich mich schnell und ging zur Straße. Ich warf einen Blick zum Friedhof. Tshala hatte das Bild nicht mehr in der Hand gehabt. Was bedeutete das? Sie hatte es verloren. Hatte sie es gemerkt? Wollte sie es suchen? Oder war es ihr nicht aufgefallen und sie ging zurück nach Hause? Sie hätte das Bild sehen müssen, wenn sie die Straße entlang in die Stadt gelaufen wäre. Wenn sie den Verlust nicht bemerkt hatte, musste sie also über den Friedhof nach Hause gegangen sein. Der Entführer hätte auch erst in der Fußgängerzone zuschlagen können. Doch dort war es viel zu belebt, um ein Kind zu entführen.

Ich ließ mein Auto stehen und ging zu Fuß zur Detektei. Auf dem Weg zermarterte ich mir den Kopf darüber, wo Tshala möglicherweise entführt worden war. Ich ging über die Kreuzung bei der Grundschule und in die kleine Gasse hinein Richtung Stadt. Hier war es sehr ruhig. Nur wenig Menschen passierten diese Straße. Ich ging weiter, an der Ecke befand sich das Restaurant Oberkampf, in dem ich mit Lars an dem Abend gegessen hatte, als wir uns meine jetzige Detektei mit dem Vermieter angesehen hatten. Noch ein Stückchen weiter betrat ich den Vorhof der Vincenz-Kirche. Ein Spielplatz mit einer Drehscheibe und einer silbernen Halbkugel, auf die gerade ein Junge hinaufzukommen versuchte. Hatte sich der Entführer hier versteckt? Ich ging die breiten Stufen vor der Kirche hinunter. Auf der linken Seite befand sich eine Wasserrinne, in die jemand ein Trinkpäckchen geworfen hatte. Ich drehte mich um und betrachtete die Stadtbücherei, das Alte Rathaus, wie ich von meinem Vermieter bei dem Besichtigungstermin erfahren hatte. Die Balkonbrüstung war mit roten Blumen verziert.

Tshala hätte nun links direkt durch die Fußgängerzone nach Hause gehen können oder rechts durch die weniger frequentierte Parallelstraße. Ich nahm die kleinere Straße. Im Keller des Museums befand sich ein Lokal, gegenüber ein Kunstgeschäft und ein leer stehendes Café. Meine Detektei lag auf der linken Seite in einem kleinen Durchgang zur Fußgängerzone. Auch hier – direkt vor der Haustür – war es dunkel. Würde ein Fußgänger etwas bemerken, wenn ein Mann ein Mädchen mitnahm?

Als ich die Haustür öffnete und in den Flur trat, schlug mir der Geruch von Tomaten und Curry entgegen. Mit einem Glucksen machte sich mein Magen bemerkbar. Bis auf mein Frühstück hatte ich noch nichts gegessen. In meiner Detektei ließ ich mich in den Sessel sinken und verspeiste eine Banane und einen Schokoriegel. Kein fürstliches Mittagessen, aber zumindest gab mein Magen fürs Erste Ruhe.

Ich fuhr meinen Laptop hoch und las die neuesten Nachrichten. Vielleicht berichteten die Medien bereits über die neuen Entwicklungen im Mordfall Celina. Und tatsächlich: Ein fünfunddreißigjähriger Mann war festgenommen worden. Der Verdacht gegen ihn hatte sich erhärtet, als man in seiner Wohnung Celinas Schultornister gefunden hatte. Ob eine Verbindung zu dem vermissten Mädchen aus dem Sauerland bestand, sei noch nicht geklärt. Wie mussten sich Upenyu und Feza fühlen? Wussten Sie es schon? Mit Sicherheit. Ich hörte eine bekannte Stimme im Hausflur: die von Herrn Nienstedt.

Ich stand auf und lief die Treppen hinunter. Die Haustür fiel ins Schloss, als ich unten ankam. Ich hatte den Kriminalbeamten verpasst. Herr Kiwanika stand noch in der Wohnungstür und begrüßte mich. »Wir haben auf Sie gewartet«, sagte er und bat mich ins Wohnzimmer. Dort saßen die anderen Familienmitglieder auf dem Sofa. Bashira schluchzte und schaute zu Boden. Feza streichelte ihren Kopf und flüsterte ihr leise etwas ins Ohr. Mugambi, der ältere Sohn, stand auf und gab mir die Hand. »Schön, Sie wiederzusehen.« Als er mich anlächelte, sah er seltsam unbekümmert aus.

»Was möchten Sie trinken?«, fragte Upenyu. Als ich nach einem Wasser fragte, schickte er seine Frau in die Küche. »Und wo waren Sie heute Morgen?«

»Wie gestern schon erwähnt, war ich in dem Dorf, in dem Celina gewohnt hat … mir die Situation vor Ort ansehen. Die Angehörigen befragen.«

Upenyu fasste sich mit den Fingern an seinen Nasenrücken und schloss für einen Moment die Augen. »Ich hab doch gesagt, das ist die falsche Fährte.«

»Welche ist denn die richtige?«

Er blickte mich wieder an, die Augen tiefschwarz. »Finden Sie es heraus.«

Feza stellte mir das Glas mit dem Wasser auf den Tisch und setzte sich: »Papa, vielleicht sie macht richtig. Alles untersuchen.«

Upenyu schlug mit den Händen auf seine Oberschenkel und stand auf. Er ging auf und ab. Schimpfte in seiner Sprache. Feza antwortete unterwürfig. Upenyu schnaufte, seine Augen funkelten, sein Gesicht war wutverzerrt.

»Bitte setzen Sie sich«, sagte ich. »Ich würde gerne erfahren, über was Sie sich eben unterhalten haben.« Jetzt blickte er mich verständnislos an. Die Hände hatte er zu Fäusten geballt, Tränen standen ihm in den Augen. Dann verließ er das Wohnzimmer und knallte die Tür hinter sich zu.

»Sie müssen entschuldigen«, sagte Mugambi, »Tshalas Verschwinden zerrt an unseren Nerven.«

Ich nickte. »Das verstehe ich. Ich mache ihm keine Vorwürfe.«

Bashira schnäuzte in ein Taschentuch. Feza versuchte sie zu beruhigen, streichelte ihren Kopf und küsste sie auf die Stirn. Dann schickte sie ihre Tochter und Jomo in ihre Zimmer.

»Mein Vater will nicht wahrhaben, dass Tshala auch in die Fänge von diesem Mörder geraten sein könnte. Aber natürlich wissen wir es zu schätzen, wenn Sie jeder Spur nachgehen. Glauben Sie, dass er es war?«, fragte Mugambi.

»Kann ich noch nicht sagen.«

Ich berichtete von meinen Recherchen und fragte anschließend, was Herr Nienstedt ihnen erzählt hatte.

»Ein Versicherungsmakler wird verhört. Es ist der Mann vom Phantombild. Er war bei der Mutter des ermordeten Mädchens und hat ihr eine Lebensversicherung verkauft. Er wohnt in einer Nachbarstadt. Man hat Schulsachen von Celina bei ihm gefunden. Die Polizei wartet noch auf das Ergebnis der DNA-Probe. Herr Nienstedt schließt nicht aus, dass der Versicherungsmakler auch der Entführer von Tshala ist. Wenn er es war, wird er bald gestehen und den Ort verraten, an dem wir Tshala finden«, berichtete Mugambi.

Feza hielt die ganze Zeit den Kopf gesenkt. Ich beugte mich nach vorne und berührte sie am Unterarm. Erst jetzt schaute sie mich an und lächelte gezwungen. Sie trug ein buntes, an der Seite zusammengeknotetes Kopftuch. Ihre dunklen Augen wirkten traurig, und doch erkannte ich ihre positive Ausstrahlung.

»Tshala«, flüsterte sie und drehte ihre Armbänder um ihr Handgelenk, während sie ins Leere starrte.

»Wir werden sie finden!«, versprach ich ihr, ohne zu wissen, wie ich das anstellen sollte. Was sollte ich besser machen als die Polizei? Was tat ich nur hier? Ich rieb mit meinen Händen über mein Gesicht. War es wirklich eine gute Idee gewesen, eine Detektei zu eröffnen? Würde ich den Mut haben, mit der Selbstständigkeit fortzufahren, wenn ich bei meinem ersten Auftrag scheiterte? Die Gewerbeanmeldung, die Gespräche mit dem Finanzamt, die Inneneinrichtung, die ersten Mieten für die

Detektei – alles umsonst? Und Lars? Würde er erleichtert sein, wenn ich den Job an den Nagel hängte, oder sauer, weil ich so viel Geld für nichts verschleudert hatte? Und Tshala? Nein, in erster Linie ging es um Tshala. Ich durfte sie nicht im Stich lassen. Das kleine Mädchen brauchte Hilfe.

»Wir sollten abwarten, was die Polizei herausfindet«, sagte Mugambi.

Ich sah ihn ungläubig an. Warum hatte die Familie mich mit dem Fall beauftragt, wenn ich nun doch der Polizei die Arbeit überlassen sollte? Oder waren sich Vater und Sohn nur nicht einig?

»Ich dachte, Sie hätten kein Vertrauen zur Polizei«, wandte ich ein.

Mugambi strich sich über seinen kurz rasierten Kopf. »Das ist richtig. Mein Vater …« Er stoppte.

»Was hat Ihr Vater gegen die Polizei?«, fragte ich.

»Schlechte Erfahrungen.«

»Was für Erfahrungen?«

In diesem Moment betrat Upenyu das Wohnzimmer. Mugambi wandte sich von mir ab, schien nicht mehr weiterreden zu wollen. Zu seinen Eltern sagte er: »Ich werde jetzt wieder fahren.«

»Was willst du?«, fragte Upenyu laut. Sie verfielen in einen Streit in der afrikanischen Sprache, Feza mischte sich ein. Ich fühlte mich unwohl, fehl am Platze und wollte gerade gehen, als Mugambi und seine Mutter das Wohnzimmer verließen. Upenyu trat zum Fenster und riss die Gardine so heftig zur Seite, dass sich oben eine Halterung löste. Er starrte nach draußen. Ich schluckte.

»Es tut mir so leid«, sagte ich. Er antwortete nicht. Ich hatte immer gedacht, so eine Situation würde die Familie zusammenschweißen, doch hier schien das Gegenteil der Fall zu sein. Oder lag es an der anderen Mentalität der Familie? Ich musste unbedingt mehr über ihre Kultur und ihre Lebensweise erfahren. Ich sah auf die Fotos an der Wand neben dem Fernseher und trat näher heran, um sie zu betrachten. Mehrere Fotos, auf denen die Familie zusammen war – auf der Couch, in einem Park, im Freibad. Auch einzelne Porträtfotos von den Kindern. Ein Foto weckte mein Interesse besonders. Es zeigte zwei junge Männer vor einem Baum, im Hintergrund eine Steppe. Die Ränder waren verschlissen, eine Ecke fehlte. Es konnte nicht immer in dem schützenden Bilderrahmen gesteckt haben.

»Sind Sie das?«, fragte ich und zeigte auf das Bild.

Upenyu drehte sich zu mir um. »Mein Bruder und ich.«

»Ist das in Ihrer Heimat?«, fragte ich weiter.

»Ja, in Kenia. Das war 1983, kurz vor …« Upenyu stoppte und starrte auf das Bild. Er schien in Gedanken in seiner Heimat zu sein.

»Kurz bevor Sie nach Deutschland gekommen sind«, vollendete ich seinen Satz.

Er nickte. »Und kurz bevor er gestorben ist.«

Ich schloss kurz die Augen. Was hatte ich nur angesprochen? Eine weitere Wunde hatte ich geöffnet. Ich wollte ihm gerade mein Beileid aussprechen, da betrat Feza das Zimmer. Upenyu redete laut auf sie ein. Ich spürte, dass ich die beiden allein lassen musste. Sie brauchten Zeit für sich. Ich verabschiedete mich und ging hoch in die Detektei.

Mein Laptop befand sich im Standby-Modus. Ich setzte mich und begann im Internet Informationen über Kenia zu sammeln. Ich wollte verstehen, woher die Familie stammte. Bisher wusste ich nicht viel über den Kontinent. Ich hatte höchstens mal eine Dokumentation über die afrikanische Tier- und Pflanzenwelt gesehen, aber nicht einmal an den Namen des betreffenden Landes konnte ich mich erinnern.

Auf diversen Internetseiten erfuhr ich, dass in Kenia mehr als vierzig ethnische Gruppen lebten, da es in der Geschichte mehrere Einwanderungsbewegungen gegeben hatte. Die meisten Kenianer gehörten der bantusprachigen Volksgruppe an, allerdings gab es viele Sprachen, bedingt durch die verschiedenen Stämme, wobei Swahili und Englisch als Amtssprachen galten. Viele lebten nomadisch und zogen als Hirten umher, um ihre Ziegen und Rinder zu versorgen. Die Grenze Kenias war auf die Kolonialzeit zurückzuführen: Großbritannien und Deutschland teilten Ostafrika unter sich auf und nahmen dabei keine Rücksicht auf die Siedlungsräume der Völker, sodass auch heute noch einige

Stämme bis ins benachbarte Tansania ziehen. Der bekannteste Stamm waren die Massai. Von denen hatte selbst ich schon mal etwas gehört. Charakteristisch waren die roten Gewänder und der Hals- und Kopfschmuck. Ich las über ihre Essgewohnheiten, ihre Rinder als Statussymbol und Beschneidungen von Männern und Frauen. Ich driftete auch auf Seiten ab, auf denen Safaris in Kenia angeboten wurden. Den Amboseli-Nationalpark besuchen, Zebras, Elefanten und Löwen hautnah erleben, ein paar Tage in einem Massai-Camp leben. Ich bekam Lust auf eine Reise in dieses fremde Land und nahm mir vor, Lars darauf anzusprechen, ob wir unseren nächsten Sommerurlaub in Afrika verbringen wollten.

Als ich auf die Uhr sah, bemerkte ich, dass ich beim Surfen die Zeit vergessen hatte. Tshala – es ging um sie. Ich durfte sie nicht aus den Augen verlieren. Ich blätterte in meinem Notizbuch und entdeckte den Vermerk »Upenyu Kiwanika – Kenia/Feza Kiwanika – Kongo«. Das hatte ich fast vergessen. Also recherchierte ich noch über den Kongo. Ich stellte fest, dass es zwei Länder gab, die man als »Kongo« bezeichnete. Welches war das richtige Land? Beim Durchlesen der ersten Informationen fiel mir wieder ein, dass Feza etwas von Zaire gesagt hatte. Also musste es die Demokratische Republik Kongo sein. Ich erfuhr, dass große Teile des Landes von tropischem Regenwald bedeckt waren. Auch in diesem Land gab es viele Ethnien – über zweihundert und somit eine große Sprachenvielfalt. Ich las über innerpolitische Konflikte und Bürgerkrieg. Obwohl das Land viele Rohstoffe besaß, war es eines der ärmsten Länder der Welt. Mangelnde Ernährung, Bildung, medizinische Versorgung oder Wohnraum bestimmten dort die soziale Situation. Die Amtssprache war Französisch, daher kam auch Fezas französischer Akzent. Ich las über Diamantenkonflikte, über Religionen und Perspektivlosigkeit, doch kaum etwas über Tourismus wie bei Kenia. Die beiden Länder waren so verschieden wie Großbritannien und Italien.

Als ich wieder auf die Uhr sah, war es bereits nach zwanzig Uhr. Mein Magen machte sich wieder bemerkbar. Es war Zeit, nach Hause zu gehen. Lars würde sich auch schon fragen, wo ich blieb. Ich fuhr meinen Laptop runter und verließ die Detektei.

Ich ging zu Fuß zu meinem Auto, das noch auf dem Parkplatz des Friedhofes stand. Es wäre nicht mehr weit bis zu mir nach Hause gewesen, trotzdem stieg ich ein und fuhr das letzte Stück. Als ich in der Einfahrt parkte, sah ich bereits das Licht im Wohnzimmer brennen. Noch bevor ich die Haustür aufgeschlossen hatte, hörte ich ein bekanntes Stück von Mozart. Wie es hieß, konnte ich nicht sagen. Lars würde es wissen. Er saß im Wohnzimmer auf dem Fußboden und schraubte einen Badezimmerschrank zusammen, der schon eine ganze Zeit im Karton herumgestanden hatte. Als er mich sah, stellte er die Musik leiser.

»Na endlich«, sagte er und lächelte. Er blickte auf die Uhr. »Ganz schön spät geworden.«

»Oh ja«, sagte ich und ließ mich in den Sessel fallen.

»Alles okay bei dir?«

»Nur erschöpft, sonst ja«, antwortete ich gähnend.

»Bist du sicher?«, fragte er und drehte eine Schraube fest.

»Natürlich.« Ich trank einen Schluck von seinem Bier.

»Meinst du nicht, dass du zu hart arbeitest? Verlässt um sieben Uhr das Haus und kommst abends um halb neun zurück.«

»Ich bin selbstständig, Schatz. Ich muss mich erst mal beweisen, mir einen Namen machen. Geregelte Arbeitszeiten sind nun passé.«

Als ich noch als Versicherungskauffrau gearbeitet hatte, war vieles anders gewesen. Jeden Tag um acht Uhr anfangen, jeden Tag um siebzehn Uhr Feierabend, jeden Tag am Schreibtisch sitzen und die Ansprüche der Versicherten bearbeiten, abrechnen oder zurückweisen. Daten einpflegen und mit Kunden telefonieren. Schon nach der Ausbildung hatte ich gewusst, dass ich diesen Job nicht bis zur Rente ausüben wollte. Vor drei Jahren hatte ich einen nebenberuflichen Detektivkurs bei der Zentralstelle für Ausbildung im Detektivgewerbe belegt. Als Lars die neue Stelle in Menden angenommen und ein Umzug angestanden hatte, war mein Entschluss gefasst. Kein neuer Job bei einer Versicherung, sondern der Schritt in die Selbstständigkeit. Aber was, wenn es nicht klappte? Was, wenn ich bis auf diesen einen keine weitere Aufträge bekam? Was, wenn wir die ganzen Investitionen umsonst getätigt hatten? Lars würde recht damit behalten, dass es sich nicht lohnte, und ich müsste mir wieder einen Bürojob suchen. Ein Kloß bildete sich in meinem Hals. Nein, wofür hatte ich denn zehn Monate auf jede Freizeit verzichtet und Psychologie, Kriminalistik, Ermittlungsmethodik und die öden Gesetzestexte gepaukt? Ich wollte es schaffen.

Lars schob die Schublade rein und raus, um zu testen, ob sie funktionierte. Er sammelte das Werkzeug ein und legte es ordentlich in den Werkzeugkasten. Dann setzte er sich zu mir auf die Sessellehne und nahm mich in den Arm.

»Ich will nicht so viel allein sein.«

»Ich weiß«, antwortete ich und küsste ihn.

Er berichtete mir, dass heute ein Server abgestürzt sei und wie er ihn wieder in Gang gesetzt hatte …

Meine Gedanken drifteten zu Marie. Ein Mann hatte sie böse angeguckt. Wer könnte das gewesen sein? Würde sie ihn wiedererkennen? Hatte dieser Mann etwas mit der Entführung zu tun?

Ich schreckte auf, als Lars mich in die Seite stieß. »Du hörst mir ja gar nicht zu.«

»Entschuldigung. Ich war mit meinen Gedanken woanders.«

Er schob seine kalte Hand unter meinen Pullover.

»Nicht jetzt.«

»Schauen wir wenigstens noch einen Film?« Lars legte bereits die DVD in den DVD-Player und schaute mich mit seinem charmanten Lächeln an, das mich schon an ihm fasziniert hatte, als ich ihn auf der Party das erste Mal gesehen hatte. Mittlerweile hatte er sich einen Kinnbart wachsen lassen. Es passte zu seinem Sommersprossengesicht.

Ich ging ins Schlafzimmer und zog eine bequeme Jogginghose an. Als ich zurück ins Wohnzimmer kam, hatte er mir einen Tee gekocht und sich ein neues Bier geholt.

»Ich habe ›Inception‹ ausgewählt. Okay?«, fragte er und startete den Film. Ich nickte, nahm die Tasse in die Hände und pustete gedankenverloren in den dampfenden Tee. Tshala – lebte sie überhaupt noch? Wenn der Versicherungsmakler Celinas Umgebung ausgespäht hatte, hätte er es bei Tshala wahrscheinlich auch getan. Wo wäre er hingegangen? Vor die Schule? Hätte er den Kiwanikas auch eine Versicherung verkaufen wollen? Aber sie hatten ihn noch nie gesehen, hatten sie gesagt. Meine Gedanken kreisten weiter um das kleine Mädchen und den möglichen Täter.

»Ich mag Leonardo DiCaprio nicht, aber die Rolle des gebrochenen Traumweltenbauers spielt er echt gut«, sagte Lars nach einiger Zeit. Als ich auf seinen Kommentar nicht einging, sagte er: »Du siehst ja gar nicht hin.«

»Ich kann mich nicht darauf konzentrieren.«

»Du denkst noch über den Fall nach.«

Es war für mich nicht nur ein Fall, aber ich nickte.

»Muss es unbedingt eine Entführung sein?«

»Lass mich das entscheiden. Ich weiß, was ich mir zutrauen kann«, antwortete ich.

»Dann versprich mir, dass du den Fall sofort aufgibst, wenn es dir schlecht geht.«

»Ich verspreche es«, sagte ich, aber ich wusste, dass ich Tshala niemals im Stich lassen konnte.

★★★

Nur langsam gewöhnen sich ihre Augen an das schummrige Licht. Eine schwarz gekleidete Gestalt steht vor ihr. Der Mann. Er trägt eine Maske. Ein Wollstrumpf mit Löchern für die Augen und den Mund. »Wer bist du?«, schreit sie. Er dreht sich wortlos um und verschwindet aus der einzigen Tür in diesem Raum. Sie schreit um Hilfe, so laut sie kann. Bis ihre Kehle schmerzt. Er kommt nicht zurück. Keiner kommt. Keiner hilft ihr. Sie ist allein. Sie setzt sich auf die Matratze und schaut sich um. Ein kleiner Kellerraum. Eine Matratze, auf der sie sitzt. Mit einer Wolldecke. Auf der anderen Seite des Raumes eine Heizung. Unter der Decke hängt eine einzelne Glühbirne. Aus. Ansonsten ist der Raum leer. Durch eine winzige Luke über ihr scheint fahles Licht herein. Sie legt sich hin und zieht die Decke über ihren Körper. *Wo bin ich? Ich will zu Papa.* Lautlos rollen Tränen über ihre Wangen.

6

Mittwoch, 17.04.

Lars drehte sich um. »Was ist los?«

Ich saß auf der Bettkante und hielt meinen Kopf in den Händen. »Nur ein Alptraum.«

Die Bilder verschwammen vor meinem geistigen Auge, bis nur noch ein Gefühl der Verlorenheit übrig blieb. Ich stand auf und ging ins Bad. Der Wecker auf der Fensterbank zeigte mir, dass es erst fünf Uhr war. Zu früh – viel zu früh. Mein Kopf schmerzte. Ich spritzte mir kaltes Wasser ins Gesicht. Die Tür ging auf, und Lars stand hinter mir. Er schlang die Arme um meinen Bauch und lehnte sich an mich.

»Alles okay?«, fragte er.

»Ja.«

»Dann komm wieder ins Bett.« Er schob seine Hände unter meinen Pyjama und umfasste meine Brüste. »Ich kenne da ein Mittel gegen Alpträume.« Er zog mich ins Schlafzimmer, ohne dabei die Hände von meinem Körper zu nehmen.

Eine Stunde später stand ich in der Küche und machte uns Sandwiches. Lars saß am Tisch und las die Zeitung. Als ich mich zu ihm setzte, nahm er meine Hand. »Du siehst müde aus.«

Ich zuckte mit den Schultern. »Geht schon.«

»Ich mach mir Sorgen um dich.«

»Das hatten wir doch bereits.« Ich zog meine Hand zurück, nahm die Tasse und nippte an dem Tee. In meinen Gedanken war ich weit weg. In einer längst vergangenen Zeit. In einer Zeit, die ich verdrängt, versteckt hatte. Über die ich nie redete. Die keinen etwas anging. Nicht mal Lars.

»Hey!«, sagte er und winkte vor meinen Augen. »Wo bist du gewesen?«

»Weit weg«, antwortete ich.

»Es wühlt dich auf.«

Ich knallte die Tasse auf den Tisch, sodass der Tee überschwappte. »Warum willst du unbedingt, dass ich das Mädchen im Stich lasse?«

Er stand auf, holte den Lappen vom Spülbecken und wischte den Tisch und meine Tasse trocken. »Ich glaube …«

»Es ist mir egal, was du glaubst. Es ist meine Entscheidung. Lars, ich bin alt genug, um zu wissen, was ich mir zutrauen kann.«

Er reichte mir meine Tasse. »Das weiß ich doch«, sagte er, wusch den Lappen aus, faltete ihn zweimal und legte ihn zurück auf die Spülablage.

»Anscheinend nicht«, erwiderte ich.

»Ich dachte nur …«

»Was?«, fragte ich laut.

»Glaubst du denn, dass du das Mädchen schneller findest als die Polizei? Ist es nicht ein bisschen zu …« Er nahm den Teller mit seinem Sandwich von der Anrichte und setzte sich wieder.

»Zu was? Zu schwer? Zu hoch für mich?«, fragte ich laut.

»Ja, zu groß für dich.«

»Warum? Weil ich eine kleine Privatdetektivin bin?« Ich wusste, dass ich mich erst bewähren musste, aber ich hasste es, dass ich mich gegenüber Lars so rechtfertigen musste.

»Ich glaube, dass dich die Entführung zu sehr belastet«, sagte er ruhig.

Ich blickte auf die Zeitung und zog sie zu mir herüber. Tshala lächelte mich von dem Bild fröhlich an. Es war das gleiche Foto, das Upenyu mir gegeben hatte.

»Ich kann sie nicht im Stich lassen. Kannst du das nicht verstehen?«

Vor der Haustür wartete Herr Nienstedt.

»Soll ich Sie mit reinnehmen?«, fragte ich ihn.

Ein Dreitagebart war ihm gewachsen. Die dickrandige Brille konnte die Ringe unter seinen Augen nicht verbergen. Sein Hemd war zerknittert. Er schaute mich desinteressiert, fast missmutig an.

»Ach, Sie schon wieder!« Er seufzte und bejahte meine Frage.

»Aber Sie wollen doch nicht auch hier rein«, sagte er, als wir vor der Wohnungstür der Familie Kiwanika standen.

»Oh doch«, antwortete ich freundlich. »Ich muss mit meinen Auftraggebern sprechen.«

Er stemmte seine Hand in die Hüfte. »Sie werden nicht …«

In dem Moment öffnete sich die Tür, und Upenyu begrüßte uns. »Kommen Sie rein!«, forderte er uns auf. Ich trat ohne zu zögern in die Wohnung und sah, wie Herr Nienstedt die Augen verdrehte. Bashira und Jomo saßen am Esstisch und frühstückten. Neben den Müslischüsseln lagen aufgeschlagene Schulhefte.

»Kaffee?«, fragte Feza. Nienstedt nickte.

»Für mich nicht«, sagte ich und setzte mich aufs Sofa.

»Ich muss der Familie etwas mitteilen. Es ist vertraulich. Bitte verlassen Sie solange die Wohnung«, sagte Nienstedt.

Ich schlug ein Bein über das andere und lehnte mich zurück. »Nein.«

»Wie bitte?«

»Nein«, wiederholte ich. »Ich werde hierbleiben.«

»Sie gehören nicht zur Familie.«

»Herr Kiwanika wird mir später sowieso erzählen, was Sie zu berichten haben.«

Nienstedt trat auf mich zu und kam mir mit seinem Kopf bedrohlich nahe. »Machen Sie mir meine Arbeit nicht noch schwerer.« Ich konnte sein scharfes Aftershave riechen.

»Wir versuchen, ein Mädchen zu finden«, sagte er mit fester Stimme.

»Ich auch«, antwortete ich.

»Sie kann bleiben«, mischte sich Upenyu ein und stellte sich neben Herrn Nienstedt. »Wenn Sie Tshala finden würden, bräuchten wir keine Detektivin.«

»Sie brauchen nach wie vor keine. Das ist ein Fall der Polizei«, sagte Herr Nienstedt empört.

»Haben Sie Tshala gefunden?«, fragte Upenyu und blickte den Kriminalbeamten auffordernd an. In dem Moment kam Feza herein und brachte den Kaffee. Herr Nienstedt wandte sich ab und setzte sich mit der Tasse auf den Sessel mir gegenüber. Auch Upenyu bekam von Feza eine Tasse gereicht und setzte sich dazu.

»Was gibt's Neues?«, fuhr Upenyu fort. Nienstedt starrte mich einen Moment lang an und begann zu berichten: »Wir haben den Verdächtigen die ganze Nacht verhört.«

»Und?«, fragte Upenyu.

»Er hat den Mord an Celina gestanden.«

»Und Tshala?« Upenyu stellte seine Tasse auf den Tisch.

»Nein. Bisher nicht.«

Nienstedt trank einen Schluck, bevor er fortfuhr. »Wahrscheinlich wird er nicht gestehen. Von ihm haben wir keine Informationen zu erwarten.«

»Das lassen Sie zu?« Upenyu wurde laut.

»Wir tun, was wir können.«

»Wohl nicht sehr viel«, schrie Upenyu.

»Geben Sie uns ein bisschen Zeit.«

»Wie viel denn noch?« Upenyu sprang auf und ging im Wohnzimmer auf und ab. Dabei fasste er sich an seinen Nasenrücken. »Tshala ist nicht tot. Es war nicht der Kindermörder. Das kann nicht sein. Das glaube ich nicht.«

»Wir haben bisher keine andere Spur.«

»Suchen Sie besser.«

Herr Nienstedt lehnte sich vor und stellte seine Tasse auf den Tisch. Dabei schwappte ein wenig von seinem Kaffee auf die Tischdecke.

»Ich kann Ihre Verzweiflung verstehen Herr Ki...iwanika.«

»Können Sie nicht!«, schrie Upenyu so laut, dass ich zusammenzuckte. Seine Augen funkelten. »Sie lügen. Sie sagen, Sie tun alles. Das stimmt nicht!«

Feza mischte sich wieder ein, versuchte ihren Mann zu beruhigen und ging mit ihm in die Küche.

»Haben Sie wirklich keine andere Spur?«, fragte ich Nienstedt.

Er faltete seine Hände und ließ die Gelenke seiner Finger knacken. »Bisher nichts Handfestes.«

»Haben die Anwohner in der Straße die Entführung nicht beobachtet?«

»Es hat keiner etwas gesehen.«

»Schüler aus der Schule?«

Kopfschütteln. »Nein.«

»Und dieser Versicherungsmakler. Wie ist er? Ist er ein Serientäter?«

Nienstedt bewegte seinen Kopf nach links und rechts, als wolle er eine Verspannung im Rücken befreien.

»Er hat Celina kaltblütig ermordet. War bei der Mutter, hat die Familie ausgekundschaftet. Er hat die Tat geplant und bereut nichts«, sagte Nienstedt.

»Also durchaus ein Typ für eine Wiederholungstat«, folgerte ich.

Nienstedt nickte. »Unser Profiler geht davon aus, dass er mehrere Kinder ermordet hat. Es gab in den letzten fünf Jahren leider zwei weitere Morde an jungen Mädchen. Beide im Sauerland.«

»Hat er das schon gestanden?«, fragte ich.

»Nein.«

»Haben Sie Beweise?«

»Nein!«, rief er so laut, dass sich Bashira und Jomo an ihrem Tisch umdrehten. Bashira stand auf und brachte die Müslischalen in die Küche.

»Hier war doch kein Versicherungsmakler, oder?«, fragte ich.

»Die Eltern sagen Nein. Ich hab sie schon gefragt.«

»Also wurde Tshala nicht ausgekundschaftet?«

»Bisher gibt es keine Hinweise darauf.«

»Wieso sollte jemand seine Taktik ändern?«, fragte ich.

»Weil er gemerkt hat, dass er Fehler begangen hat, dass er zu leichtsinnig war.«

»Warum sind Sie sich so sicher, dass er für beide Taten verantwortlich ist?«

»Jede Kindesentführung gleichen wir mit allen vermissten Kindern aus der Bundesrepublik ab.«

»Und?«

»Es gibt eine hohe Übereinstimmung. Im ähnlichen Alter. Beide sind nach der Schule nicht nach Hause gekommen. Wir haben bei beiden Mädchen einen persönlichen Gegenstand gefunden. Ein Kuscheltier und ein Bild. Das hätte Absicht des Täters sein können. Außerdem der enge zeitliche Rahmen.«

»Das ist doch kein Beweis!«

Nienstedt trank seinen Kaffee aus und stand auf. »Ich muss gehen. Ich habe Ihnen sowieso bereits zu viel verraten.«

Ich streckte ihm meine Hand entgegen. »Wir haben beide das gleiche Ziel. Lassen Sie uns zusammenarbeiten.«

»Das geht nicht«, sagte er, ignorierte meine Hand und ging.

Ich hörte, wie er sich von Upenyu und Feza verabschiedete und die Wohnung verließ. Und eine neue Stimme war zu hören. Mugambi war gerade gekommen und setzte sich mit seinen Eltern zu mir ins Wohnzimmer. Ich rutschte auf dem Sofa ein Stück nach vorne und richtete mich auf. »Auch Herr Nienstedt zweifelt an seiner Theorie.«

»Hat er das gesagt?«, fragte Upenyu.

»Nein, aber er war nervös. Vor allen Dingen, als ich ihn nach Beweisen gefragt habe.«

»Ich wusste es«, sagte Upenyu und schlug auf sein Knie.

»Jetzt brauche ich Ihre Hilfe.«

Ich schaute jedem Einzelnen nacheinander in die Augen. Feza wich meinem Blick aus. Was war nur mit ihr? Warum kam ich nicht an sie heran? Mugambi hingegen lächelte mich an. »Was brauchen Sie?«

Jetzt musste ich methodisch vorgehen. Alle möglichen Informationen der Auftraggeber einholen, jede Kleinigkeit konnte entscheidend sein, und erst danach selbst recherchieren. Ich hatte das Gefühl, sie hatten mir noch nicht alles gesagt, was sie wussten.

»Haben Sie Feinde? Jemanden, der Ihnen schaden möchte?«

Feza schüttelte den Kopf, wobei ihre Ohrringe hin und her schwangen. »Keine Feinde.«

Upenyu bestätigte das.

»Gibt es jemanden aus Ihrem Umfeld, den Sie verdächtigen? Jemanden, dem Sie diese Tat zutrauen?«, hakte ich weiter nach.

Die drei schauten sich fragend an. Upenyu zuckte mit den Schultern. »Das wissen wir nicht.«

»Wollen Sie Ihre Tochter finden oder nicht?«

»Natürlich«, fauchte er mich an.

»Dann helfen Sie mir. Ich kann nicht die ganze Nachbarschaft befragen.«

Stille.

»Vielleicht gibt es da jemanden«, begann Mugambi.

»Ja?« Ich rutschte noch ein Stück nach vorne. Meine Glieder spannten sich an.

»In der Nachbarstraße wohnt ein – wie soll ich sagen? Er ist gegen Ausländer und gibt das auch offen zu. Ich weiß, dass er sich in der rechtsradikalen Szene aufhält.«

Warum hatte er mir das nicht früher gesagt?

»Name?«

Mugambi zuckte mit den Schultern. »Keine Ahnung.«

»Straße und Hausnummer?«

»Ich kann Sie gleich hinführen, wenn Sie möchten.«

»Gerne. Und warum sollte er ein Motiv haben?«

»Er hat meinen Bruder Jomo schon mal bedroht. Er kam von der Schule nach Hause, und der Kerl wollte ihn nicht ins Haus lassen, bis eine Nachbarin vorbeikam und Jomo half.«

Upenyu blickte seinen Sohn entgeistert an und sprach schnell und laut auf ihn ein. Mugambi antwortete.

»Können Sie bitte deutsch reden«, forderte ich sie auf.

Sie schauten mich beide wieder an.

»Was haben Sie gerade besprochen?«, fragte ich.

»Mein Vater sagte, das sei privat«, antwortete Mugambi.

»Jede Information kann für die Suche wichtig sein«, protestierte ich.

Mugambi nickte. »Das habe ich ihm auch gesagt.«

»Okay.« Ich blickte auf meinen Notizblock. »Haben Sie diesen Typen angezeigt?«

»Nein. Er hat meinen Bruder ja nicht angefasst.«

Ich holte tief Luft und fragte Mugambi, ob wir aufbrechen könnten. Vielleicht war es gar nicht so schlecht, mal mit dem Sohn allein zu sprechen.

Mugambi und ich kauften uns belegte Brötchen beim Selbstbedienungsbäcker. Er bestand darauf, dass wir kurz Platz nahmen. Die Stärkung tat mir gut.

»Sie sind mir noch eine Antwort schuldig. Warum hat Ihr Vater kein Vertrauen zur Polizei?«, fragte ich, als ich den letzten Bissen meines Käsebrötchens aufgegessen hatte.

»Als er aus Kenia nach Deutschland gekommen war, arbeitete er anfangs auf dem Bau. Schwarz natürlich. Der Zoll hat kontrolliert. Er musste einen Monat ins Gefängnis. Die anderen Arbeiter blieben verschont, obwohl einige auch schwarzgearbeitet haben.«

»Warum?«

Mugambi zuckte mit den Schultern. »Vielleicht weil er erst kürzlich nach Deutschland gekommen war. Kein Deutsch sprach. Er ist der Meinung, dass es daran lag, dass er farbig ist.«

Vielleicht lag es auch an seinem Auftreten, an seiner Aggressivität, dachte ich. Nachdem Mugambi seinen Kaffee leer getrunken hatte, gingen wir zum Haus des angeblichen Rechtsradikalen. Wir bogen von der Fußgängerzone in eine kleine Querstraße ab. Er zeigte mir das letzte Stück Stadtmauer von Menden. Zwischen zwei Häusern, vielleicht einen Meter fünfzig breit. Davor eine Deutschlandfahne und eine alte Mülltonne als Blumenkasten umfunktioniert und mit gelben Narzissen bestückt. Wir gingen weiter. In der Straße standen die Häuser eng aneinander. Wie früher, als es wenig Platz innerhalb der Stadtmauern gab.

»Das ist es«, sagte er schließlich und zeigte auf eins der Fachwerkhäuser.

An der Tür befanden sich zwei Namensschilder. »C. Adermann« stand auf dem oberen, »H. Adermann« auf dem unteren.

»Ich glaube, Vater und Sohn wohnen hier zusammen«, sagte Mugambi und begann sich wieder von der Haustür zu entfernen.

»Und wen suchen wir?«, wollte ich wissen.

»Der obere ist es. Ich glaube, Carsten heißt er. Jetzt erinnere ich mich wieder, wo ich das Schild sehe. Aber lassen Sie uns gehen. Ich möchte nicht hier stehen bleiben.«

Ich wollte noch nicht gehen und schickte Mugambi allein nach Hause. Ein paar Häuser weiter befand sich ein Kiosk mit zwei Stühlen davor. Er hatte jedoch nicht geöffnet. Ansonsten gab es nichts, wohinter man sich hätte verstecken können, um den Eingang unauffällig zu beobachten. Ich überlegte einen Moment, wie ich am besten an Carsten Adermann herankam. Ich glaubte nicht, dass er mir wohlgesonnen war, wenn ich ihm erzählte, wer mein Auftraggeber war. Ich brauchte eine Idee. Wem würde er bereitwillig etwas erzählen? Einer Versicherungsvertreterin, Spendensammlerin? Nein. Eine Umfrage? Eine über die Nachbarschaft? Nein, über die Sozialisation. Ich lächelte. Eine Pädagogikstudentin bei der Arbeit an ihrer Dissertation. Ich eilte wieder zurück. Holte dabei Mugambi ein, der mich verwirrt anschaute, als ich an ihm vorbeirannte.

»Was haben Sie's denn jetzt so eilig?«

»Eine Idee. Erzähle ich später«, rief ich ihm zu.

In meiner Detektei entwickelte ich einen Fragebogen. Wenn ich ihn weiter ausgearbeitet hätte, hätte ich die Fragen geschickter stellen können und hätte tiefgründigere Antworten erhalten. Aber für meinen Zweck sollte es reichen. Ich wollte den Typen nur kennenlernen und einschätzen, ob ich ihm eine Entführung zutrauen würde. Vielleicht könnte ich auch schon ein Motiv herausfiltern. Ich holte Tshalas Bild aus meiner Tasche und strich über ihr Gesicht. »Wir werden dich finden«, flüsterte ich und steckte das Foto wieder zurück. Ich versah den Fragebogen mit dem Logo der Uni Paderborn. An der Uni konnte man Pädagogik studieren, wie ich kurz recherchiert hatte. Dann druckte ich fünf Ausfertigungen aus. Ich eilte nach Hause, war ganz aus der Puste, als ich in meiner Straße Am Lahrkreuz ankam. In einer Umzugskiste in der Abstellkammer fand ich ein buntes Shirt, das ich normalerweise nur noch zur Gartenarbeit anzog, und suchte im Arbeitszimmer nach einem Klemmbrett. Mit diesen Utensilien machte ich mich wieder auf den Weg zu Herrn Adermann.

Zehn Minuten später betätigte ich die Klingel. Ein Junge um die zwanzig mit kurz geschorenen Haaren und kräftigen Oberarmen öffnete mir die Tür. Über seiner Oberlippe deuteten ein paar Barthaare einen Schnurrbart an. »Was gibt's?«, fragte er.

Ich lächelte, so charmant ich konnte. »Ich arbeite an einer Hausarbeit für mein Studium und würde Ihnen gerne ein paar Fragen stellen.«

»Kein Interesse.«

Er wollte die Tür wieder schließen, doch ich schob meinen Fuß dazwischen.

»Es dauert nicht lange. Aber es ist wichtig, dass ich möglichst viele Leute befrage, um eine gute Schnittmenge zu bekommen. Anonym natürlich.«

Er wollte etwas sagen, doch ich kam ihm zuvor. »Es gibt auch eine kleine Entschädigung.« Ich kam noch ein Stück näher und schob das Türblatt mit meiner Fußspitze auf.

»Was denn für eine Entschädigung?«

»Zwanzig Euro.«

Die würden meine Spesen noch weiter ansteigen lassen, aber ich sah keine andere Möglichkeit.

»Mehr nicht?«

Jetzt wurde er auch noch unverschämt. »Das Institut hat nicht viel Geld«, sagte ich.

»Na gut. Komm rein. Aber ich habe nicht lange Zeit.«

Ich trat ein und schloss die Tür hinter mir. »Haben Sie noch einen Termin?«, fragte ich und versuchte, es beiläufig klingen zu lassen.

Wir stiegen die Treppe hoch in die erste Etage. »Ja, zum Kumpel.« Die Decken in der Wohnung waren tief, und durch die Gardinen drang trotz des Sonnenscheins nur wenig Licht ins Zimmer. Es roch nach Zigaretten und abgestandener Luft. Das Sofa, das bestimmt mal weiß gewesen war, hatte sich beige verfärbt und war mit Brandflecken übersät. Ich setzte mich auf eine Stelle mit möglichst wenig Flecken.

»Also nun. Was haste für Fragen?«

Ich wunderte mich, dass er sich nicht erkundigte, wie ich hieß, von welcher Uni ich kam oder was ich studierte. Mir sollte es recht sein. Ich blickte auf meinen Fragebogen und stellte die erste Frage: »Wie oft haben Sie Kontakt mit folgenden Personen? Nachbarn, Arbeitskollegen oder Lehrern, Pastor, öffentlichen Einrichtungen.« Ich hatte ein Schema mit einer Einteilung von nie bis sehr oft entwickelt, was ich ihm kurz erklärte.

»Nachbarn sieht man fast nie. Arbeitskollegen hab ich nicht. Mit dem Pastor hab ich nix zu schaffen, und zum Arbeitsamt muss ich jeden Monat. Das zählt doch zu öffentlichen Einrichtungen, oder?«

Ich nickte und setzte Kreuze in meine Tabelle.

»Wie oft triffst du dich mit Freunden?« Ich schwenkte unkommentiert zum Du über, da er so etwas wie Siezen nicht zu kennen schien.

»Jeden Tag.«

Ich stellte noch einige Fragen, bis ich zu den wirklich interessanten kam.

»Warst du schon mal in eine Handgreiflichkeit verwickelt?«

»Meinste 'ne Prügelei?«

»Zum Beispiel.«

»Lässt sich manchmal nicht vermeiden.«

»Gibt es Menschen mit Immigrationshintergrund in deinem Freundeskreis?«

»Du meinst Ausländer?«

Ich nickte.

»Sehe ich so aus?« Er breitete die Arme aus und sah an sich herunter. Auf seinem T-Shirt war ein in Rosen eingebettetes Hakenkreuz abgebildet.

»Also nein«, folgerte ich, blickte auf meinen Fragebogen und notierte es, ohne auf seine provokante Gegenfrage einzugehen. Wie weit konnte ich mich bei ihm vorwagen? Redete er gern über seine Abneigung gegen Ausländer oder nicht? Ich blickte auf sein Shirt, und in dem Moment war ich mir sicher, dass er keinen Hehl aus seiner Meinung machte.

»Ich hatte letztens einen Klempner zu Hause. Hakan irgend-«, begann ich.

»Ach du Scheiße«, fiel er mir ins Wort und machte eine abwertende Handbewegung. »Das kann schon nichts werden.«

»Du hast recht. Nach zwei Tagen hat mein Abflussrohr unter der Spüle wieder getropft«, log ich.

»Wie kannst du nur so dämlich sein, dir einen türkischen Klempner ins Haus zu holen? Deutsche Wertarbeit. Das ist, was zählt. Alles andere kannste getrost in die Tonne kloppen.«

»Du würdest dir also keinen ausländischen Handwerker ins Haus holen?«, fragte ich weiter.

»Ach.« Er schaute mich entgeistert an, als ob ich ihn beleidigt hätte. »Wir Nationalen doch nicht«, sagte er laut.

Er bekannte sich also zu seiner Einstellung. Diesem Typen wollte ich nicht nachts in einer dunklen Gasse begegnen. Ich setzte wieder ein Kreuz auf meinen Fragebogen. Sollte ich mich noch weiter vorwagen? Bisher hatte er mir schließlich bereitwillig Auskunft gegeben.

»Was hältst du davon, dass so viele Ausländer in Deutschland und hier in Menden leben?«

»Was wohl. Was wolln die Ausländer hier? Nehmen uns die Arbeitsplätze weg. Kassieren Kindergeld ohne Ende. Bauen ihre Moscheen überall, und das noch auf Staatskosten. Die schmarotzen hier nur rum. Die solln sich verpissen zurück in ihr Rattenloch, wo sie herkommen.«

Er stand auf, ging in die Küche und holte sich ein Bier. »So, genug gelabert. Was ist jetzt mit der Kohle?«

Ich hatte meine Antworten und ließ die letzte Frage auf dem Bogen weg. Aus meinem Portemonnaie holte ich einen Zwanzig-Euro-Schein. Carsten riss mir das Geld aus der Hand und stopfte es in seine Hosentasche. Er nahm seine Flasche, führte sie zum Mund und war im Begriff, sie mit den Zähnen zu öffnen.

»Was machst du denn da? Davon gehen deine Zähne kaputt«, rutschte es mir heraus.

Er ließ den Kronkorken in seine Hand fallen und warf ihn achtlos auf den Tisch. »Willste dich jetzt aufführen wie mein Vater? Hau endlich ab«, sagte er schroff.

Ich steckte meinen Stift ein und stand auf. Was würde er tun, wenn er einem afrikanischen Mädchen am helllichten Tag begegnete? War er der Entführer von Tshala? War der Hass auf die afrikanische Familie so groß, dass er zu einer Entführung fähig war? Und wenn, hatte er keine Angst vor den Konsequenzen? Würde er für seine Einstellung in den Knast gehen? Ich sah ihn an. So selbstgefällig, wie er in seinem Sessel saß. Die Beine so breit, wie es ging, die Arme lässig auf den Armlehnen, die Haare bis auf wenige Millimeter abrasiert.

»Du hast doch bestimmt von dem vermissten Mädchen gehört«, sagte ich, bevor ich mir über mögliche Folgen Gedanken gemacht hatte.

»Die Afrikanerin.«

»Genau die. Kennst du sie?«, fragte ich so beiläufig wie möglich, ging zum Fenster und betrachtete flüchtig einen Zeitungsartikel, der in einem Fotorahmen an der Wand hing. »Zwei Neonazis treten einen Jugendlichen krankenhausreif«, hieß es in der Überschrift. Mehrere Zeilen waren mit Textmarker markiert.

»Das ist jetzt aber nicht mehr für die Uni, oder?«, fragte Carsten. Ich drehte mich wieder zu ihm.

»Ich find es schrecklich. Das arme Mädchen«, sagte ich.

»Selber schuld, sollen die doch zurück nach Afrika, wo sie herkommen.«

»Hast du etwa kein Mitleid?«

»Wird das jetzt zu einem Verhör?« Er richtete sich in seinem Sessel auf.

»Wieso Verhör? Wir reden doch nur«, entgegnete ich.

»Ich hab jetzt genug von deinen Fragen.« Er knallte seine Flasche auf den Tisch und baute sich vor mir auf. »Verschwinde jetzt!«

Ich wich einen Schritt zurück, sah in seine braunen Augen, das linke Augenlid zuckte. Hatte er was zu verbergen? War er Tshala auf dem Schulweg begegnet? Was würde er mit ihr machen? Ich wollte ihn gerade fragen, was er letzte Woche Freitagmittag gemacht hatte, da riss er mir das Klemmbrett aus der Hand.

»Du bist gar keine Studentin«, rief er. Erstaunt sah ich ihn an. Woher wusste er es, wodurch hatte ich mich verraten? Ich hätte es dementieren sollen, doch ich brachte kein Wort heraus. Er sah auf die Zettel, entfernte sie von dem Brett und zerriss sie in kleine Schnipsel.

»Was soll das?«, war alles, was mir dazu einfiel.

»Was bist du? Eine Reporterin? Ein Bulle?«

»Weder noch«, rief ich und versuchte nach dem Klemmbrett zu greifen. Plötzlich gab er mir einen kräftigen Stoß. Darauf war ich nicht vorbereitet. Wo ist deine Deckung?, dachte ich, als ich nach hinten fiel. Ich ruderte mit den Armen. Versuchte mich irgendwo festzuhalten. Bekam nichts in die Hand und fiel rückwärts auf den Boden. Mein Kopf knallte gegen den Türrahmen. »Au!« Ich rollte mich zur Seite.

»Wer bist du dann?«, rief er, doch seine Stimme klang, als sei sie weit entfernt.

Mein Kopf fühlte sich an, als würde er platzen. Ich fuhr mir mit der Hand durch die Haare, um zu kontrollieren, ob ich blutete. Ich hatte Carsten unterschätzt.

Er warf mir das Klemmbrett vor die Füße und griff nach meiner Handtasche. Er kramte darin herum, fand eine Visitenkarte.

»Privatdetektivin. Helena Briest. Für wen arbeitest du?«

Langsam rappelte ich mich auf. Mir wurde schwarz vor Augen, und ich musste einen Moment innehalten. Ich zog mich an der Türklinke nach oben und schaute mich um. Meine Fragebögen lagen in kleinen Schnipseln auf dem Boden verteilt. Er stand mittendrin und sah mich wütend an. Einen kurzen Augenblick dachte ich daran, ihm einen rechten Haken zu verpassen. Nein. Ich nahm meine Handtasche und das Klemmbrett, lief die Treppe hinunter und stolperte auf die Straße. Er rief mir etwas hinterher, das ich nicht mehr verstand.

***

»Hey! Ist da jemand?« Ihre Stimme schwindet, ihr Hals schmerzt vom Schreien. Sie legt sich auf den Rücken und starrt an die Decke. Die Glühbirne hängt in einer schwarzen Fassung. Die drei Drähte sind mit einem grauen Band zusammengeklebt. Eine Ecke davon steht ab. Je länger sie hinschaut, desto mehr stört sie diese Ecke. Sie verspürt einen Drang, aufzustehen und das Band richtig anzukleben. Doch sie kann das Kabel nicht erreichen. Sie dreht ihren Kopf zur Tür. Wieso kommt keiner? Wieso lässt man sie hier allein? Sie wünscht sich, dass jemand zu ihr kommt, mit ihr spricht, sie in den Arm nimmt. Wie wäre es nur, wenn noch jemand hier wäre. Sie leckt über ihre Lippen, schmeckt das Salz auf ihrer Haut. Sie hat so schrecklichen Durst. »Hallo! Kann mich jemand hhöö... öö...ren?« Ihre Worte enden in einem Hustenanfall. Ihre Kehle ist trocken. Trinken, sie braucht unbedingt etwas zu trinken. Wer tut ihr das an? Wird überhaupt noch mal jemand wiederkommen? Oder lässt man sie hier sterben? Angekettet. Verdurstet. Verhungert. Allein. *Nein, ich will nicht sterben! Papa, so hilf mir doch! Wieso hilft mir denn keiner?*

7

Meinem Kopf ging es wieder besser, aber eine dicke Beule hatte sich gebildet. Gut, dass man die unter meinen Haaren nicht sah. Lars hätte bestimmt gewollt, dass ich Anzeige erstattete. Diese Blöße wollte ich mir vor Herrn Nienstedt aber nicht geben. Und Lars musste schließlich nichts von dem kleinen Zwischenfall erfahren. Er würde sich nur unnötig Sorgen machen.

Im Internet hatte ich herausgefunden, dass Carstens Vater Helmut hieß und tatsächlich mit in dem Haus wohnte. Den Zeitungsartikel aus Carstens Wohnung fand ich auch. Vor zwei Jahren hatten in Menden zwei junge Neonazis einen fünfzehnjährigen Jungen niedergeschlagen und auf ihn eingetreten. Passanten riefen einen Krankenwagen, als sie den Jungen auf dem Bahnsteig fanden. Es wurden zwei mutmaßliche Täter festgenommen, doch nach kurzer Zeit wieder auf freien Fuß gesetzt, da das Opfer die jungen Männer nicht einwandfrei identifizieren konnte und es keine anderen Zeugen gab. War Carsten einer der Täter gewesen? Warum sonst sollte er den Zeitungsartikel wie eine Trophäe in seinem Zimmer aufgehängt und Textstellen markiert haben? Meine Gedanken wanderten zu Tshala. Ich konnte mir gut vorstellen, dass Carsten mit ihr nicht zimperlich umgehen würde. Doch was für ein Motiv könnte er für eine Entführung haben? Das musste ich herausfinden. Vielleicht würde ich auch etwas von dem Vater erfahren, aber noch mal bei Carsten vor der Haustür aufzutauchen war sicher keine gute Idee. Zuerst wollte ich ohnehin noch jemand anderen befragen: Tshalas Klassenlehrerin. Außerdem hatte ich noch eine weitere Idee. Ich fand ein Foto von Carsten im Internet, druckte es aus und steckte es in meine Tasche.

Frau Birner war eine ältere Dame mit lockigen Haaren. Sie nahm mich mit auf den Schulhof, wo sie Aufsicht hatte. Es war laut. Die Kinder liefen herum, spielten Fangen, sprangen Seil und hangelten an einem Klettergerüst herum.

»Schlimm, was passiert ist. Und das an unserer Schule. Ich kann es immer noch nicht glauben«, sagte Frau Birner.

»Erzählen Sie mir von Tshala«, forderte ich sie auf.

»Tshala ist eine gute Schülerin. Aufgeweckt. Beteiligt sich gut am Unterricht, leider quatscht sie auch oft dazwischen.«

»War sie beliebt bei ihren Klassenkameraden?«

Die Lehrerin ermahnte eine Schülerin, die Bananenschale nicht auf einer Bank liegen zu lassen, sondern in den Abfalleimer zu werfen. Das Mädchen verzog ihr Gesicht zu einer Grimasse, warf dann die Schale in den Müll und verschwand mit ihrer Freundin lachend in der Menge.

»Ja, sehr. Sie hat ihren Mitschülern bei Aufgaben geholfen, verbreitete gute Laune. Dafür waren ihre Eltern nicht beliebt.«

»Was meinen Sie damit?«

»Zu den Elternsprechtagen kam immer nur der Vater. Er ist sehr … wie soll ich sagen … eigen. Hat Tshala beim Ausflug nicht mitfahren lassen. Er wollte, dass die Klasse in Menden bleibt. Dabei sind wir nur nach Münster in den Zoo gefahren.«

»Warum die ganze Klasse?«

»Wahrscheinlich damit Tshala nicht in eine fremde Klasse gemusst hätte. Wenn ein Kind bei einem Ausflug nicht mitfährt, muss es in die Schule gehen. Meistens besucht es eine Parallelklasse.«

»Was war daran so schlimm für Herrn Kiwanika?«

»Ich habe es auch nicht verstanden. Trotzdem hat er es verlangt, und dann kam es natürlich zum Streit zwischen den Eltern.«

»Wie ist das genau abgelaufen?«

»Na ja … Die Eltern haben Herrn Kiwanika nicht verstanden. Viele begrüßen die Unternehmungen der Schule. Eltern von zwei Kindern engagieren sich im Förderverein, der Kindern aus schlechten finanziellen Verhältnissen solche Ausflüge ermöglicht. Es wurde ein sehr unangenehmer und lauter Elternabend, kann ich Ihnen sagen.«

»Und wer engagiert sich so im Förderverein?«

»Das darf ich Ihnen nicht sagen.«

»Ich verspreche Ihnen äußerste Diskretion. Außerdem wird es mir Herr Kiwanika sowieso verraten, wenn Sie es nicht tun.«

Frau Birner blieb konsequent und sagte mir nichts. Ich machte mir einen Vermerk auf meinem Notizblock, damit ich Herrn Kiwanika später fragen konnte.

»Sie glauben doch nicht, dass die Eltern meiner Schüler etwas mit der Entführung zu tun haben«, sagte Frau Birner empört.

»Natürlich nicht, aber ich muss jeder Spur nachgehen.«

Sie schüttelte energisch den Kopf. »Nein. Niemals. Das kann nicht sein.«

Zwei Jungen rannten um uns herum. Der Größere wollte dem Kleineren das Trinkpäckchen wegnehmen. Mit strengen Worten beendete Frau Birner die kleine Rangelei.

»Ich bin auch an Ihrer Meinung interessiert. Wer hat Tshala entführt, was glauben Sie? Sie wissen es natürlich nicht. Aber nur eine Ahnung könnte schon weiterhelfen.«

Sie zuckte mit den Schultern. »Ich bin nur die Lehrerin.«

»Ich würde trotzdem gern Ihre Meinung hören.«

Frau Birner schaute zu Boden und schwieg. Dann sah sie mir direkt in die Augen: »Der Vater. Es ist der Vater.«

»Was ist mit dem Vater?«, fragte ich erstaunt.

»Er ... also ... ich glaube, er hat seine Tochter nach Afrika geschickt.«

»Was?«, platzte es aus mir heraus. »Das müssen Sie mir erklären. Wie kommen Sie darauf?«

Sie wandte sich ab und ging ein paar Schritte.

Ich folgte ihr und stellte mich vor sie. »Bitte erzählen Sie mir, was Sie denken.«

»Der Vater will nach Afrika zurück. Das hat er bei einem Elternsprechtag gesagt, und er ist so verbohrt in seinen Traditionen. Er findet es nicht gut, dass seine Tochter auf eine deutsche Schule geht.«

»Aber er ist hier. In Deutschland, in Menden ... Nehmen wir an, dass es stimmt, was Sie sagen. Warum ist er nicht mit nach Afrika gegangen?«

»Vielleicht will er den Verdacht von sich ablenken und hat Tshala allein ins Flugzeug gesetzt, oder Freunde der Familie haben sie dorthin gebracht, und Herr Kiwanika fliegt nach.«

»Haben Sie konkrete Hinweise?«

»Sie haben mich nur nach meiner Meinung, nach meiner Vermutung gefragt.«

Die Schulglocke ertönte.

»Ich muss jetzt zu meiner Klasse zurück. Wenn Sie noch etwas wissen möchten, kommen Sie doch nach der fünften Stunde wieder.«

»Ich würde gerne noch mit Marie Stemmer sprechen. Ist sie da?«

Frau Birner blickte über den Schulhof. »Da vorne«, sagte sie und zeigte auf eine Gruppe von etwa zehn Mädchen. Ich erblickte Marie in der Menge, bedankte mich bei Frau Birner und verabschiedete mich. Marie und ihre Freundinnen bewegten sich auf den Eingang zu.

»Marie«, rief ich, und sie blickte sich um. Ich drängte mich an anderen Kindern vorbei und kniete mich vor sie hin. »Ich habe noch eine Frage an dich. Ist das okay?«

Sie nickte.

»Du hast gesagt, ein Mann hat dich und Tshala böse angeschaut auf dem Weg nach Hause.« Ich zog das ausgedruckte Foto aus meiner Tasche und reichte es ihr. »War er das?«

Marie sah wie gebannt auf das Foto.

»Und?«, fragte ich, als sie nicht direkt antwortete.

»Das ist er«, bestätigte sie.

»Bist du dir ganz sicher?«

Sie sah mich ängstlich an und antwortete im Flüsterton: »Ja.«

Ich nahm ihr das Foto ab. »Du brauchst keine Angst zu haben«, sagte ich und klopfte ihr auf die Schulter. »Du hast mir sehr geholfen. Ich werde jetzt weiter nach Tshala suchen. Und du kannst in deine Klasse gehen.«

Sie drehte sich um und rannte zum Eingang. Ich setzte mich auf eine Bank und beobachtete, wie die restlichen Schüler ins Gebäude liefen. Carsten war Marie und Tshala auf dem Schulweg begegnet. Er war zur Tatzeit in der Nähe gewesen. Vielleicht hatte er Tshala auf dem Friedhof aufgelauert, oder er hatte gewartet, bis Tshala sich von ihrer Freundin verabschiedet hatte, und war ihr gefolgt. Und was war mit den Vermutungen von Frau Birner? War ihre Sicht auf Upenyu getrübt, weil er Tshala nicht an Ausflügen hatte teilnehmen lassen? Oder hatte sie wirklich ein gutes Gespür? Aber warum sollte Upenyu seine Tochter allein nach Afrika schicken? Nur um den Verdacht von sich abzulenken? Wenn er erst einmal mit ihr auf dem anderen Kontinent war, würden die deutschen Behörden nichts mehr ausrichten können. Außerdem hatte er mich gebeten, nach Tshala zu suchen. Das ergab keinen Sinn.

Als ich in Gedanken versunken die Treppen zu meiner Detektei hochstieg, rempelte ich mit einem kleinen Mann zusammen.

»Hey, passen Sie doch auf«, rief er.

»Entschuldigen Sie«, sagte ich.

»Sie sind die neue Mieterin, woll?«

Sein rundliches Gesicht wirkte schlaff und träge. Unter seinen Augen hingen Tränensäcke, die ihn alt und unheimlich aussehen ließen.

»Ich habe meine De… meine Wohnung dort«, sagte ich und zeigte auf meine Tür.

»Mhm«, brummte er und nickte. »Was haben Sie denn mit den Negern zu schaffen?« Ich folgte seinem Blick nach unten. Woher wusste er das? Spionierte er mir hinterher?

»Ich arbeite für sie. Und was ist mit Ihnen? Wer sind Sie?«

Er streckte mir seine schwielige Hand entgegen. »Klaus Rathke. Ich bin der Hausmeister. Kümmer mich um alles, was anfällt. Also falls Sie was haben. Die Heizung, das Waschbecken.«

Ich erwiderte seinen Handschlag. »Helena Briest.«

»Passen Sie nur auf, mit wem Sie sich anfreunden, woll.«

»Was meinen Sie?«

»Na, die da. Die Ausländer.« Er senkte seine Stimme und näherte seinen Kopf dem meinen. »Die Afrikaner. Die sind doch asozial. Wohnen in der Wohnung mit fünf Personen. Die ist doch dafür viel zu klein. Die sollten mal arbeiten gehen. Geld verdienen.«

»Aber der Vater geht doch arbeiten«, wandte ich ein.

Er schüttelte nur verständnislos den Kopf. »Kaum zu glauben. Nie wieder strecke ich dem irgendwas vor. Das Geld für eine Dichtung habe ich erst Monate später bekommen. Und das waren nur sechs Euro.«

Ich zuckte mit den Schultern und drängte mich an ihm vorbei.

Ich hatte keine Lust auf seine Lästerei. »Ich danke Ihnen für den Hinweis. Wo kann ich mich melden, wenn ich was habe?«

»Ich wohne ganz oben«, sagte er und zeigte mit seinem Finger an die Decke. Dann verschwand ich in meiner Detektei. Was war nur los? Was hatten auf einmal alle gegen Upenyu? Frau Birners Aussagen gingen mir nicht mehr aus dem Kopf. Ich konnte mir beim besten Willen nicht vorstellen, dass Upenyus Verzweiflung gespielt war. Er trauerte um Tshala, hatte Angst um sie. Das hatte ich in seinen Augen gesehen. Und doch beschäftigte mich das Gespräch mit Frau Birner. Was übersah ich nur? Musste ich mich noch mehr in die Familie einbringen, die Kinder befragen, vielleicht noch mal mit Mugambi sprechen? Das schien mir eine gute Idee. Aber ich musste mich auch um Carsten kümmern. Maries Aussage katapultierte ihn auf meiner Liste der Verdächtigen nach ganz oben. Bei dem Gedanken an ihn fasste ich mir an den Kopf und zuckte zusammen, als meine Hand die Kopfhaut berührte. Ich brauchte Eis. Doch in meinem Eisfach war nichts als kalte Luft, und in meinem Kühlschrank befand sich nur ein Joghurt, den ich heute Morgen mitgebracht hatte.

Nachdem ich mich mit einem Döner bei Döpi gestärkt hatte, klingelte ich wieder bei den Kiwanikas. Feza öffnete mir die Tür und führte mich in die Küche, da ihr Mann im Wohnzimmer telefonierte. Es roch nach Tomaten und einem Gewürz, das ich nicht einordnen konnte. Die Wände waren hellblau gestrichen, und mehrere Bilder, die offensichtlich Tshala gemalt hatte, hingen neben dem Fenster. Viele Blumen, Menschen – braunhäutige, die wohl die Familie darstellen sollten, und ganz oft die Sonne. Ein Bild zeigte einen Elefanten mit einem übergroßen Rüssel. Ob sie sich von den Bildern in Maries Wohnung dazu hatte inspirieren lassen? Ich setzte mich an den kleinen Tisch, an dem nur zwei Stühle standen.

»Sie haben erfahren was?«, fragte Feza und setzte sich zu mir. Sie schaute mich erwartungsvoll an und faltete ihre Hände wie zum Gebet. Ich erzählte ihr von der Begegnung mit Carsten, ohne auf die Handgreiflichkeit einzugehen, und von dem, was Marie mir erzählt hatte.

»Er ist es, oder nicht?«, fragte Feza und zupfte an ihrem bunt gemusterten Kleid herum.

»Ich finde es sehr verdächtig, dass er zur Tatzeit in der Nähe war. Ich werde ihn weiter im Auge behalten.«

Feza schaute auf ihr Kleid und zwirbelte einen Faden um ihren Finger.

»Ich habe erfahren, dass Ihr Mann in der Schule Streit mit Eltern hatte. Wissen Sie davon?«, fragte ich.

»Ich weiß.«

Ich holte den Flyer des Fördervereins aus meiner Tasche, den ich aus dem Internet ausgedruckt hatte, und zeigte ihn Feza. »Wissen Sie, wer das war?«

Sie nickte. »Er hat oft geschimpft.«

Ich las ihr die Namen vor, und zwei davon bestätigte sie mir. Ich machte mir eine Markierung auf dem Flyer und steckte ihn wieder ein.

»Wo ist Mugambi?«, fragte ich.

»Er zurück nach Dortmund.«

»Schade. Können Sie mir seine Telefonnummer geben?«

Sie sah mich einen Moment mit gerunzelter Stirn an. Warum? Ich wurde aus ihr nicht schlau.

»Ich habe noch einige Fragen an ihn«, sagte ich, da ich das Gefühl hatte, mich rechtfertigen zu müssen.

»Natürlich.« Sie verließ die Küche und kam einen Augenblick später mit einem Adressbuch zurück. Ich speicherte die Nummer in mein Handy ein. Ich dachte daran, Feza auf ihren Mann anzusprechen. Wusste sie etwas und hatte deswegen bisher immer nur so spärlich geantwortet und auf die Reaktion ihres Mannes gewartet? Doch ich konnte mir immer noch nicht vorstellen, dass Upenyu seine Tochter wegschicken sollte, selbst aber hierblieb und den verzweifelten, aggressiven Vater spielte.

»Ihr Mann telefoniert viel«, bemerkte ich beiläufig.

»Spricht mit Familie«, antwortete sie.

»Ist die in Deutschland?«

»Nein. In Kenia.«

»Leben sie in einer großen Stadt?«, fragte ich.

»Sie leben auf Land, ziehen umher. Viele aber haben Handys.«

Ich konnte mir schlecht einen Nomaden mitten in der Steppe, umgeben von seinem Vieh, mit einem Handy in der Hand vorstellen. Aber ich musste, obwohl ich schon einiges über das Land gelesen hatte, noch viel lernen und durfte mir keine vorschnellen Urteile erlauben. Ich schaute auf meinen Notizblock, um den Faden wieder aufzunehmen.

»Worüber redet er mit seiner Familie?«, fragte ich und sah sie wieder an.

»Sie wollen wissen, wie es geht uns. Fragen nach Tshala. Auch ich telefoniere oft mit Eltern und Geschwister. Leben alle im Kongo. Familie ist für uns sehr wichtig.«

Sie klang ehrlich. Ihre Augen schienen nicht zu lügen, aber meinem Blick hielt sie nicht lange stand.

»Gibt es vielleicht noch etwas, das Sie mir sagen möchten?«

Sie schüttelte den Kopf. »Nein, nichts ... Will nur, dass Tshala wieder da ist.«

Ich sah die tiefe Traurigkeit in ihr. Keine Verzweiflung wie bei ihrem Mann, sondern abgrundtiefe Trauer.

»Wir werden Ihre Tochter finden«, versprach ich ihr.

Zurück in meiner Detektei rief ich Mugambi an, doch er ging nicht an sein Handy. Ich rief die Eltern an, mit denen sich Upenyu auf dem Elternabend angelegt hatte. Es war einfach, die Telefonnummern herauszufinden, da die Kontaktdaten auf der Internetseite des Fördervereins standen. Unter der ersten Nummer meldete sich eine junge Frau, die sehr misstrauisch war und erst glaubte, ich riefe wegen einer Umfrage an. Als ich ihr mein Anliegen erklärt hatte, konnte sie mir nur wenig über Upenyu sagen. Unter der zweiten Telefonnummer erreichte ich einen Mann.

»Guten Tag. Helena Briest ist mein Name. Ich bin Privatdetektivin und arbeite an dem Entführungsfall Tshala Kiwanika. Sie ist eine Klassenkameradin Ihres Kindes. Ich würde Ihnen gerne ein paar Fragen stellen.«

»Ich kann mir nicht vorstellen, wie ich Ihnen helfen könnte«, antwortete der Mann schroff.

»Es geht um einen Elternabend, an dem Sie mit Herrn Kiwanika, dem Vater von Tshala, über den Klassenausflug gesprochen haben.«

»Gestritten.«

»Wie bitte?«, fragte ich.

»Bei dem ich mich mit ihm gestritten habe«, wiederholte er.

»Also können Sie sich noch erinnern?«

»Sicher. Nach *dem* Auftritt.«

»Was ist genau passiert?«, fragte ich.

»Er hat rumgeschrien. Sich aufgeregt. Er wollte den ganzen Ausflug abblasen. Sagte, es sei nicht gut, wenn die Kinder so weit weg führen. Sie seien noch zu jung. Unglaublich, ehrlich! Ich könnte mich heute noch darüber aufregen«, sagte er. Ich konnte die Erregung in seiner Stimme hören.

»Wie ist die Situation ausgegangen?«

»Die Klasse ist gefahren. Seine Tochter musste an dem Tag die Parallelklasse besuchen.«

»Hatten Sie später noch mal Kontakt zu ihm?«, fragte ich weiter.

»Zum Glück nicht.«

»Was können Sie mir noch über Herrn Kiwanika sagen?«

»Lassen Sie mich mal überlegen … nicht mehr viel. Nur, dass er glaubt, seine Tochter sei die Tollste und Beste. Und er meint, er könnte sie vor allem und jedem beschützen. Deswegen durfte sie auch nicht mit auf Klassenfahrt, denke ich, weil er nicht will, dass ihr irgendwas passiert. Und jetzt ist das Schlimmste eingetreten, was man sich als Eltern vorstellen kann. Schrecklich.«

Ich stimmte ihm zu und fragte ihn, ob er mir sonst noch etwas über die Familie Kiwanika sagen könnte, doch mehr wusste er nicht. Also verabschiedete ich mich und beendete das Telefonat. Ich stellte mich ans Fenster und sah auf die Fußgängerzone hinunter. Zwei Anzugträger eilten vorbei. Eine Mutter schob einen Kinderwagen vor sich her, und eine alte Frau sah sich eine Handtasche an dem Ständer von Leder-Hunold näher an. Das erinnerte mich daran, dass ich meine abgenutzte Tasche aus braunem Kunstleder auch schon längst hatte austauschen wollen. Wenn der Fall abgeschlossen war, würde ich mir in diesem Geschäft eine neue aussuchen. Ich setzte mich wieder und recherchierte im Internet nach den Telefonnummern von Carsten und Helmut Adermann. Ich entdeckte noch mehrere Fotos von Carsten und seine E-Mail-Adresse. Der Vater, so fand ich heraus, arbeitete als Kfz-Mechaniker in einer Mendener Werkstatt. Ich notierte mir die Adresse und machte mich auf den Weg nach Hause, um mein Auto zu holen.

Als ich die Werkstatt betrat, klingelte es. Es dauerte einen Moment, bis jemand kam, also schaute ich mich ein wenig um. Ein kleines Regal mit Motoröl, Scheibenreiniger und verschiedenen Scheibenwischern. Unter einer Uhr hing ein Zertifikat des Meisters. An der Wand neben der Eingangstür war ein Foto von den Mitarbeitern der Werkstatt angebracht. Darunter die Namen. Wie praktisch. Herr Adermann war ein großer, hagerer Mann mit kurzen Haaren.

»Bitte schön«, sagte eine Stimme hinter mir. Ich drehte mich um. Ein stabil gebauter Mann mit Halbglatze stand mir gegenüber. Das war nicht Herr Adermann.

»Guten Tag«, sagte ich. Wie fand ich heraus, ob Herr Adermann heute hier war?

»Ich habe ein Problem mit meinem Auto.«

Ich versuchte, einen Blick in die Werkstatt zu werfen. Doch durch die Tür sah ich nur ein rotes Auto, das mir die Sicht versperrte.

»Was für ein Problem haben Sie denn?«, fragte mich der Mechaniker.

»Ich weiß nicht so recht.«

Er lächelte. »Na ja, wie äußert es sich denn?«

»Es klappert ziemlich stark, wenn ich um Kurven fahre. Es wäre schön, wenn Sie es sich mal ansehen könnten.«

Er nickte und schaute auf seine Uhr. »Natürlich. Aber es sind noch zwei Autos vor Ihnen dran. Welcher Wagen ist es denn?« Er schaute nach draußen.

»Der schwarze Seat«, sagte ich und folgte seinem Blick. Scheiße. Wie kam ich nur an Herrn Adermann heran?

»Dann lassen Sie den Wagen hier. Wenn Sie in zwei Stunden wiederkommen, kann ich Ihnen mehr sagen.«

Das lief gar nicht wie geplant. Ich wollte doch meinen Wagen hier nicht zwei Stunden stehen lassen. Was sollte ich in den zwei Stunden machen? Wertvolle Zeit, die Tshala fehlen würde. Der Gedanke an sie gab mir einen Stich ins Herz. Plötzlich kamen die Bilder wieder hoch. Bilder der vergangenen Zeit. Die Angst. Die Verzweiflung. Was machte ich nur hier? Tshala hatte Angst, weinte, war allein, vielleicht schon tot, und ich stand in einer Werkstatt und traute mich nicht, nach einem bestimmten Mitarbeiter zu fragen.

»Sagen Sie, ist Herr Adermann auch hier? Sie müssen wissen, ich komme auf Empfehlung.«

»Ach ja?«, fragte der Mechaniker sichtlich irritiert.

»Na ja, ich habe von meiner Nachbarin nur Gutes über ihn gehört und würde mich freuen, wenn er sich mein Auto anschauen würde.«

»Wie Sie wünschen. Er ist hier. Aber wie gesagt, wir können erst in zwei Stunden …«

»Kann ich ihn kurz sprechen?«

Er zeigte zur Tür. »Er wechselt gerade Bremsen.«

»In zwei Stunden. Schon verstanden«, sagte ich und ging hinaus.

Ich nutzte die Zeit und fuhr nach Hause. Ich wollte noch mal bei Mugambi anrufen. Das konnte ich auch von meinem Sofa aus. Ich sehnte mich danach, kurz die Beine hochzulegen. Vielleicht sollte ich danach auch noch mal mit Herrn Nienstedt sprechen und ihm von Carsten Adermann erzählen. Ich war mir nicht sicher, ob er ihn schon genauer unter die Lupe genommen hatte.

Als ich diesmal Mugambis Nummer wählte, hatte ich Glück. »Ja, bitte?«, meldete er sich.

»Hier ist Helena Briest. Leider habe ich Sie nicht mehr bei Ihren Eltern angetroffen. Ich habe noch ein paar Fragen an Sie.«

Er zögerte einen Moment. »Sicher. Warten Sie eine Sekunde, ich habe gerade Besuch von einem Freund.« Nach einer Minute war er wieder am Apparat.

»Hier bin ich wieder.«

Ich legte meine Beine aufs Sofa und lehnte mich zurück.

»Ich würde gerne mehr über Ihren Vater erfahren. Was ist er für ein Mensch? Erzählen Sie mir mal ein bisschen von ihm.«

Wieder das Zögern. Was war los mit diesem offenherzigen, charmanten Afrikaner?

»Was soll ich Ihnen denn über ihn erzählen? Sie kennen ihn doch.«

Es war doch keine gute Idee, mit Mugambi am Telefon zu sprechen. Lieber wäre es mir gewesen, ich könnte ihn jetzt sehen, seine Reaktionen ergründen. Ich nahm meine Beine vom Sofa und setzte mich aufrecht hin. »Natürlich habe ich ihn kennengelernt. Aber Sie haben selbst gesagt, dass er im Moment sehr angespannt ist. Verständlicherweise. Ich habe das Gefühl, nicht alles von ihm zu erfahren, als ob er mir nicht alles sagen würde.«

»Warum interessieren Sie sich für Upenyu, wenn Sie doch Tshala finden sollen?«

»Wann sind Sie wieder bei Ihren Eltern?«, fragte ich, ohne ihm eine Antwort zu geben.

»Heute Abend.«

»Gut. Dann würde ich gerne mit Ihnen allein sprechen.«

Stille. Ich fasste mir an den Kopf. Warum das Zögern, die Skepsis? Was verbarg er vor mir?

»Das wird nicht möglich sein. Ich muss zum Essen kommen. Meine Eltern werden nicht begeistert sein, wenn ich mit Ihnen verschwinde.« Ich hörte ein Geräusch im Hintergrund. »Ich muss Schluss machen. Tut mir leid. Mein Freund.« Dann klackte es, und die Verbindung war unterbrochen.

Als ich die Werkstatt betrat, kam mir Herr Adermann entgegen.

»Der Ibiza ist es?«, fragte er und ging mit mir nach draußen. »Mein Kollege hat mir schon erzählt, worum es geht.«

»Ach ja?«

»Ein Klappern bei Kurvenfahrten.«

»Genau.«

Er ging um den Wagen herum. »Auf welcher Seite hören Sie denn das Geräusch?«

»Was?«

»Das Klappern. Kommt es von links oder von rechts?«

Musste der Mann direkt zur Sache kommen? Gab es keinen Small Talk in dieser Branche? Als ich noch als Versicherungskauffrau gearbeitet hatte, war Small Talk Pflicht gewesen. Mindestens fünf Minuten. Zumindest für die Kollegen im Verkauf.

»Von links, glaube ich.«

Er beugte sich runter und sah unter das Auto.

»Hören Sie das Geräusch bei einer Linkskurve oder bei einer Rechtskurve? Oder bei beiden?«

»Na ja, so genau habe ich da nicht drauf geachtet«, sagte ich, um Zeit zu gewinnen.

»Geben Sie mir bitte mal Ihren Schlüssel, ich werde den Wagen auf die Hebebühne fahren.«

Ich kramte in meiner Handtasche und tat so, als würde ich nach dem Schlüssel suchen.

»Wissen Sie, dass meine Nachbarin mir Sie empfohlen hat?«

»Der Kollege hat's mir schon erzählt. Freut mich, wenn unsere Kunden zufrieden sind.«

Verflixt, wie sollte ich nur auf seinen Sohn zu sprechen kommen?

»Kann ich mit reinkommen und zusehen?«, fragte ich.

»Natürlich.«

Ich zog den Schlüssel aus der Tasche und reichte ihn Herrn Adermann.

Als mein Auto die Hebebühne raufgefahren wurde, versuchte ich den Kfz-Mechaniker in ein Gespräch zu verwickeln.

»Arbeiten Sie schon lange hier?«, fragte ich.

»Eine gefühlte Ewigkeit.«

Er stellte sich unter mein Auto und schaute sich die Vorderachsen an.

»Bilden Sie hier auch aus?«

Ein zustimmendes Brummen. Mit einer Lampe beleuchtete er die Stellen, die er sich genauer anschaute.

»Wissen Sie, mein Sohn interessiert sich für den Beruf und muss sich bald eine Lehrstelle suchen«, log ich. Dass ich noch recht jung für einen Sohn im Teenager-Alter war, schien ihm nicht aufzufallen.

»Dann soll er mal reinkommen und sich vorstellen.«

»Das werden wir machen. – Haben Sie auch Kinder?«

Er wechselte von der linken zur rechten Seite und ertastete mit seinen schwarzen Fingern die Achse, die Bremsen und Teile, von denen ich nicht wusste, wie sie hießen.

»Einen Sohn.«

»Aha … Mein Sohn ist fünfzehn, und Ihrer?« In Gedanken rechnete ich nach. Ich hätte mit vierzehn entbinden müssen. Unwillkürlich musste ich lächeln, doch Herr Adermann war so beschäftigt, dass er es nicht mitbekam.

»Zweiundzwanzig.«

»Ach, wie schön. Ist er auch Kfz-Mechaniker?«

Er ließ seine Lampe sinken und schaute mich an. »Leider nicht.«

»Was macht er dann?«, fragte ich weiter.

»Na ja … leider nicht so viel.«

»Oh, hat er keinen Job gefunden? Das tut mir leid.«

Er verzog den Mund. »Er zieht es vor, ins Fitnessstudio zu gehen und sich mit seinen Freunden zu treffen, anstatt zu arbeiten.«

»Er hätte doch bestimmt hier anfangen können, oder?«

Er klopfte mit seinem Schraubenschlüssel gegen den Unterboden. Dann drehte er an irgendwelchen Teilen herum.

»Natürlich, aber das wollte er nicht. Er hat zwei Ausbildungen angefangen. Beide abgebrochen.«

»Was hat er gemacht?«

»Eine Bäckerlehre. Doch das frühe Aufstehen ist nichts für ihn, hat er gesagt. Und eine Ausbildung als Kfz-Mechaniker in einer anderen Werkstatt. Auch das hat ihm nicht gefallen.«

»Mein Sohn ist sich auch nicht sicher, ob das hier der richtige Beruf wäre. Er kann sich einfach nicht entscheiden. Er ist so lustlos, sich zu informieren. Kinder sind schon eigensinnig«, sagte ich, damit er das Gefühl bekam, dass ich ihm auch etwas von mir preisgab.

»Mehr als das«, antwortete er.

»Und seine Freunde? Reden die ihm nicht ins Gewissen?«

»Die sind genauso. Keiner besser als der andere.«

»Ja, Freunde können einen großen Einfluss auf die Kinder

haben, und das kann gefährlich werden. Kommen Sie denn sonst gut mit ihm zurecht?«

»Na ja. Es gibt öfters Streitigkeiten«, sagte er.

»Das kenn ich. Mama, darf ich mit Freunden raus? Hast du mal Geld für mich?«

»Wenn's nur das wäre.«

»Was meinen Sie?«

Er schien selbst überlegen zu müssen. »Na ja. Er hat schon mehrmals eine Schlägerei angezettelt. Aber was erzähle ich Ihnen das eigentlich? Das wird Sie ja doch nicht interessieren.«

Wenn du wüsstest, dachte ich. »Das ist schon in Ordnung. Manchmal müssen die Sorgen raus«, sagte ich.

»Mhhh ... Wenn er nur nicht diese Freunde hätte ... dann könnte aus ihm noch was werden.«

»Was ist denn mit seinen Freunden?«

»Na ja ... die sind sehr ... wie soll ich sagen ... ausländerfeindlich.«

»Und er zieht mit«, sagte ich.

»Genau«, bestätigte Herr Adermann.

»Er ist also in die rechtsradikale Szene abgedriftet.«

»Na ja ...« Er schien zu überlegen. »Ein sehr vorbelasteter Begriff.«

Ich konnte sein Zögern verstehen. Es war sicher nicht einfach, einen Sohn zu haben, der sich als Nazi bekannte, und selbst nichts dagegen tun zu können.

»Glauben Sie, dass er auf die schiefe Bahn geraten könnte?«, fragte ich.

»Ich fürchte, das ist er schon.«

Herr Adermann legte seine Lampe weg.

»So. Das Geräusch wird wohl von dem Radlager kommen.«

»Wie viel kostet das?«, fragte ich.

»Muss ich nachschauen.«

Er ließ mein Auto wieder runter und parkte es vor der Werkstatt. Ich folgte ihm zum Empfang, wo er in seinem PC nach den Preisen suchte.

»Insgesamt kommen Sie auf circa fünfhundertdreißig Euro inklusive Achsvermessung.«

»So viel?«, fragte ich.

»Lassen Sie mich mal 'ne Probefahrt machen, damit ich das Geräusch selbst hören kann.«

»Ich bin Ihnen sehr dankbar für Ihre Mühe, Herr Adermann. Haben Sie eine Visitenkarte für mich, dass ich Sie wegen eines Termins anrufen kann? Denn heute kann ich Ihnen das Auto nicht hierlassen.«

»Soll ich Sie schon eintragen?«, fragte er und begann in dem Tischkalender zu blättern.

»Ich habe meinen Terminplaner nicht dabei, deswegen würde ich Sie lieber anrufen.«

»Wie Sie möchten.«

Herr Adermann reichte mir die Visitenkarte.

»Nochmals vielen Dank«, sagte ich und verließ die Werkstatt.

***

Aus ihrem Hals kommen keine Worte mehr, nur noch ein heiseres Krächzen. Sie hat das Schreien aufgegeben. In Gedanken beginnt sie erneut zu zählen, wie sie es oft mit ihrer Mutter geübt hat. Immer bis hundert. Eins, zwei … fünf … dreiundzwanzig … siebenundzwanzig … dreiundneunzig … hundert. Wie oft sie schon durchgezählt hat, weiß sie nicht mehr. Sie verlangsamt das Zählen, lässt sich Zeit bis zur nächsten Zahl. Vierunddreißig … fünfunddreißig … sechsunddreißig … Während des Zählens starrt sie die Tür an. Die weiße Tür. Das Weiß ist etwas dunkler als das Weiß der Decke und der Wände. Nur ein bisschen. Unter anderen Umständen wäre ihr das nicht aufgefallen. Unter anderen Umständen müsste sie auch nicht die ganze Zeit die Wand anstarren. Wo ist er nur hingegangen? Wieso hat er sie allein gelassen? Einundachtzig … zweiundneunzig …

8

Ich hatte Mugambis Haus schnell gefunden. Es lag etwas abseits. Die Fassade des Zweifamilienhauses hätte längst erneuert werden müssen, und an den Fensterbänken bröckelte die Farbe ab. Ein Fensterladen hing schief, und die Fensterscheibe hatte einen Sprung. Ich drückte den oberen Klingelknopf. Einer der zwei Briefkästen war zugeklebt.

Es dauerte lange, bis ich Geräusche aus dem Inneren hörte. Dann öffnete Mugambi die Haustür.

»Was machen Sie denn hier?«, fragte er.

Ich trat ein bisschen näher.

»Ich wollte mich gerne mit Ihnen unterhalten. Und da Sie heute Abend keine Zeit für mich haben werden …«

Er quetschte sich zwischen Türrahmen und Tür und zog diese so nah an sich heran, dass ich keine Chance hatte, ins Treppenhaus zu kommen. Er blickte auf die Uhr.

»Ich habe nicht mehr lange Zeit, ich muss gleich …«

»… zu Ihren Eltern, ich weiß. Wann müssen Sie da sein? Um achtzehn Uhr? Dann bleiben noch eineinhalb Stunden, bis Sie losfahren müssen. Wenn Sie mir nur kurz ein paar Fragen beantworten, verschwinde ich schnell wieder.«

Ich trat noch ein Stück näher, doch er wich nicht zurück, ließ mich nicht eintreten. Zögerlich blickte er auf die Uhr.

»Es ist wirklich wichtig. Es geht darum, Ihre Schwester zu finden. Wollen Sie nicht alles dafür tun, dass …«

»Doch, natürlich.« Er nickte. »Warten Sie einen Augenblick.«

Ehe ich mich versah, hatte er die Tür vor meiner Nase geschlossen. Nach drei Minuten kam er zurück.

»Lassen Sie uns in ein Café gehen. Ich hab schon länger nicht mehr aufgeräumt.«

Mugambi führte mich in eine italienische Eisdiele. Durch die Fensterscheibe schien ab und zu die Sonne auf meinen Arm. Als der Kellner kam, bestellte Mugambi einen Cappuccino und ich einen Vanille-Milchshake.

»Also, was wollen Sie wissen?«, fragte er, als die Getränke vor uns standen.

»Ich habe noch einige Fragen zu Ihrem Vater. Das letzte Mal hatten wir keine Gelegenheit mehr, über ihn zu sprechen. Und heute beim Abendessen werde ich Sie wohl schlecht fragen können.«

Mugambi riss das Zuckertütchen auf und ließ die weißen Kristalle auf seinen Milchschaum rieseln.

»Was ist so interessant an meinem Vater?«

»Ich will ihn verstehen, ihn kennenlernen und noch mehr über Ihre Kultur erfahren.«

»Sprechen Sie doch mit ihm.«

Ich schüttelte den Kopf. »Nein. Das ist nicht der richtige Weg. Es ist … Na ja, Sie wissen doch, wie Ihr Vater ist. Er verrät mir fast nichts, aber er will, dass ich Tshala finde. So geht das nicht. Ich brauche Informationen.«

»Aber wieso fragen Sie immer uns? Wir sind die Opfer, nicht die Täter.« Mugambi schien verärgert. »Was ist mit dem Adermann? Den sollten Sie befragen.«

»Das habe ich. Und es ist gut möglich, dass er etwas mit dem Verschwinden von Tshala zu tun haben könnte.«

»Wieso sind Sie dann hier? Wieso verschwenden Sie Ihre Zeit damit, uns zu verhören, anstatt nach dem Täter zu suchen?«

Warum wollte mir jeder in der Familie Vorschriften machen, wie ich meine Arbeit zu erledigen hatte?

»Herr Kiwanika, Sie hören mir jetzt mal zu.«

»Nein, Sie hören mir zu! Es gibt für mich nichts Wichtigeres, als dass meine Schwester gefunden wird. Ich vermisse sie. Und ich habe solche Angst. Die Polizei findet sie nicht, und Sie scheinen es auch nicht zu schaffen. Sie sollten damit aufhören! Sie sollten meinen Eltern sagen, dass Sie aufgeben. Denn so werden Sie Tshala nicht finden. So nicht.«

»Woher wollen Sie das wissen?«, fragte ich ihn.

»Wir spüren so etwas. Im Herzen. Aber davon verstehen Sie sowieso nichts«, sagte er und trank die Tasse halb leer.

»Erklären Sie es mir.«

Er holte drei Euromünzen aus seinem Portemonnaie, legte sie auf das Silbertablett und stand auf.

»Nur noch eine Frage«, sagte ich.

»Was?«, fragte er genervt.

»Glauben Sie, Ihr Vater könnte Tshala nach Afrika zurückgeschickt haben?«

Ich klingelte bei den Kiwanikas. Das Gespräch mit Mugambi war nicht so verlaufen, wie ich es mir gewünscht hatte. Wie würde er nun reagieren, wenn ich mit der Familie wieder beim Abendessen saß? Würde er mich ansehen, mit mir sprechen? Feza öffnete mir die Tür, doch ließ mich nicht ein. Was war nun los? Hatte Mugambi seine Eltern überzeugt, dass ich nicht mehr bei der Suche nach Tshala helfen sollte? Einen Moment lang sah ich sie vor mir. Tshala. Ich sah sie zusammengekauert, verängstigt. Ich konnte sie nicht im Stich lassen. Ich brauchte diesen Auftrag. Für mich. Niemand wusste besser, was sie gerade durchmachte, als ich. Ich bekam Magenkrämpfe, schon wieder. Die Angst wurde lebendig. Mir wurde ganz heiß. Tshala, halte durch.

»Was haben Sie gemacht mit Mugambi?«, fragte Feza aufgebracht.

»Was hat er Ihnen denn gesagt?«

»Er ist wütend richtig. Er will nicht sehen Sie. Sie haben unsere Familie beleidigt. Sagt, Sie schaden uns. Was das bedeutet?«

»Ich habe ihm nur ein paar Fragen gestellt.« In der Tat waren Mugambi und ich nicht friedlich auseinandergegangen. Als ich wissen wollte, ob sein Vater Tshala nach Afrika geschickt haben könnte, hatte er mich angeschrien. Mir vorgeworfen, ich wollte die Familie auseinanderbringen.

»Sie überlegen, was Sie gemacht haben. Kommen Sie morgen wieder.«

»Feza. Es geht um Ihre Tochter«, flüsterte ich. »Ich will sie doch genauso finden wie Sie. Ich weiß, dass Sie Angst haben. Ich dachte, Sie vertrauen mir.«

Sie antwortete nicht, zog sich zurück. Ich schob die Spitze meines Fußes zwischen Tür und Rahmen. Wieso wollte heute keiner mit mir reden? Was war nur los?

»Wollen Sie denn gar nicht wissen, was ich herausgefunden habe?«, fragte ich.

»Natürlich.« Das war Upenyu. Er stand plötzlich hinter seiner Frau und öffnete die Tür. »Kommen Sie. Erzählen Sie uns. Sagen Sie uns, was es Neues gibt. Haben Sie Tshala gefunden?«

Sie führten mich ins Wohnzimmer. Der Esstisch war bereits gedeckt, und das Essen dampfte in einer Schüssel. Heute bat mich keiner, Platz zu nehmen. Mugambi stand etwas abseits und beobachtete mich. Er hatte die Arme vor seinem Brustkorb verschränkt und lehnte an der Wand.

»Ich habe heute mit Carsten Adermann gesprochen und auch mit seinem Vater.«

»Und?«, fragte Upenyu ungeduldig.

»Er hat sehr viel kriminelle Energie. Außerdem hat Marie gesagt, er sei ihnen auf dem Schulweg entgegengekommen.«

»Er war also da«, folgerte Upenyu.

»Genau. Aber ich weiß noch nicht, ob er der Entführer ist. Ich werde ihn weiter beobachten. Vielleicht schaffe ich es, noch mal in seine Wohnung zu gelangen.«

»Sie glauben also …« Upenyu ballte die Hand zur Faust. »Ich gehe hin!«

»Das ist keine gute Idee«, sagte ich und hielt ihn am Arm fest.

»Lassen Sie mich. Tshala ist meine Tochter. Ich kann tun …« Er riss sich von mir los und steuerte auf die Tür zu. Ich lief ihm hinterher und stellte mich vor ihn.

»Ich werde gehen. Ich werde ihn beobachten. Heute noch. Versprochen«, sagte ich atemlos. Ich sah ihn an, sah die Wut in seinen Augen.

»Frau Briest …«

»Herr Kiwanika, wenn Sie jetzt zu ihm gehen, machen Sie alles nur noch schlimmer. Sie haben schon genug Probleme mit der Polizei. Ich verspreche Ihnen, wenn er Tshala etwas angetan hat, werde ich es herausfinden. Wenn Sie ihn verprügeln, werden Sie immer noch nicht wissen, wo Tshala ist.«

Er hatte seine Augen weit aufgerissen und schnaufte wie nach einem Marathon. Er stand so dicht vor mir, dass ich seinen Atem auf meinem Gesicht spürte. Er kam immer näher, bis Feza ihn an der Schulter packte und zurückzog. Sie redete auf ihn ein.

»Na gut«, sagte er schließlich. »Wenn Sie was wissen, melden Sie sich. Auch mitten in der Nacht. Egal!«

»Das werde ich«, versprach ich ihm.

Wie kam ich am besten an Carsten heran? Ich wollte es noch einmal über den Vater versuchen und rief ihn an.

»Hier ist Anna«, sprach ich ins Telefon, als er sich meldete. Ich hoffte, meine Stimme so gut verstellen zu können, dass mich Helmut Adermann nicht erkannte. »Ist Carsten zu Hause? Ich hab 'n neues Handy, und nun sind meine ganzen Nummern futsch.«

»Er trifft sich gleich mit ein paar Freunden zum Grillen. Soll ich ihn holen?«, hörte ich seine Stimme am anderen Ende der Leitung.

»Können Sie mir seine Handynummer geben? Dann melde ich mich bei ihm.«

Er schien in seiner Wohnung umherzulaufen. »Woher kennst du ihn?«

»Aus der Schule«, log ich.

»Vielleicht kennen wir uns auch.«

»Möglich.«

Ich hörte Tastentöne eines Handys. Dann nannte er mir die Nummer. Ich notierte sie und bedankte mich. Schnell griff ich nach meiner Tasche und lief hinaus. Wenn Carsten jeden Moment losging, musste ich mich beeilen. Ich hatte das gleiche Problem wie heute Morgen: In der Gasse gab es kaum ein Versteck, wo ich mich ungesehen aufhalten und die Tür beobachten konnte. Und nun kannte Carsten Adermann mein Gesicht. Es wurde also noch schwieriger. Trotzdem musste ich es versuchen. Als das Haus in Sichtweite war, suchte ich mir ein Auto, hinter dem ich mich versteckte. Es dauerte länger, als ich erwartet hatte. Hatte ich Carsten schon verpasst? Ich lugte immer wieder hinter dem Auto hervor. Sah auf die Uhr. Fünf, zehn Minuten vergingen. Plötzlich kam ein Anwohner aus seinem Haus und steuerte auf mich zu. So ein Mist.

»Was machen Sie denn da an meinem Auto?«

Ich tat so, als würde ich mir die Schuhe zubinden. »Mein Schuh ist aufgegangen.«

»Seit zehn Minuten?«, fragte er skeptisch.

Stand er etwa den ganzen Tag am Fenster und beobachtete die Straße? Hier gab es nun wirklich nicht viel zu sehen. Ich sah mich um.

»Suchen Sie jemanden?«, fragte er.

Wo sollte ich sonst hin? Musste ich mich wirklich vom Acker machen und Carsten laufen lassen?

Ich schüttelte den Kopf. In dem Moment trat Carsten aus dem Haus. Ich wartete ein paar Sekunden, dann sagte ich: »Es war schön, Sie kennenzulernen.«

Nun folgte ich meinem Verdächtigen die Straßen entlang und achtete darauf, dass ich ihm nicht zu nahe kam. Wir kamen an der Grundschule vorbei, gingen die Parallelstraße zum Lahrweg den Berg hinauf. Nach ein paar Minuten bog er in eine Einfahrt ein. Ich schlich hinterher und fand einen Busch, hinter dem ich mich verstecken konnte, ohne dass mich jemand vom Garten oder von der Straße aus sehen konnte. Das Haus war mit weißen Klinkern besetzt. Es hatte einen halbkreisförmigen Balkon über einer ebenso gebauten Fensterfront. Die Dachziegel glänzten, und im Garten stand ein großes Trampolin. Ich roch das Fleisch auf dem Grill. Es zischte, als ein junger Mann die Koteletts wendete. Ich zählte eine Frau und vier Männer, zwei davon glatzköpfig. Wer wohnte hier? Konnte Tshala in diesem Haus sein? Ich wartete und lauschte. Carsten prostete dem Mann am Grill zu. »Und haste schon mit deinem Vatter gesprochen?«

»Was glaubste denn? Er sagt, es ist ganz einfach. Wir sollen uns schon mal einen Namen überlegen.«

»Ausländer raus!«, rief ein anderer.

»Soll das der Name sein, du Schwachkopf?«, erwiderte Carsten.

Sie unterhielten sich darüber, wie sie eine Partei gründen konnten. Ich hörte heraus, dass der Vater des Jungen am Grill Rechtsanwalt war und sich mit Politik gut auskannte. Er wollte ihnen bei der Parteigründung helfen. Ein Ruhiger, der noch mehr Muskeln besaß als Carsten und sich Robert nannte, wollte sich sogar zum Bürgermeister wählen lassen. Nach einer Weile setzten sie sich an den Tisch und begannen zu essen. Ich merkte, wie mein Bauch knurrte. Der Duft nach Grillfleisch tat sein

Übriges. Dann hörte ich plötzlich das Wort »Afrikaner«, und die Jungs hatten wieder meine volle Aufmerksamkeit.

»Habt ihr von der Entführung gehört?«, fragte der, den Carsten vorher als Schwachkopf bezeichnet hatte.

»Klar, Mann.« Das war Carsten.

»Coole Sache, oder? Da räumt jemand für uns auf. Ist doch super, brauchen wir die Arbeit nicht mehr zu machen.«

»Dazu muss ich euch noch was sagen«, begann Carsten.

»Warte mal«, sagte Robert und stand auf. Er sah genau in meine Richtung. Hatte ich mich verraten? Aber wodurch?

»Da ist Gökan.« Robert kam auf mich zu. Ich drehte mich um. Ein Südländer ging Arm in Arm mit einer blonden Frau die Straße hinunter. Als ich wieder Richtung Grillplatz sah, stand Robert fast vor dem Busch. Wenn er noch ein paar Meter weiterlief, würde er mich entdecken. Carsten und die anderen erhoben sich ebenfalls. Ich sah mich um. Links von mir stand ein Auto. Sollte ich mich dahinter verstecken? Sie kamen immer näher. Sie würden mich wahrscheinlich sowieso sehen.

»Dieser Kanake macht sich an die Freundin meiner Schwester ran«, sagte Robert zu seinen Freunden. »Hey, Gökan!«, rief er lauter. Er war nur noch fünf Meter von mir entfernt. Jetzt musste ich mich beeilen. Ich sprang auf und lief auf Gökan und seine Freundin zu. Sie schauten mich mit großen Augen an und wichen einen Schritt zurück, als ich an ihnen vorbei die Straße hinunterrannte. Ich hörte Carstens Stimme hinter mir.

»Hey«, rief er. »Bleib stehen.« Er lief mir tatsächlich hinterher. »Du Hexe, was willst du hier?«

Ich hörte seine Schritte immer näher kommen. Ich nahm all meine Kraft zusammen und beschleunigte. Du bist konditionell stark, zumindest warst du es mal. Dir kann so schnell keiner was vormachen, feuerte ich mich in Gedanken an. An der nächsten Straßenecke verlangsamten sich seine Schritte. Ich behielt mein Tempo bei, hängte ihn ab. Ich hörte nur noch, wie er schrie: »Das nächste Mal bist du dran!«

***

Eins … zwei … drei … Wie oft muss sie bis hundert zählen, bis jemand sie findet? Sollte sie ihre Methode ändern und bis zweihundert durchzählen? Sie probiert es. Nichts ändert sich. Alles bleibt gleich. Die weiße Decke, die weißen Wände, die geschlossene Tür mit dem silbernen Griff. Sie streckt ihr Bein. Bereut es sofort. Ihre Blase. »Ich muss Piiipiii«, versucht sie zu rufen. Ihre Worte sind nicht mehr als ein Flüstern. Einundfünfzig … Zweiundneunzig … Auch das Zählen kann sie nicht ablenken. Ihre Gedanken kreisen mittlerweile nur noch um ein Thema: Sie muss zur Toilette. Sie unternimmt einen letzten Versuch zu schreien und jemanden auf sich aufmerksam zu machen. »Hiiiillllffeeeee! Ich brauche Hiiillllfeee!« Sie wartet ab. Lauscht. Keine Regung. Nicht das kleinste Geräusch. »Maaaamaaaaa … Maaamaaaaa … Wo … bist … du?«, flüstert sie. Sie schnieft und wischt sich mit dem Ärmel Tränen aus dem Gesicht. »Ich kann nicht mehr!«, sagt sie mehr zu sich selbst als zu jemand anderem. Dann wird es warm an ihren Beinen.

9

»Kein Feierabend, was?«, sagte ich, als mir Herr Nienstedt im Treppenhaus entgegenkam.

»Und Sie?«, erwiderte er und schaute demonstrativ auf die Uhr. »Es ist schon fast neun. Haben Sie keinen Mann, der auf Sie wartet?«

Ich machte eine wegwerfende Handbewegung. »Und Ihre Frau?«, fragte ich. Ich vermutete, dass er schon mindestens einmal geschieden war.

»Hab keine mehr.«

Ich nickte. »Was ich Ihnen noch mitteilen wollte: Sagt Ihnen der Name Carsten Adermann etwas?«

»Lassen Sie es gut sein, Frau Briest. Wir sind bei unserem Verdächtigen auf etwas gestoßen.«

»Was ist passiert?«, fragte ich. Mein Herz begann schneller zu schlagen. Ich spürte es in meinem Brustkorb beinahe explodieren. »Ist sie tot?« Meine Stimme zitterte.

»Dazu kann ich Ihnen nichts sagen. Wir haben noch keine handfesten Beweise.«

»Aber Sie haben neue Ermittlungsergebnisse?«

Er nickte so unmerklich, dass ich mich fragte, ob er es überhaupt getan hatte.

»Sagen Sie es mir!«, sagte ich fordernd.

Er schwieg.

»Ich werde es doch sowieso gleich erfahren«, sagte ich und zeigte auf die Wohnungstür der Kiwanikas. Er blickte dorthin, seufzte, strich sich über sein Kinn, sah mich wieder an und begann: »Also gut. In diesem Augenblick durchsuchen Polizeibeamte zwei Ferienwohnungen am Sorpesee, die der Verdächtige nutzte.«

»Hat er Ihnen davon erzählt?«

Nienstedt schüttelte den Kopf. »Nein. Er erzählt nicht viel. Eigentlich sagt er fast gar nichts. Aber unser Ermittlungsteam hat die Unterlagen in seiner Wohnung gefunden. Die Wohnungen liefen auf den Namen seiner Mutter, deswegen hat es etwas gedauert, bis wir davon erfuhren.«

»Und wurde Tshala gefunden?«

»Sie suchen noch.«

Plötzlich zog es wieder schmerzhaft in meinem Bauch. Ich stöhnte und beugte mich nach vorne.

»Alles in Ordnung mit Ihnen?«, hörte ich seine Stimme. Sie klang weit entfernt wie bei einem Ferngespräch. Ich sah Tshalas Gesicht vor mir. Kalt. Blass. Ohne Leben. Diese strahlenden Augen – erloschen. Keiner konnte diese Einsamkeit, das Für-sich-Sein, das sie im Moment durchlebte, verstehen. Wenn sie es überhaupt lebend überstand.

»Sie sollten nach Hause gehen, Frau Briest. Der Fall ist fast gelöst.«

»Rufen Sie mich an, wenn Sie sie gefunden haben?«, fragte ich und sah ihn flehend an.

»Ich bin Ihnen keine Rechenschaft schuldig, nur der Familie.«

»Sie wissen doch, dass ich genauso nach dem Kind suche wie Sie.«

Er schüttelte verständnislos den Kopf. »Ich habe Sie nicht engagiert, Frau Briest!«

Herr Nienstedt wandte sich zur Tür. Ich kramte in meiner Handtasche nach einer Visitenkarte. Als ich in einem Seitenfach eine fand, trat ich zu ihm und drückte sie ihm in die Hand. »Bitte.«

»Sie erfahren alle Entwicklungen aus den Medien«, sagte er, nahm die Karte trotzdem, steckte sie sich in die Jackentasche und ging ohne ein weiteres Wort. Ich atmete tief durch, bevor ich bei den Kiwanikas klingelte. Mein Herz klopfte immer noch. Meine Glieder fühlten sich an, als strömte prickelnde Säure durch meine Adern. Was, wenn die Familie mir den Auftrag entzog? Wenn sie mich nicht mehr bei sich haben wollten? Ich könnte allein weiterrecherchieren, aber woher sollte ich dann meine Informationen bekommen? Von Herrn Nienstedt bekam ich sie schließlich auch nicht. Welche Rechtfertigung besaß ich dann überhaupt noch, nach Tshala zu suchen? Ich klingelte und hoffte, dass ich Upenyu und Feza wieder beruhigen, von mir überzeugen konnte. Feza öffnete mir. Sie sah mich lange an, ohne mich hereinzulassen. Ihre Augen waren ausdruckslos. Was musste sie in diesem Moment empfinden?

»Darf ich reinkommen?«, fragte ich.

Upenyu rief aus dem Wohnzimmer. »Wer ist da?«

Sie sah mich weiterhin versteinert an, ohne sich zu rühren.

»Helena Briest«, antwortete ich laut an ihrer statt.

»Kommen Sie!«, hörte ich seine Stimme. Erst jetzt ließ mich Feza vorbei.

Die Familie saß im Wohnzimmer. Auf dem Esstisch leere Kaffeetassen und Gebäck. Der Fernseher lief leise. Eine Quizshow.

»Setz neuen Kaffee auf«, sagte Upenyu zu seiner Frau.

»Danke. Für mich keinen«, entgegnete ich.

»Tee?«, fragte Upenyu.

»Ja, gerne.«

Ich nahm neben Bashira auf dem Sofa Platz. Jomo schien schon zu Bett oder in sein Zimmer gegangen zu sein.

»Herr Nienstedt hat mir draußen von den Wohnungen erzählt.«

Upenyu vergrub den Kopf in seinen Händen. »Es kann nicht sein. Sie werden Tshala nicht finden. Ich weiß es.«

»Was macht Sie so sicher?«

Er hob wieder den Kopf. »Die Polizei sucht seit zwei Stunden. Wie lange dauert es, ein Haus zu durchsuchen?«

Ich aß ein Plätzchen, da ich meinen Hunger wieder spürte.

»Vielleicht liegt die Polizei wirklich falsch«, sagte ich.

»Was haben Sie Neues?«, fragte er.

»Seit vorhin nicht viel. Carsten hat sich mit seinen Freunden getroffen. Er will mit ihnen eine ausländerfeindliche Partei gründen.«

Upenyu riss seine Augen weit auf. »Sie könnten also Tshala entführt …«

»Seine Freunde nicht. Nur Carsten vielleicht. Er wollte ihnen gerade etwas erzählen, da wurden sie unterbrochen, und ich musste mich absetzen. Ich werde an ihm dranbleiben. Wenn er hinter der Entführung steckt, werde ich Tshala finden.«

Upenyu hatte seine Hände zu Fäusten geballt. In diesem Moment kam Feza mit einem Tablett herein, darauf eine große Kanne mit dampfendem Früchtetee, drei Tassen und ein Schälchen mit Zucker. Sie goss jedem von uns ein und setzte sich auf den Sessel. Ich griff nach ihrer Hand und sah ihr in die Augen. »Frau Kiwanika, ich will das Gleiche wie Sie. Ich will Ihre Tochter retten.«

Sie wich meinem Blick aus.

»Feza«, sagte ich nachdrücklicher und rutschte ein wenig näher. »Wenn Sie Tshala bald in Ihre Arme schließen wollen, müssen wir zusammenarbeiten. Ich weiß nicht, was Mugambi Ihnen erzählt hat. Ich habe nur Fragen gestellt, auch über die Familie natürlich. Aber ich will Sie verstehen. Und ich will wirklich helfen. Darum haben Sie mich doch gebeten.«

Ich blickte zu Upenyu, suchte seine Unterstützung. Er begann in einer Sprache zu reden, die ich nicht verstand. Sehr energisch, und Feza antwortete. Als sie geendet hatten, sah mich Feza an und sagte: »Ich weiß, Sie machen alles für unsere Tochter. Wir werden Unterstützung geben. Ich spreche auch mit meinem Sohn.«

Ich nickte zufrieden und aß ein weiteres Plätzchen. Bashira bot mir noch etwas vom Abendessen an. Es gab eine scharfe, nach ungewöhnlichen Gewürzen schmeckende Tomatensuppe. Ich blieb bis spät in die Nacht bei den Kiwanikas, weil ich den Anruf von Herrn Nienstedt nicht verpassen wollte. Um ein Uhr klingelte endlich das Telefon.

***

Sie schämt sich so. Nun soll keiner mehr hereinkommen. Keiner soll sie so finden. Sie will nur noch allein sein. Und sie ist allein. Nein, sie will zu Papa. Er soll sie finden. Sie hier rausholen. Sie mitnehmen. Ihr direkt neue Sachen geben. Zum Umziehen. Sie will raus hier. Nur raus. Warum ist sie hier? Die Zeit vergeht. Ja, wie lange ist sie schon hier? Sie hat keinerlei Zeitgefühl mehr. Durch das Fenster kommt kaum noch Licht. Ist es schon Abend? Oder schon Morgen? Sie weiß es nicht. *Hilfe*, denkt sie, unfähig, die Worte laut auszusprechen. *Ich will nach Hause.* Keiner hört sie. Keiner ist da für sie. Doch dann vernimmt sie ein Geräusch. Sie hält den Atem an. Lauscht. Was ist das? Schritte. Immer lauter. Dann ein Klacken. Die Klinke wird heruntergedrückt.

10

Donnerstag, 18.04.

Lars ignorierte mich an diesem Morgen komplett, als er erfahren hatte, dass ich erst um halb zwei nach Hause gekommen war. Beim Frühstück sprach er kein Wort mit mir. Ich war müde und hatte keine Lust auf eine Auseinandersetzung, also verließ ich das Haus ohne Abschied. Es gab noch viel zu tun, und das konnte nicht warten. Die Polizei hatte in den Häusern nichts gefunden. Es sollten zwar noch DNA-Untersuchungen gemacht werden, aber Herr Nienstedt stimmte diesmal mit meiner Meinung überein: Die Wahrscheinlichkeit war gering, dass sich für unseren Fall neue Erkenntnisse ergeben würden. Dennoch schließe er immer noch nicht aus, dass der Mörder von Celina auch der Entführer von Tshala sei.

Als ich ins Treppenhaus trat, war es ungewöhnlich laut. Stimmen drangen aus der Wohnung der Kiwanikas. Als ich gerade klingeln wollte, kam mir Bashira entgegen. Sie trug eine Jeansjacke und hatte ihren Rucksack geschultert.

»Schule?«, fragte ich.

Sie nickte. »Ich bin spät dran.«

»Was ist bei euch los?«, fragte ich.

»Die Verwandten von Papa sind heute Morgen angekommen.«

»Verwandte?«

»Ja, aus Kenia.«

Dann verabschiedete sie sich und drängte sich an mir vorbei. Ich trat in die Wohnung und schloss die Tür hinter mir. Im Wohnzimmer war die Familie versammelt. Alle unterbrachen ihr Gespräch und starrten mich an. Neben Feza saß eine junge Frau in einem bunten Gewand und Kopftuch. Upenyu stand mit einem alten Mann und einer alten Frau am Fenster.

Als keiner etwas sagte, kommentierte ich mein plötzliches Eintreten: »Bashira hat mich reingelassen.«

»Das ist mein Onkel Abasi Mujinga«, sagte Upenyu.

Der weißhaarige Mann mit Kinnbart reichte mir die Hand. Er trug eine schwarz-weiß gemusterte Stoffmütze, dazu ein weißes, weites, mit Mustern besticktes Hemd und ausgewaschene Jeans.

»Und das ist meine Tante Raziya.« Sie trug ein dunkles Gewand und ein dazu passendes Kopftuch. Creolen schauten aus der Kopfbedeckung heraus, so wie Feza sie trug, nur kleiner. Ihre Wangenknochen waren auffällig ausgeprägt und ihre Lippen voll. Sie berührte mich an der Wange und sah mich lange an. In ihrem Gesicht lag nichts Freundliches, sondern etwas Hartes, Dominantes, das durch tiefe Furchen in der Stirn und um die Augen noch verstärkt wurde. Sie trat einen Schritt zurück und begann plötzlich laut zu sprechen – in einer mir unverständlichen Sprache. Dabei sah sie Upenyu an und zeigte auf mich.

»Was hat sie?«, fragte ich.

Upenyu antwortete ihr. Sie diskutierten so laut, dass ich Angst hatte, Herr Rathke könnte sich beschweren. Dann klatschte Upenyu einmal laut in die Hände und sie war still. Ich beobachtete Raziya noch einen Moment aus dem Augenwinkel, wie sie sich zurückzog und still auf einer Sessellehne niederließ.

Dann stellte mir Upenyu seine Cousine Naja vor, die die vollen Lippen ihrer Mutter geerbt hatte. Ein rotes Kopftuch, das alle Haare bedeckte, betonte ihre hohe Stirn über den großen Augen. Sie nickte mir kurz zu und sah dann zu Boden. Ihre Gesichtshaut war glatt und makellos.

»Sie stehen uns zur Seite. Es ist eine schwierige Zeit«, kommentierte Upenyu.

Alle verharrten in ihrer Stellung, sie warteten darauf, dass etwas passierte oder dass ich etwas sagte. Ich fühlte mich außenstehend, nicht zugehörig. Also verabschiedete ich mich wieder. Ließ sie allein. Sie brauchten wahrscheinlich Zeit für sich. Ich ging in meine Detektei und setzte mich an den Schreibtisch. Wo sollte ich nur weiter anknüpfen? Mugambi. Hatte er etwas zu verbergen? Warum wollte er nicht freiwillig von seinem Vater, von der Familie erzählen? Wollte er womöglich seinen Vater schützen? Aber das machte keinen Sinn. Und dann war da noch Carsten. Reichte seine kriminelle Energie dazu aus, Tshala zu entführen? Er war zur Tatzeit in der Nähe gewesen. Aber war das hinreichend für die Annahme seiner Täterschaft? Und was war mit Celinas Mörder? Hatte Nienstedt doch recht und die Polizei verfolgte die richtige Spur? Es schien sich alles zu verwischen. Wo beginnen? Woher die Kraft nehmen? Mein Körper fühlte sich ausgelaugt an. Ich griff zum Hörer und wählte eine Nummer, die ich schon lange nicht mehr gewählt hatte. Er hatte mich schon mal in einer schwierigen Situation unterstützt. Mir gezeigt, wie ich mich selbst stärken konnte. Ich ließ es lange klingeln, doch es schaltete sich nur seine Mailbox an. Ich meldete mich mit Namen, fragte nach seinem Ergehen, erwähnte die Eröffnung meiner Detektei und meinen ersten Fall, verhaspelte mich und beendete den Monolog schnell wieder. Ich hasste es, auf eine Mailbox zu sprechen. Ich würde es später oder morgen noch mal probieren. In dem Moment ertönte die Wohnungsschelle. Wer konnte jetzt etwas von mir wollen? Vor der Tür stand die weinende Feza.

»Was ist passiert?«, fragte ich. Ich nahm Feza in den Arm. Drückte sie. Führte sie herein. Strich über ihre Arme.

»Haben sie Tshala gefunden?« Womöglich tot.

Sie schüttelte den Kopf. Ich atmete auf. Abermals schloss ich sie in meine Arme, mehr aus Erleichterung.

»Was dann?«, fragte ich, als wir uns voneinander gelöst hatten.

»Ich soll zur Polizei. Sie haben Kleidung gefunden. Ich soll sagen, ob Kleidung von Tshala ist. Kommen Sie mit?«

»Natürlich.«

Ich zog mir die Jacke an und hängte mir meine Handtasche um. Als wir das Haus verlassen hatten, fragte ich sie, warum ihr Mann sie nicht begleitete.

Sie zuckte mit den Schultern. »Er glaubt nicht, dass Kleidung von Tshala. Wir haben schon gesagt, was Tshala getragen hat: Jeans, Pullover in Rosa und ihre Jacke. Blau mit Teddy auf Brust. Er glaubt, Polizei macht Arbeit nicht richtig.«

Warum ging der verzweifelte Vater nicht mit seiner Frau zum Revier?

»Und Sie?«

Wieder Schulterzucken. »Weiß nicht.«

Gern hätte ich Feza noch mehr Fragen zu Upenyu gestellt, aber jetzt schien nicht der richtige Moment dafür zu sein. Sie hielt den Blick gesenkt und vermied es, mich anzusehen. Ich wollte sie jetzt einfach unterstützen und begleiten.

Als wir das Revier betraten, empfing uns Kommissar Nienstedt. Er schaute mich irritiert an, gab uns aber beiden die Hand.

»Vielen Dank, Frau Kiwanika, dass Sie so schnell kommen konnten.«

Er führte Feza in einen separaten Raum, ich sollte auf einem Stuhl davor Platz nehmen. »Sie können leider nicht mit rein.«

»Glauben Sie immer noch, dass Frau Kiwanika mir nichts erzählen wird?«

»Sie kann Ihnen erzählen, was sie möchte. Aber ich habe meine Vorschriften.«

»Frau Kiwanika hat mich um Unterstützung gebeten. Und deswegen bin ich hier.«

Ich sah Feza an. Sie nickte. »Das stimmt.«

Nienstedt seufzte. »Nun gut. Kommen Sie mit rein. Aber Sie stellen sich nur dazu und geben keinen Kommentar ab. Ist das klar?«

»Natürlich.«

Ich folgte den beiden in einen Raum, in dessen Mitte ein Metalltisch stand. Darauf lagen mehrere durchsichtige Plastiktüten und darin verschiedene Kleidungsstücke.

»Frau Kiwanika, sehen Sie sich bitte die Kleidung an und sagen uns, wenn Sie etwas von Tshala wiedererkennen. Lassen Sie sich ruhig Zeit dabei«, sagte Herr Nienstedt.

Feza ging um den Tisch herum, nahm einen Plastikbeutel mit einer blauen Jacke in die Hand, begutachtete ihn genauer und legte ihn dann wieder zu den anderen. Sie schob ein paar Beutel zur Seite und schaute sich mehrere Teile genau an.

»Und?«, fragte Nienstedt.

Feza schüttelte den Kopf. »Nein. Nichts von Tshala.«

Der Kommissar schloss für einen Moment die Augen. Aus Enttäuschung oder Erleichterung? Ich konnte es nicht genau sagen.

»Das ist ein gutes Zeichen«, sagte er und fasste Feza an der Schulter. »Möchten Sie vielleicht jetzt mit unserer Familienbetreuerin sprechen? Sie ist gerade im …«

»Nein«, sagte Feza und schüttelte den Kopf. »Keine Betreuer, kommen zurecht allein.«

»Sind Sie sicher?«, fragte Nienstedt. Feza wich einen Schritt zurück, entzog sich seiner Berührung und öffnete die Tür. Dort wartete eine Polizistin mit kurzen schwarzen Haaren und braun gebranntem Gesicht. »Frau Kiwanika? Kommen Sie bitte mit, es dauert nicht lange.«

Feza sah mich fragend an. Ich nickte ihr zu. »Ich komme gleich nach. Gehen Sie mit.« Ich wollte wetten, dass das die Familienbetreuerin war. Hoffentlich ließ Feza sich auf ein Gespräch ein.

»Ich muss noch was mit Ihnen besprechen«, sagte ich zu Herrn Nienstedt gewandt.

»Was denn?«, fragte er genervt.

»Carsten Adermann. Ich wollte Ihnen schon mal von ihm erzählen. Sie müssen ihn überprüfen.«

Er nahm die Plastiktüten und legte sie in einen Pappkarton. »Das haben wir.«

»Wirklich. Und?«

Er schloss den Karton und setzte sich auf einen Stuhl an der Wand. »Frau Briest, Sie fangen an, mir wirklich auf die Nerven zu gehen. Sie machen Ihre Arbeit, und wir machen unsere.«

»Aber bisher ohne Ergebnis.«

»Was fällt Ihnen ein?« Er war von seinem Stuhl wieder aufgestanden und trat auf mich zu. »Sie haben überhaupt keinen Einblick. Also werden Sie nicht unverschämt.«

Ich stemmte die Arme in die Hüften. »Dann geben Sie mir doch den Einblick. Schließlich habe ich Ihnen den Namen gegeben.«

»Frau Briest, das geht nicht«, entgegnete er laut.

»Lassen Sie uns zusammenarbeiten.«

»Sie sollten …« Er holte tief Luft. »Sie sollten sich nicht zu weit aus dem Fenster lehnen.« Er entfernte sich wieder von mir. »Wenn ich Sie nun bitten dürfte zu gehen.«

»Dann hole ich eben Frau Kiwanika. Ihr dürfen Sie die Informationen ja schließlich geben.«

Ich hatte mich schon umgedreht, da hörte ich seine Stimme:

»Wir haben Carsten Adermann überprüft. Er hat ein Alibi von einer Freundin.«

»Für die Tatzeit?«, sagte ich mehr zu mir selbst als zu ihm.

»Was denken Sie denn?«

»Und wenn ich Ihnen jetzt sage, dass er zur Tatzeit in der Nähe von Maries Haus gesehen wurde?«

Er zog die Stirn in Falten.

»Wer soll ihn dort gesehen haben? Das ist doch nur ein Trick von Ihnen.«

Ich genoss einen Moment die Fragezeichen in seinem Gesicht. »Marie, die Freundin von Tshala, hat erzählt, ein Mann sei ihnen auf dem Weg nach Hause entgegengekommen. Als ich ihr ein Foto von Carsten Adermann gezeigt habe, hat sie ihn identifiziert.«

»Marie?«, fragte er ungläubig. »Aber wir haben sie doch …« Er stoppte.

»Nun. Was ist das Alibi von Carstens Freundin wohl wert?«, fragte ich.

In dem Moment klingelte mein Handy. Ich schaute auf das Display. Der Kommissar verließ den Raum, ohne mir eine Antwort zu geben. Ich ärgerte mich, dass ich mein Handy nicht auf lautlos gestellt hatte. Schnell drückte ich den Anruf weg und lief ihm hinterher, doch er war in einem Zimmer verschwunden und hatte die Tür hinter sich zugezogen. Ein Polizist in Uniform mit Akten unter dem Arm kam mir entgegen und fragte mich, ob er mir helfen könne. Ich sagte ihm, ich sei fertig, und ging in den Eingangsbereich des Reviers. Feza saß auf einem Wartestuhl und sah mich an. Die schwarzhaarige Polizistin stand etwas abseits und besprach sich mit einem Kollegen.

Ich trat auf Feza zu: »Sind Sie fertig?«

Sie nickte und stand auf. Ich sah mich noch einmal um, doch Herr Nienstedt war nicht zu sehen.

»Kommen Sie, wir gehen.«

Als wir draußen waren, sagte Feza: »Ich danke, dass Sie so für uns einsetzen. Das nicht jeder machen.«

Wir gingen eine Weile schweigend nebeneinanderher. Ich überlegte, ob ich sie auf die Spesen und meine Bezahlung ansprechen sollte. Bevor ich mir die Worte zurechtlegen konnte, sagte sie: »Sie machen zu viel. Sie brauchen Pause.«

Ich blieb stehen und nahm ihre Hände. »Ich werde nicht eher aufhören, bis wir Tshala gefunden haben.«

»Sie bekommen zu wenig Geld. Sie müssen nichts tun für uns.«

Sie lächelte mich aufmunternd an. Warum war sie nicht genauso verzweifelt wie ihr Mann?

***

Ihr Herz klopft so stark, dass sie glaubt, es platze gleich aus ihrer Brust. Sie hat sich nah an die Wand gesetzt und die Decke bis zu ihrer Nasenspitze hochgezogen. Angespannt beobachtet sie, wie die Tür geöffnet wird. Wie sehr hat sie sich danach gesehnt. Nun fürchtet sie sich vor dem, der hereinkommt. Das Licht wird angeschaltet. Sie hält sich die Hand vor ihre Augen und kneift die Lider zusammen. Nach einem Moment gewöhnen sich ihre Augen an die Helligkeit. Sie erkennt den maskierten Mann. Er trägt eine Wanne. Stellt sie neben die Matratze. Ehe sie sich versieht, ist er wieder verschwunden. Sie will ihn doch so viel fragen. Aber nach ein paar Sekunden kommt er noch mal herein. Bringt einen Eimer und Toilettenpapier. Dann noch einen Teller mit Broten und eine Plastikflasche mit Wasser. Er steht noch einen Moment vor ihr, schaut sie an. Ihr Herz klopft schnell. Jetzt ist ihre Chance, etwas zu sagen.

11

Ich half Feza, den Tisch auszuziehen und zu decken. Sie hatte darauf bestanden, dass ich zum Mittagessen blieb. Bashira und Jomo waren schon aus der Schule gekommen. Das schien mir eine gute Gelegenheit, die Familie besser kennenzulernen. Als wir uns an den Tisch setzten, sprach der Onkel Abasi ein Tischgebet. Alle schauten zu Boden. Auch ich neigte aus Höflichkeit und Respekt meinen Kopf. Feza füllte mir etwas von der gelblichen Masse auf meinen Teller.

»Was ist das?«, fragte ich.

»Fufu«, antwortete Upenyu.

Als ich das Besteck suchte, sah ich, wie Jomo mit der Hand aß.

Bashira musste meinen erstaunten Gesichtsausdruck bemerkt haben und zeigte es mir. Mit Zeige- und Mittelfinger sollte ich etwas von der Masse nehmen und mit dem Daumen eine Kuhle hineindrücken. Dann konnte ich damit die Soße, die in Schälchen auf dem Tisch stand, aufschöpfen.

»Nun essen Sie schon«, sagte Upenyu, als ich zögerte.

Es schmeckte süßlich und zugleich scharf.

»Was ist da drin?«, fragte ich. »Der Geschmack kommt mir bekannt vor.«

»Es ist aus Maniok und Kochbananen gemacht«, sagte Upenyu.

Da nach kurzer Zeit mein Mund von der Schärfe brannte, hatte ich mein Glas Wasser schnell geleert. Als Feza das sah, stand sie auf, holte die Wasserflasche aus der Küche und schenkte mir nach.

»Und was gab's bei der Polizei?«, fragte Upenyu.

Feza erzählte von unserem Besuch auf dem Revier.

»Warum sind Sie nicht mit Ihrer Frau zur Polizei gegangen?«, fragte ich.

»Tshalas Kleidung. Wir haben der Polizei davon erzählt«, antwortete Upenyu.

»Sie sind sich so sicher. Hatten Sie keine Angst, dass doch ein Pullover oder eine Jacke von Tshala gefunden wurde?«

Upenyu ließ seine Gabel sinken. »Natürlich hatte ich Angst. Ich habe große Angst. Die ganze Zeit.«

»Warum haben Sie dann Ihre Frau allein hingeschickt?«

»Unsere Gäste. Ich musste mich um sie kümmern.«

Ich schüttelte verständnislos den Kopf. »Und wenn schon. Ihre Frau hätte Ihre Unterstützung gebraucht.«

Seine Augen weiteten sich. »Jetzt reicht's! Ich muss mich nicht rechtfertigen.«

»Entschuldigung, wenn ich Ihnen zu nahe getreten bin. Ich ... hatte mich nur gewundert.«

»Wundern Sie sich nicht. Machen Sie nur Ihre Arbeit.«

Upenyus Äußerungen kamen mir immer suspekter vor. Er wollte, dass ich ihnen half, wollte mir aber nie etwas über sich erzählen. Irgendwas hatte er doch zu verbergen. Oder lag seine Distanz einfach nur daran, dass ich eine weiße Hautfarbe besaß?

»Bring unseren Gästen noch etwas!«, sagte Upenyu, als alle ihre Teller geleert hatten. Ohne zu murren stand Feza auf und brachte den Nachschlag. Dann begannen sich der Onkel und Upenyu zu unterhalten. Leider verstand ich kein Wort. Die Frauen am Tisch waren allesamt still. Ich fühlte mich fehl am Platz und war froh, als es schellte. Feza stand schon auf, doch ich war schneller und sagte ihr, sie könne sitzen bleiben. Als ich die Tür öffnete, sah ich in ein erstauntes Gesicht.

»Was machen Sie denn hier?«, fragte Mugambi und drängte sich an mir vorbei. Anscheinend hatte Feza noch nicht mit ihrem Sohn gesprochen. Wann auch? Er stürmte ins Wohnzimmer und redete auf seine Mutter ein. Dann schlug Upenyu plötzlich auf den Tisch, sodass das Geschirr klapperte. Er schrie die beiden an.

Feza, Upenyu und Mugambi schauten sich wütend an. Was war hier nur los? Ich begann mit dem Tischabräumen.

»Hilf mir doch!«, sagte ich zu Bashira. Als ich mit ihr in der Küche allein war, fragte ich sie: »Was war da gerade los?«

»Feza und Mugambi haben wieder in ihrer Muttersprache gesprochen.«

»Und?«

»Papa und die anderen verstehen diese Sprache nicht.« Sie stellte zwei Teller in die Spülmaschine. »Ich auch nicht.«

»Das musst du mir genauer erklären.«

In dem Moment kam Feza herein und unterbrach unsere Unterhaltung. Bashira hatte meine Neugier geweckt. Ich hatte über die Sprachvielfalt in Kenia und im Kongo gelesen, hatte aber bisher nicht bedacht, dass die Familienmitglieder selbst unterschiedliche Sprachen beherrschten und sie sich untereinander womöglich nicht verstanden. Ich folgte Bashira auf ihr Zimmer, um ihr einige Fragen zu stellen. Sie hatte mittlerweile das Zimmer aufgeräumt. Tshalas Zeichnungen lagen ordentlich gestapelt auf der Fensterbank. Bashira setzte sich auf den Schreibtischstuhl und holte Bücher aus ihrem Schulrucksack.

Ich setzte mich auf ihr Bett. »Kannst du dich überhaupt konzentrieren, wenn du weißt, dass Tshala in Gefahr ist?«

Sie schob ihre Hände unter ihre Beine. »Schlecht«, gab sie zu. »Aber Mama sagt, dass das Leben weitergeht und dass schon alles gut werden wird.«

»Kannst du mir etwas über die verschiedenen Sprachen erzählen, die deine Eltern und dein Bruder sprechen? Deine Mutter und dein Bruder sprechen eine Sprache, die dein Vater nicht versteht, richtig?«

»Mama und Mugambi sprechen Bantusprache aus dem Kongo. Papa nicht.«

»Aber warum? Das verstehe ich nicht.«

»Mugambi ist im Kongo geboren.«

»Also ist er nicht der Sohn deines Vaters?«, fragte ich erstaunt.

Bashira schüttelte den Kopf. Ich rief mir Upenyu und Mugambi ins Gedächtnis und fragte mich, ob es mir schon an irgendwas hätte auffallen müssen, doch ich konnte mich an nichts erinnern.

»Und in welcher Sprache unterhalten sich deine Eltern, wenn sie nicht deutsch sprechen?«

»Swahili. Das ist in Ostafrika weit verbreitet.«

»Die Menschen sowohl in Kenia als auch im Kongo sprechen also Swahili«, folgerte ich und erinnerte mich, dass mir diese Sprache bei meinen Recherchen begegnet war.

»Aber nicht alle«, wandte Bashira ein.

»Inwiefern?«, fragte ich nach.

»Es gibt viele Sprachen. Mama spricht auch Französisch und Papa auch Somali. Er gehört dem Somali-Stamm an.«

»Wofür braucht man nur so viele Sprachen?«, dachte ich laut. Bashira nahm es als Aufforderung und fuhr fort:

»In Afrika sprechen die meisten Menschen mehrere Sprachen. Eine Muttersprache, die sie von ihrer Familie lernen. Dann eine Sprache, die sie mit Freunden oder auf Märkten benutzen. Und meist noch die Landessprache. Und es gibt ganz viele verschiedene Sprachen.«

»Aha«, sagte ich und konnte immer noch nicht begreifen, wie man mit so vielen Sprachen im Alltag zurechtkam. »Gar nicht so einfach für einen Europäer, da durchzublicken.«

Bashira schob ihre Hände weiter unter ihre Beine und machte sich dadurch noch kleiner. »Das ist die Kultur.«

»Und deine Verwandten?«, fragte ich weiter.

»Sie sprechen Swahili, aber auch Somali. Nur Papa findet es respektlos, in einer Sprache zu reden, die die anderen nicht verstehen.«

»Du und Jomo, versteht ihr auch Swahili?«

»Ein bisschen.«

Ich merkte, dass die Sprachvielfalt, über die ich gelesen hatte, in der Praxis viel komplexer war, als ich angenommen hatte.

»Jetzt muss ich Hausaufgaben machen«, sagte Bashira, schlug einen Collegeblock auf und holte einen Stift aus ihrem bunt bemalten Lederetui.

***

Der Mann hat den Raum verlassen, bevor sie ihre Fragen stellen konnte. Die Glühbirne ist wieder erloschen. Sie krabbelt zur Wanne. Sie ist voll mit Wasser. Warmem Wasser. Über der Wanne hängt ein Tuch. Sie könnte sich waschen. Könnte ihre Hose waschen. Keiner würde ihr Malheur bemerken. Sie traut sich nicht, sich auszuziehen. Nimmt erst einmal den Teller und beißt in das Brot mit Käse. Wie gut es schmeckt. Erst jetzt merkt sie, wie hungrig sie ist. Sie schlingt alles bis auf den letzten Krümel hinunter. Sie hätte gerne noch mehr. Sie trinkt die Wasserflasche halb leer. Auch auf die Gefahr hin, dass sie bald auf die Toilette muss. Der Eimer. Sie kann sich noch nicht vorstellen, ihn zu benutzen. Sie legt sich unter die Decke und schließt die Augen. Es ist mittlerweile so dunkel geworden, dass sie kaum mehr etwas sieht. Ihre Augen fallen zu. Sie hört ein Geräusch, aber nur leise. Das Nichtwissen ist das Schlimmste.

12

Ich musste Carsten endlich näher unter die Lupe nehmen. Die Frage war nur, wie ich an ihn herankam. Ich konnte mich schließlich nicht noch einmal als Studentin ausgeben, und auch der Vater kannte nun mein Gesicht. Am besten wäre es, mich ungestört in ihrem Haus umzusehen. Schauen, ob Tshala dort versteckt war. Konnte das wirklich möglich sein? Wahrscheinlich nicht. Aber vielleicht fand ich Hinweise. Kleidungsstücke oder Ähnliches, die Jacke mit dem Teddy. Ich musste in das Haus gelangen. In einem Lehrbrief meines Detektivlehrgangs war es um das Risiko des Detektivberufes gegangen und darum, dass es keinen anderen Beruf gab, bei dem man so sehr Gefahr lief, mit dem Gesetz in Konflikt zu geraten. Insbesondere wurde auf den Hausfriedensbruch hingewiesen. Welcher Paragraph des Strafgesetzbuches war das noch mal? Ich konnte mich nicht mehr erinnern. Beweise, die ich auf illegalem Wege beschaffte, konnten vor Gericht nicht bestehen. Aber ich wollte keine Beweise für eine Anklage sammeln, sondern Tshala finden. Nur, wie kam ich ins Haus hinein? Mein Vater war in seiner Zeit als Detektiv sicher auch illegal in fremde Häuser eingedrungen. Er hatte es mir nie erzählt, aber er wusste genau, wie man Schlösser knackte. Als unser Nachbar vor ein paar Jahren seinen Haustürschlüssel verloren hatte, hatte ihm mein Vater den teuren Schlüsseldienst erspart und mir dabei gezeigt, wie man eine Tür aufbricht. Und als ich mich letztes Jahr ausgesperrt hatte und Lars auf einem Betriebsausflug war, hatte mir mein Vater auch geholfen, wieder ins Haus zu gelangen. Es war zwar schon ein bisschen her, aber ich traute mir durchaus zu, die Tür selbst zu öffnen. Wenn die Haustür nicht abgeschlossen war, sollte es mit einer EC-Karte oder etwas Ähnlichem funktionieren. Ansonsten brauchte ich einen Schraubenzieher und eine Zange. Karten hatte ich zur Genüge in meinem Portemonnaie. Ich würde die Karte der Videothek aus Düsseldorf nehmen. Wenn die zerbrach, konnte ich es verkraften. Aber Werkzeug hatte ich nicht in der Detektei, und einen Baumarkt gab es nur außerhalb der Innenstadt. Wenn ich mich schon auf den Weg machte, wollte ich alles dabeihaben. Mir fiel der Hausmeister ein. Ich lief hoch und schellte. Der kleine Mann öffnete so schnell, als habe er auf Besuch gewartet.

»Was gibt's?«, fragte er ohne Begrüßung.

»Könnten Sie mir einen Schraubenzieher und eine dünne Zange leihen?«

»Wofür brauchen Sie das denn?«

»Ich muss noch eine Tür an einem Schrank anbringen.«

»Aha.« Er trat ein Stück zur Seite und ließ mich eintreten. Die Wohnung war trist und lieblos eingerichtet. Ich konnte einen Blick ins Wohnzimmer werfen. Alte Möbel, keine Deko. Auf dem Tisch stand eine große Plastikkiste, und darum waren viele Schrauben verteilt.

»Was brauchen Sie denn, Schlitz oder Kreuz?«

Wahrscheinlich brauchte ich einen Schlitzschraubenzieher, aber ich wollte zur Sicherheit beide mitnehmen, deswegen sagte ich: »Oh, das weiß ich jetzt gar nicht. Geben Sie mir doch einfach von jedem einen mit.«

Er lachte höhnisch auf. »Es ist wohl besser, wenn ich selbst mitkomme, woll.« Er hatte bereits den Werkzeugkasten in der Hand, den er aus einer Abstellkammer rausgeholt hatte.

Ich schüttelte energisch den Kopf. »Oh nein. Das wird nicht nötig sein.«

»Wenn Sie noch nicht mal einen Kreuz- und Schlitzschraubenzieher auseinanderhalten können. Wofür bin ich denn da?«

Ich hielt demonstrativ die Hand auf. »Geben Sie mir nun das Werkzeug oder nicht?«

Herr Rathke brummte. »Sturköpfig, woll?« Er kramte in seinem Kasten und gab mir schließlich, was ich verlangt hatte.

»Danke«, sagte ich und drehte mich um.

»Sie gehen aber nicht zu den Negern, oder?«

Ich wandte mich ihm wieder zu. »Was haben Sie gegen die?«

»Die stinken, schmarotzen. Dann werde ich das Zeug nie wiedersehen.«

»Vertrauen Sie mir etwa nicht?«

Er starrte mich lange an, dann machte er eine wegwerfende

Handbewegung und verstaute mit einem »Ach« den Werkzeugkasten wieder in der Abstellkammer. Seltsamer Kauz!

In einem Bekleidungsgeschäft kaufte ich mir eine Mütze. Mit dem Werkzeug in der Tasche machte ich mich auf den Weg. Ein wenig mulmig war mir schon zumute. Hausfriedensbruch, dieses Wort schwirrte mir immer wieder im Kopf herum, ohne dass ich es verhindern konnte. Ich zog mir die Mütze tief ins Gesicht, damit man mich nicht sofort erkannte. Ich schlenderte die Straße entlang und beobachtete das Haus der Adermanns. Die linke Hauswand schloss direkt an das nächste Haus an. Auf der rechten Seite war bis zum nächsten Haus ungefähr ein Meter Platz. Im Vorbeigehen erkannte ich ein Fenster, das auf Kipp stand. War jemand zu Hause? Das musste ich erst mal überprüfen. Ich ging so weit, dass ich das Haus gerade noch im Blick hatte. Ich hatte beide Telefonnummern in meinem Handy gespeichert und telefonierte sie ab. Es ging keiner ran. War das eine Garantie? Ich ging abermals auf das Haus zu und klingelte an der Haustür. Erst oben, dann unten. Schienen beide nicht zu Hause zu sein. Was, wenn mich ein Nachbar sah? Ich fummelte die Karte von der Videothek aus meiner Hosentasche und schob sie zwischen Tür und Rahmen. Ich versuchte, die Zunge zur Seite zu drücken, doch es funktionierte nicht. Die Tür musste abgeschlossen sein. Ich ging zur rechten Seitenwand, um mich nicht zu lange vor der Haustür aufzuhalten. Die Nachbarn konnten mich wunderbar beobachten, wenn sie aus dem Fenster sahen. Und wie ich bereits erfahren hatte, schien das Aus-dem-Fenster-Gucken hier eine beliebte Freizeitbeschäftigung zu sein. Ich schlüpfte in den Zwischenraum der beiden Häuser. Ein Doppelfenster. Eine Seite auf Kipp. Sollte es wirklich so einfach sein? Ich umfasste das Werkzeug in meiner Handtasche und hielt einen Moment inne. Ich würde mindestens zwei Minuten brauchen, um die Haustür aufzubrechen, vielleicht drei, weil ich es noch nicht so oft gemacht hatte, und hier war ich nicht so auf dem Präsentierteller. Wieso also nicht auf diese Art? Ich sah zum Fenster und ließ das Werkzeug los. Du machst dich strafbar, wenn du jetzt hier einsteigst, dachte ich. Dann der nächste Gedanke: Tshala. Ich schob den Arm durch den Spalt und begann, die wenigen Blumen von der einen Seite der Fensterbank auf die andere zu räumen, damit ich das Fenster öffnen konnte, ohne etwas kaputt zu machen. Ich beeilte mich. Es durfte mich schließlich keiner sehen. Ein Kaktus, zwei kleine Yuccapalmen, eine Blume mit lila Blüten. Plötzlich hörte ich Schritte und Stimmen von der Straße. Scheiße! Den letzten Blumentopf konnte ich nicht erreichen. Was nun? Die Stimmen wurden lauter. Ich ließ meine Handtasche fallen und zwängte meinen Arm so weit es ging hinein. Die Fingerspitzen berührten das raue Porzellan. Gleich würden sie auf meiner Höhe sein, mich beim Einbruch erwischen. Dann bekam ich den Topf endlich zu fassen. Geschwind entriegelte ich das Fenster, schwang es nach innen auf. Meine Handtasche lag noch auf dem Boden. Keine Zeit mehr dafür. Ich kletterte hinein. In dem Moment hörte ich die Menschen vorbeigehen. Sie unterhielten sich, ich konnte nicht verstehen, worüber. Hoffentlich sahen sie die Tasche nicht. Dann hörte ich eine Stimme laut und deutlich. Sie war näher gekommen. »Hey, da liegt eine Tasche.« Schritte näherten sich. Derjenige musste fast vor dem Fenster sein. »Lass uns mal nachschauen, was so drin ist.«

Jetzt hatte ich nur noch eine Chance: Ich steckte den Kopf aus dem Fenster und sah einem pubertierenden Jungen direkt in die Augen.

»Was machst du hier?«, fragte ich ihn. »Sieh zu, dass du von meinem Grundstück kommst.«

Er riss die Augen auf und lief davon. Ich sprang hinaus und holte meine Handtasche. Als ich wieder drin war, schloss ich das Fenster und stellte die Blumen zurück auf die Fensterbank. Einen Augenblick verharrte ich im Wohnzimmer und lauschte. Nichts. Wenn jemand zu Hause war, hätte er mich sicher schon gehört. Ich sah mich um. Ein grünes Ledersofa, davor ein kleiner Glastisch und auf der gegenüberliegenden Seite eine Schrankwand mit Büchern und Porzellanfiguren. In der Ecke stand ein etwa zwei Meter großer Kaktus. Eine Decke lag ordentlich gefaltet auf der Sofalehne. Herr Adermann legte Wert auf ein aufgeräumtes Heim. Ganz im Gegensatz zu seinem Sohn. Ich lief in den Flur, warf einen kurzen Blick in die Küche und stieg dann die Treppe hoch in die Wohnung von Carsten. Ich betrat den Wohnraum, in dem ich mich mit ihm gestern unterhalten hatte. Angrenzend eine kleine Küche. Geschirr stapelte sich im Spülstein. Das Design der Schränke erinnerte an die achtziger Jahre. Braun und beige. An der gegenüberliegenden Wand eine Fahne mit einem Hakenkreuz. Ein Badezimmer mit Dusche und Badewanne. Und ein Schlafzimmer. In einer Ecke lag Schmutzwäsche, auf dem Nachttischschränkchen standen zwei leere Bierflaschen. Daneben ein Flaschenöffner mit dem Logo der Autowerkstatt, in der sein Vater arbeitete. Es roch muffig. Wie konnte man nur so leben? Besinn dich auf deine Aufgabe, dachte ich. Ich öffnete den Schrank und durchsuchte oberflächlich die Kleidung. Schwarze Shirts, löchrige Jeans, Sportpullis. Nichts, was einem siebenjährigen Mädchen gehören könnte. Ich sah in die Schubladen des Nachttischschränkchens. Fand nur Socken und Unterhosen.

In Carstens Wohnraum stand ein Schreibtisch, der mich interessierte. Die Tischplatte war vollgekritzelt, verschiedene Computerzeitschriften lagen darauf verteilt. In einem Regal darüber standen mehrere Bücher. Geschichtsbücher. Über den Zweiten Weltkrieg vorrangig, aber auch über das Mittelalter und das Römische Reich. DVDs über Nazis und das Dritte Reich. Ein alter SS-Helm diente als Buchstütze. Wo er den wohl herhatte? Ich fand nichts, was auf Tshala hindeutete, bis ich einen Zeitungsartikel in der Schublade entdeckte. Der Artikel über Tshala von gestern. Wieso hatte er ihn ausgeschnitten und aufbewahrt?

Ich blickte mich um. Wo könnte ich noch etwas finden? Bestimmt an einem Ort, wo nicht jeder sofort suchen würde. Ich schaute unter das Bett und in die Schränke. Nichts. Dann fiel mein Blick auf die Dachbodenluke. Der Stab zum Öffnen stand neben der Zimmertür. Ich öffnete die Luke und stieg die Leiter hinauf, sah jedoch nur verstaubte Kartons mit Büchern, einen alten Fernseher und einen ausrangierten Bürostuhl. Der letzte Ort, an dem ich noch etwas finden konnte, war der Keller. Ich versuchte, alles so zu verlassen, wie ich es vorgefunden hatte, und ging hinunter.

Der Keller bestand aus nur zwei kleinen Räumen. In einem befanden sich Waschmaschine und Trockner, in dem anderen

Fahrräder, alte Reifen, Kleidung, Krimskrams. Wonach sollte ich hier noch suchen? Denn eines war sicher: Tshala fand ich hier nicht. Plötzlich wurde die Haustür aufgeschlossen. Stimmen. Scheiße. Carsten war mit ein paar Freunden zurückgekommen. »Wartet, ich hole eben noch ein paar Flaschen«, sagte Carsten und war im Begriff, die Treppe herunterzukommen. Mein Herz klopfte. Neben mir standen Getränkekisten. Also wollte er genau in diesen Raum. Es war zu spät, um in den anderen Kellerraum zu fliehen. Konnte ich mich hier verstecken? Ich knipste das Licht aus. Dunkelheit umfing mich. Ich ertastete mir den Weg zurück zu den Autoreifen und hockte mich hinter den Stapel. Ein paar Sekunden später kam Carsten herein und schaltete das Licht an. Ich hielt den Atem an. Wenn er jetzt in meine Richtung blickte, konnte er mich nicht übersehen. Meine Hände zitterten, und mein Herz pochte so laut, dass ich Angst hatte, er würde meinen Herzschlag hören. Doch er griff sich nur vier Flaschen, klemmte sie sich unter den Arm und verließ den Keller. Ich hörte ihn die Treppe hinaufsteigen. Puh. Ich kam hervor und öffnete leise die Tür. Er schien mit seinen Freunden nach oben in seine Wohnung zu gehen. Langsam schlich ich die Treppe hoch, öffnete vorsichtig die Haustür und versuchte sie genauso lautlos wieder zu schließen. Hoffentlich hatten sie nichts gemerkt. Als ich die Tür mit einem leisen Klacken ins Schloss gezogen hatte, begann ich zu laufen, so schnell ich konnte. Erst an der nächsten Biegung ließ ich mich in den Sog der Fußgänger aufnehmen, bis ich meine Detektei erreichte. Vor meiner Tür stand jemand, den ich nicht erwartet hatte.

***

Sie schlägt die Augen auf. Es scheint ein neuer Tag zu sein, zumindest ist es draußen hell geworden. Die ersten Gedanken, die ihr in den Kopf schießen, sind Fragen. Fragen, wo sie ist. Warum sie hier ist. Wer ihr das antut. Wer sie von ihren Eltern weggeholt hat. Und warum keiner mit ihr spricht. Ist das ein Test? Ein Streich? Nein, das ist kein Streich. Das ist nichts, was ein Mensch tut. Wieder Schritte. Die Tür wird geöffnet. Sie sitzt an der Wand, beobachtet. Der maskierte Mann ist zurück. Nimmt die Wanne, geht raus. Sie hört Wasser laufen. Kurze Zeit später kommt er mit der Wanne zurück. Er bringt einen neuen Teller mit Broten und eine volle Wasserflasche. Als er gehen will, fragt sie: »Wer bist du? Warum bin ich hier? Ich will nach Hause!«

13

»Was … was machst du … denn hier?«

Ich schüttelte fassungslos den Kopf und umarmte ihn dann. Es tat gut, für einen Augenblick von seinen kräftigen Armen umschlossen zu werden. Ich löste mich wieder von ihm und sah ihn an. »Nun sag schon! Was machst du hier?«

»Freust du dich nicht?« Er grinste.

»Natürlich, du Dummkopf.« Ich schubste ihn leicht nach hinten. Dann fummelte ich den Schlüssel aus meiner Handtasche und schloss die Tür auf.

»Wo warst du? Du bist ja ganz außer Atem«, fragte Arno, ohne auf meine Frage einzugehen.

»Erzähl ich dir gleich.«

Ich führte ihn in meine Detektei und zeigte ihm die Räumlichkeiten.

»Schön hast du es hier«, sagte er.

Ich holte das Werkzeug aus meiner Handtasche und legte es auf den Tisch.

»Wofür waren die Schraubenzieher?«

Ich lehnte mich an meinen Schreibtisch. »Zuerst beantwortest du meine Frage: Warum bist du hier?«

»Du klangst am Telefon so … so … wie soll ich es sagen, so ausgelaugt, erschöpft, am Ende. Da dachte ich mir, dass du jemanden brauchst, der dich aufbaut.«

Ich lächelte. »Und deswegen bist du hier?«

»Es hörte sich so an, als ob du keine Zeit hättest, um nach Düsseldorf zu kommen.«

»Wow …!«

»Also, erzähl schon.« Er setzte sich in meinen Sessel und wartete.

»Da ist dieses Mädchen. Tshala. Sie ist verschwunden. Jetzt schon fast eine Woche …« Ich berichtete Arno, was ich bisher herausgefunden hatte, wie sich Herr Nienstedt gegen mich stellte, und auch von dem Einbruch bei den Adermanns.

»Du begibst dich auf gefährliches Terrain.«

»Das gehört zum Job. Für meinen Vater war die Arbeit als Detektiv auch nicht einfach.«

»Und er wünscht sich so sehr, du hättest aus seiner Misere gelernt.«

»Hast du etwa mit ihm gesprochen?«, fragte ich erstaunt.

Arno nickte. »Er war bei einem Boxkampf. Vielleicht wollte er zuschauen, vielleicht mit mir sprechen. Ich hatte aber kaum Zeit für ihn. Du kennst das ja.«

Ich ging um meinen Schreibtisch herum und setzte mich auf den Stuhl. »Warum spricht er nicht mit mir?«

»Sei nicht zu hart zu ihm. Er hat einiges durchgemacht.«

»Und ich? Ich etwa nicht? Ich war sechs Tage gefangen bei den Russen.« Ich stand auf und lief im Zimmer auf und ab. Als er nicht antwortete, senkte ich meine Stimme. »Natürlich war es schlimm für ihn. Ich sehe ja jetzt, wie die Eltern von Tshala leiden. Und doch hätte er nicht seinen Job aufgeben müssen.«

Nachdem die Russen mich entführt hatten, wollte mein Vater nicht mehr als Detektiv arbeiten. Die Entführung war für ihn schwerer zu verkraften gewesen als für mich. Sie hatten ihn erpresst. Er sollte die Nachforschungen gegen eine Firma unterlassen, ansonsten würde er mich niemals wiedersehen. Er hatte alles dafür getan, um mich zurückzubekommen, und sogar die Kriminellen bei der Polizei verleugnet, da man ihm gedroht hatte, mich sonst zu töten. Natürlich war er darauf eingegangen und hatte somit gegen all seine Prinzipien verstoßen. Danach war er lange arbeitsunfähig gewesen. Als die Berufsunfähigkeitsversicherung nicht mehr zahlte, hatte er einen Job als Warenhausdetektiv angenommen. Seit er erfahren hatte, dass ich als Detektivin arbeiten wollte, hatten wir nicht mehr miteinander geredet.

»Ihr musstet alle damit fertigwerden. Auch du«, sagte Arno.

»Das weißt du besser als jeder andere.« Ich versank in Gedanken. War wieder das verängstigte kleine Mädchen. Kam das erste Mal in den Boxclub. An der Hand der Mutter. Starke Männer. Schweißgeruch. Und Arno, der mich freundlich empfing, mich zu den anderen Kindern brachte, mich fast von meiner Mutter losreißen musste. Ich wollte mich nicht bewegen. Schämte mich.

Dachte, alle würden mit dem Finger auf mich zeigen, über mich reden und lachen. Die Schuhe drückten, waren neu, ich wollte sie ausziehen. Arno gab mir ein Seil, schob mich zu den anderen, mitten hinein, in die Menge. Unwohlsein. Ich wollte fliehen. Sah mich um, suchte Mama, aber sie war nicht mehr da. Musste bleiben. Begann zu springen, mit zu trainieren, mit zu boxen …

»Und deswegen bin ich hier«, sagte er und riss mich damit aus meinen Gedanken.

»Weswegen?«, fragte ich perplex.

»Na, wegen dem Boxen.«

»Woher weißt du …?«

»Jetzt tu doch nicht so überrascht.« Arno lachte und zog aus seinem Rucksack zwei Boxhandschuhe. Er warf sie mir zu.

»Sind das meine?«, fragte ich und begutachtete die Abnutzungsspuren an dem Leder.

»Die alten hingen immer noch bei uns im Club. Du hattest sie dort vergessen. Zuerst dachte ich, es wäre Absicht gewesen. Ich hatte gehofft, dass du mich überraschst und unangekündigt vorbeikommst.«

Arno stand auf und schulterte den Rucksack. »Lass uns gehen.«

»Wohin?« Erstaunt blickte ich ihn an.

»Na, boxen. Dachtest du, ich fahre anderthalb Stunden für etwas Small Talk?«

Arno hatte seinen Wagen ganz in der Nähe, hinter Dieler, dem Fachgeschäft für Heimtextilien, geparkt. Wir fuhren zu mir nach Hause und holten meine Sporttasche. Es kribbelte in meinem Bauch, als ich mich wieder zu ihm ins Auto setzte. Wie lange ich schon nicht mehr geboxt hatte. Ein paar Monate nur, aber es kam mir vor wie eine Ewigkeit.

»Wo geht es hin?«, fragte ich, als ich mich zu ihm ins Auto gesetzt hatte.

Er startete den Wagen und fuhr los. »Nach Iserlohn. Ich kenne den dortigen Boxtrainer von Wettkämpfen. Wir haben die Möglichkeit, vor dem regulären Training in den Ring zu steigen.«

Ich sah auf das Navigationsgerät, das ihm den Weg wies. Nur zwanzig Minuten Fahrt. Eine machbare Entfernung.

»Beziehungen sind alles, oder wie?«, sagte ich und grinste.

»Im Internet habe ich auch schon nach einem Boxverein in Menden gesucht. Die trainieren in einer Schule recht nah am Zentrum. Das Training findet allerdings nur dienstags und freitags statt. Heute war kein Boxen möglich«, sagte er.

»Womit habe ich das nur verdient?«

»Du scheinst im Moment keine Zeit zu haben, dich darum zu kümmern, also dachte ich mir …« Er lachte. »Steffen ist übrigens wieder dabei«, begann er dann und erzählte mir von meinem ehemaligen Trainingspartner, von Wettkämpfen und einem neuen, jungen Trainer, mit dessen Trainingsmethoden Arno nicht zurechtkam. Die Fahrt zur Sporthalle verging wie im Flug, ich genoss die unbeschwerte Unterhaltung. Als wir die Halle betraten, schlug mir der vertraute Schweißgeruch entgegen. Der Raum war groß, die Seitenwände mit schwarzen Boxfiguren bemalt. In der Mitte ein großer Boxring, an den Seiten hingen Boxsäcke. Ein gedrungener Mann mit derben Gesichtszügen begrüßte uns. Neben einer Art Theke, an der Barhocker standen, befanden sich die Umkleidekabinen. Ich hatte die Frauenumkleide für mich allein. In der Mitte und an der linken Seite waren Holzbänke, auf der rechten Seite Schließfächer. Ich öffnete die Sporttasche. Wie vertraut sich meine Sportsachen in meinen Händen anfühlten. Wie hatte ich überhaupt mit dem Boxen aufhören können? Schnell zog ich mich um. Arno wartete bereits, als ich aus der Umkleide trat.

»Auf geht's«, sagte er.

»Ich bin aber nicht in Form.«

»Dann wird's wieder Zeit.«

Wir machten uns warm: Laufen, Seilspringen, Dehnübungen. Ich geriet aus der Puste, Schweiß tropfte mir ununterbrochen von der Nase und lief mir den Rücken hinunter.

»Nichts mehr gewohnt, wie?«, sagte er und lächelte, als ich mich einen Augenblick auf den Boden setzte.

»Oh ja! Das hab ich schon gemerkt. Als Detektivin muss man schließlich auch manchmal rennen.« Ich lachte.

»Macht es dir wenigstens Spaß?« Er stellte die Boxuhr ein, die an der Wand hing.

»Schon. Als Kind war ich fasziniert von dem Beruf.«

»Und der erste Fall direkt eine Entführung. Wie geht's dir dabei?«

Wir setzten beide unseren Kopfschutz auf und stiegen in den Ring. Wir stellten uns gegenüber, nahmen die Grundstellung ein und warteten auf das Signal der Uhr. Wieso stellte er mir genau jetzt diese Frage? Psychologische Taktik oder wollte er mich nur vom Kampf ablenken? Ein lautes Tuten ertönte, und direkt schlug er mit seiner linken Geraden. Ich tauchte ab, wich ihm aus. Bewegte die Füße, kleine Schritte, als hätte ich nie etwas anderes gemacht, wir drehten uns, er duckte den Kopf, ich schlug mit der Rechten, traf nur seinen Boxhandschuh, bewegte mich weiter, visierte ihn an. Er war gut, immer besser als ich gewesen, aber er hatte eine Schwäche. Ich machte eine Links-rechts-links-Kombination und traf ihn schließlich an der Schläfe. Ich lächelte. Er konterte, und mein Kopf bekam einen Schlag ab.

»Nicht nachlassen!«

Er hatte recht, immer konzentriert, immer in Bewegung bleiben. Es ist wie im echten Leben, pflegte er zu sagen. Wenn man stehen bleibt, verliert man. Ich ließ meine Beine noch schneller über den Boden fliegen, umkreiste ihn regelrecht, verpasste ihm eine mit der Linken, dann einen rechten Haken, wich seinem Schlag aus. Meine Beine wurden müde, ich japste nach Luft. Ein Blick auf die Uhr. Dann hatte er mich. Er traf mich mit seiner Rechten mehrmals hintereinander. Ich taumelte nach hinten. Endlich hörte ich das Signal. Die drei Minuten waren um.

»Du bist nicht bei der Sache!«, sagte er.

»Vor allem bin ich nicht trainiert.«

Er schüttelte den Kopf. »Nein, darum geht es nicht. Du bist in Gedanken bei dem Mädchen.«

»Ich sollte mich auch lieber um sie kümmern, als hier mit dir in den Boxring zu steigen«, sagte ich aufgebracht.

»Siehst du, du bist nicht mit vollem Herzen dabei. Es geht jetzt aber um dich, du musst dich aufs Boxen konzentrieren.«

»Aber …«

»Kein Aber. Los jetzt!«

Ich schlug meine Boxhandschuhe ein paarmal gegeneinander,

dann ertönte das Signal. Die zweite Runde. Wenn ich hier nicht richtig bei der Sache war, war ich nirgendwo richtig bei der Sache. Wieso hatte ich all seine Ratschläge nur wieder vergessen? Ich tänzelte über den Boden, ich keuchte, ich schrie und schlug nur, wenn er seine Deckung vernachlässigte. Traf zweimal mit der Führhand, der linken Geraden, machte eine Hüftdrehung und wehrte den nächsten Schlag mit der Faust ab. Arno täuschte einen linken Kopfhaken an und schlug dann einen rechten Aufwärtshaken. Ich wehrte ihn mit der rechten Faust ab, duckte mich und konterte ebenfalls mit einem linken Aufwärtshaken. Der Schlag saß, nun taumelte er nach hinten. Er rappelte sich jedoch in Sekundenschnelle auf, nahm wieder die Grundstellung ein, pendelte hin und her, versuchte mich zu irritieren. Dann ertönte das Signal.

»Besser!«, sagte er und schlug mir sachte gegen die Schulter. »Wie war das noch mit dem Gewinnen?«

»Gewinnen beginnt im Kopf.« Ich tippte mit meinem Boxhandschuh gegen meine Schläfe.

»Also?«

Ich wusste, worauf er hinauswollte. Wollte ich gewinnen oder nicht? Nur eines war mir nicht klar: Meinte er diesen Kampf oder Tshala? Ich trank einen Schluck aus meiner Flasche, dann drehte ich mich zu ihm. Wartete auf das Startsignal, visierte ihn an, bewegte mich, vor und zurück, nach rechts, nach links. Das Signal ertönte, und er kam auf mich zu. Er schlug mit der linken Geraden. Sie kam meinem Kinn gefährlich nahe, doch ich mied den Schlag mit einer Bewegung nach rechts. Ich tänzelte wieder um ihn herum, visierte ihn an, konzentrierte mich. Nun gab es nur ihn und mich. Meine Gedanken waren ganz auf meinen nächsten Schlag, auf den nächsten guten Treffer gerichtet. Er beugte seinen Oberkörper nach rechts ab und zielte auf meinen Körper. Ich nutzte die Chance, wehrte mit meinem rechten Ellenbogen ab und schlug mit der Linken auf seine Schläfe. Traf die ungedeckte Stelle. Ich bewegte mich weiter und griff nach einer Ausweichbewegung mit dem rechten Aufwärtshaken an. Darauf konterte er mit zwei kräftigen Schlägen durch meine Deckung hindurch. Konzentriere dich, dachte ich. Dann merkte ich, dass das nicht meine Gedanken, sondern seine Worte gewesen waren. Die Schwäche in meinen Armen versuchte ich zu ignorieren. Ich bewegte mich noch schneller nach links und rechts, vergrößerte die Distanz, wenn er zuschlagen wollte, wich aus und traf ihn in der Aufwärtsbewegung mit einem Aufwärtshaken am Kinn. Seine Deckung war offen, ich nutzte die Gelegenheit und traf ihn mit einer Schlagserie. Er schüttelte den Kopf und vergrößerte die Distanz zwischen uns. Wir hielten uns die letzte Minute auf langer Distanz, bis ich in den letzten Sekunden eine Offensive startete und ihn mit einem rechten Aufwärtshaken und mit der Führhand traf. Er taumelte rückwärts, der Gong ertönte, dann ging er zu Boden.

»Diese Runde hast du für dich entschieden«, sagte er, und ich half ihm hoch. »Das Kämpfen hast du nicht verlernt, nun musst du es auf deine Arbeit übertragen.«

Als ich frisch geduscht aus der Umkleidekabine kam, saß Arno am Tresen und trank ein alkoholfreies Bier.

»Der Trainer hat mir gerade gesagt, dass montags und mittwochs um zwanzig Uhr Training ist. Du bist willkommen. Oder du gehst nach Menden.«

Ich ließ meine Tasche auf den Boden fallen.

»Wo hast du das Bier her?«, fragte ich. Er zeigte auf einen Nebenraum. Dort stand ein Kühlschrank. Ich steckte einen Euro in die dafür vorgesehene Spardose und nahm mir eine Cola heraus. Mein Körper brauchte Zucker.

»Wie hast du dich denn eingelebt?«, fragte Arno, als ich mich zu ihm setzte.

Ich trank einen Schluck aus der Flasche. »Die Stadt hat eine gemütliche Atmosphäre, etwas klein vielleicht. Freunde habe ich noch keine gefunden, bin allerdings auch nur mit der Arbeit beschäftigt.«

»Und wie läuft's mit Lars?«

»Wenn er wüsste, dass wir hier zusammensitzen, würde er in die Luft gehen.«

Arno lachte. »Er sollte mal mit dir boxen.«

»Habe ich ihm auch schon gesagt. Aber da ist nichts zu machen. Im Moment läuft es auch so nicht gut. Wir haben uns in dieser Woche kaum gesehen, und wenn, hatten wir viel Streit.«

Arno trank sein Bier leer und stellte die Flasche in eine Kiste. »Warum?«

Ich wartete, bis er wieder neben mir saß.

»Er hat geglaubt, dass ich nicht viel Zeit für meinen Job aufwenden muss. Er dachte, ich bin zu Hause, wenn er Feierabend hat. Er nimmt meinen Job nicht ernst. Außerdem macht er sich Sorgen um mich.«

Arno klopfte mir auf die Schulter. »Du schaffst das schon. Du bist eine Kämpfernatur. Schon immer. Du hast gerade deinen Boxlehrer geschlagen. Wenn das nichts heißt.« Er lächelte mich an.

»Es ist wirklich nicht einfach. Der Kripobeamte stellt sich gegen mich, dann Lars. Außerdem weiß ich nicht, was ich von der Familie halten soll.«

»Inwiefern?«

»Der Vater ist sehr verzweifelt, aber … manchmal habe ich das Gefühl, er will mir nicht alles sagen. Die Lehrerin verdächtigt ihn, dass er seine Tochter nach Afrika gebracht haben soll. Das kann ich mir aber nicht vorstellen. Und die Mutter. Die ist sehr verschlossen, schaut mir nicht ins Gesicht. Auch sie verschweigt mir etwas. Und der Sohn, er verteidigt seine Eltern, aber er spricht mit seiner Mutter eine Sprache, die der Vater und die anderen Geschwister nicht verstehen.«

»Das klingt nach Problemen innerhalb der Familie.«

»Das stimmt. Vater und Mutter kommen aus unterschiedlichen Ländern. Er kommt aus Kenia und sie aus dem Kongo.«

»Ein Familiendrama.«

»Daran habe ich auch schon gedacht, aber ich weiß nicht genau, bei wem ich anfangen soll.«

Arno stand auf und holte sich eine neue Flasche aus dem Kühlschrank. Er setzte sich wieder zu mir und rieb sich mit der Hand über seinen Schädel. »Dann versetz dich in die Leute. Du weißt doch, wie sich so eine Situation anfühlt. Kennst die Grenzen der psychischen Belastbarkeit.«

»Ich habe es doch nur als Opfer erlebt. Nicht als Angehöriger.«

»Und doch weißt du, was es bei deinem Vater ausgelöst hat. Wie er gelitten hat. Und wie reagieren nun die Familienmitglieder? Ähnlich wie deine Eltern? Und warum verschweigen sie dir etwas? Das musst du rauskriegen. Wer könnte sich besser in sie hineinversetzen als du?«

Ich starrte an die Wand und trank meine Cola aus.

»Es ist wie beim Boxkampf. Immer bewegen, nicht stehen bleiben, neue Ideen ausprobieren, kreativ sein und den Gegner überraschen.«

Meine Gedanken rasten. Ich war wieder voll bei der Familie. Bei Mugambi und Feza. Sie hatten miteinander gesprochen. Etwas, das ihr Vater nicht verstand. Vielleicht etwas, das Upenyu nicht hören sollte?

»Komm, lass uns gehen!« Arno trank seine Flasche aus, stellte sie weg. Dann legte er den Arm um mich. »Und lass dir bloß von niemandem einreden, du wärst diesem Fall nicht gewachsen.«

Auf der Rückfahrt nach Menden schwiegen wir die meiste Zeit. Ich sah aus dem Fenster, ließ Häuser und Bäume an mir vorbeirauschen und dachte an Tshala. Als Arno mich an der Bushaltestelle vor Dieler rausließ, fragte er: »Soll ich dich wirklich nicht nach Hause bringen?«

Ich schüttelte den Kopf. »Nein. Ich muss zu der Familie, sehen, wie es ihnen geht, vielleicht hat sich etwas Neues ergeben. Und vor allem kann ich die Kleine nicht im Stich lassen. Hoffentlich ist sie nicht schon tot«, fügte ich im Flüsterton hinzu.

»Ich wünsche dir viel Glück«, sagte er.

Ich nickte und schlug die Beifahrertür zu. Nach zwei Minuten stand ich vor meiner Detektei. Es war zwanzig Uhr durch, als ich bei den Kiwanikas klingelte. Das Stimmengewirr war mir mittlerweile bekannt. Feza öffnete die Tür und ließ mich herein. Es roch nach gegrilltem Fleisch. Upenyu saß mit den Verwandten aus Kenia im Wohnzimmer. Als ich den Raum betrat, kam er auf mich zu: »Frau Briest. Was gibt es Neues?«

Ich erzählte ihm von meinem Einbruch bei Carsten Adermann.

»Dort ist sie jedenfalls nicht«, beendete ich meinen Bericht.

Upenyu lief vor dem Tisch auf und ab. »Wir müssen sie finden. Wir müssen sie endlich finden. Ich halte diese Ungewissheit nicht mehr aus.«

»Ich weiß.«

»Nichts wissen Sie.« Upenyu schrie, schrie mich an, genauso wie auch seine Frau. Ich ließ alles über mich ergehen, setzte mich auf einen Sessel. Abasi redete auf Upenyu ein, schien ihn noch mehr aufzuwühlen. War Upenyus angereiste Familie wirklich eine Unterstützung für ihn?

»Haben Sie etwas Neues von der Polizei gehört?«, fragte ich, als er sich wieder beruhigt hatte.

Upenyu schüttelte den Kopf. »Nichts Neues. Der Verdächtige ist stur. So werden wir Tshala nicht rechtzeitig finden.«

»Rechtzeitig?«, fragte ich.

Er blickte mir einen langen Moment fest in die Augen. »Na, lebend.«

Ich bekam wieder dieses Ziehen im Bauch, beugte mich nach vorne, verzog das Gesicht. Tshala, wo bist du nur? Wer tut dir das an? Ich war wieder das kleine Mädchen, das von den Russen gekidnappt wurde. Ich saß in diesem Keller, war umgeben von den kalten Wänden, von der Einsamkeit, von dem Für-sich-Sein. Ich spürte die Angst, diese Enge und die Sehnsucht nach menschlichem Kontakt.

Ich versuchte mich auf Upenyu zu konzentrieren. Hatte nicht mitbekommen, was er gerade gesagt hatte. War wohl nicht wichtig, er sprach mit seinem Onkel. Ich stand auf und wandte mich an Feza: »Ist Bashira in ihrem Zimmer?«

Die Mutter nickte. »Aber nicht lange. Sie ist … müde, und morgen ist Schule.«

»Natürlich.«

Ich berührte Feza an der Schulter und ging zu Bashiras Zimmer. Ich klopfte. Keine Reaktion. Ich klopfte noch einmal. Wieder nichts. War sie schon eingeschlafen? Ich drückte langsam die Klinke hinunter und spähte hinein. Bashira saß auf ihrem Bett, wippte mit den Füßen. Als sie mich sah, zog sie ihre Ohrstöpsel aus den Ohren.

»Tshala?«, fragte sie und legte ihren MP3-Player beiseite.

Ich schüttelte den Kopf und stellte mich in die Tür. »Darf ich hereinkommen?«

Sie nickte. Ich setzte mich zu ihr auf das Bett.

»Was hörst du da?«, fragte ich.

»Lokua Kanza.«

»Lass mal hören.« Ich steckte mir einen der kleinen Kopfhörer ins Ohr. Trommeln, harmonischer Singsang in einer fremden Sprache, die mir nicht mehr ganz so fremd erschien. Die Musik gefiel mir.

»Hört sich gut an. Ist das eine Gruppe? Woher kommen die?«

»Lokua Kanza ist ein Sänger aus dem Kongo.«

»Dem Geburtsland deiner Mutter«, ergänzte ich.

Sie stoppte den MP3-Player und legte ihn beiseite.

»Deine Eltern kommen aus unterschiedlichen Ländern. Wie haben sie sich kennengelernt?«, fragte ich.

»In Dortmund auf dem Amt, als Mama Asyl beantragen wollte. Papa war auch dort mit einem Freund von ihm.«

»Was weißt du über das Leben im Kongo?«

Bashira legte sich ein Kissen auf die Beine und strich über das Muster.

»Mama erzählt oft. Telefoniert viel mit der Familie. Aber ich kenne die nicht. Kann mir ein Leben dort unten nicht vorstellen. Ich will hierbleiben.«

»Wollen deine Eltern denn zurück nach Afrika?«, fragte ich.

Sie kreuzte die Arme vor ihrer Brust. »Papa schon.«

»Und deine Mama?«

»Ich glaub nicht.«

»Streiten sie öfter darüber?«

»Manchmal.«

Mich nervte es, dass sie mir nur so knappe Antworten gab. Aber ich konnte ihr auch nicht böse sein.

»Wer ist denn der Vater von Mugambi?«

Sie zuckte mit den Schultern. »Darüber spricht Mama nicht. Auch Mugambi weiß es nicht.«

»Leidet dein Bruder darunter, dass er seinen leiblichen Vater nicht kennt?«

»Nein. Mugambi weiß, dass er kein guter Mensch ist.«

»Und wie ist die Beziehung zwischen ihm und deinem Vater?«, fragte ich.

»Geht so. Deswegen ist Mugambi früh ausgezogen.«

»Haben sie sich gestritten?«

»Oft sogar.«

»Und worüber?«

»Über alles Mögliche.«

Sie stellte ihren Player wieder an und steckte sich einen Stöpsel ins Ohr. Anscheinend hatte sie keine Lust mehr, mir Fragen zu beantworten.

***

Natürlich hat der Mann nicht geantwortet. Sie ist wieder allein, auf sich gestellt. Lange starrt sie den Eimer und die Wanne an. Sie muss so dringend auf die Toilette. Wie demütigend. Ein Eimer. Es wird stinken! Doch sie will nicht schon wieder ihre Hose besudeln. Sie zieht Hose und Schlüpfer aus und setzt sich auf den Eimer. Sie muss aufpassen, dass er nicht umfällt. Als sie ihr Geschäft erledigt hat, wäscht sie sich mit dem lauwarmen Wasser. *Ich will unter eine warme Dusche!* Sie wäscht ihre Hose und ihre Unterhose und presst sie so lange aus, bis kein Tropfen mehr entweicht. Nichts, woran sie ihre Hose aufhängen könnte. Nur die Unterhose kann sie an den Haken hängen, an dem ihre ungefähr drei Meter lange Kette befestigt ist. Die Hose legt sie auf den Boden. Was nun? Sie bedeckt ihren nackten Unterkörper mit der Wolldecke und zieht den Teller zu sich heran. Das gleiche Brot. Es ist trocken, der Käse schmeckt fad. *Warum ist keiner hier? Warum bin ich so allein?*

14

Ich hängte mir die Sporttasche über die Schulter und machte mich auf den Heimweg. Der Himmel war bereits tiefschwarz. Die Lichter der Geschäfte erleuchteten die Fußgängerzone. Meine Arme waren schwer, mein ganzer Körper fühlte sich ausgelaugt und schlapp an. Wenn wir Tshala gefunden hatten, würde ich wieder regelmäßig zum Training gehen. Als ich um die Ecke auf den alten Rathausplatz bog, hörte ich eine bekannte Stimme. Eine Gruppe junger Leute kam mir von der Vincenz-Kirche entgegen. Etwas abseits lag eine Kneipe. Tagsüber hatte ich sie bisher nicht wahrgenommen. Nun drangen die Bässe über den Platz. Vier Frauen betraten gerade das Lokal. Die Männer kamen immer näher und kreisten mich schließlich ein. Dann erkannte ich auch, wer vor mir stand. Carsten.

Er schubste mich. »Du Schlampe.«

Meine Tasche rutschte mir von der Schulter. Sie waren zu fünft. Die von der Grillparty. Ein anderer stieß mich fest an, und ich landete in den Armen des muskelprotzigen Robert. Er packte mich unsanft am Arm. Ich riss mich los.

»Du warst in meinem Haus, du Kriminelle!« Das war wieder Carsten. Er starrte mich an. Seine Augen waren voller Hass. Er hob die Hand und schlug nach mir. Ich tauchte ab und wich seinem Schlag aus. Mein Herz raste. Mir wurde heiß. Er hatte mich also gesehen, als ich aus seinem Haus gelaufen war. Er konnte mich anzeigen wegen Hausfriedensbruchs. Dann wäre meine Karriere als Detektivin vorbei, bevor sie überhaupt angefangen hatte. Doch nun hatte ich ein viel dringenderes Problem. Carsten holte erneut zum Schlag aus, und auch diesmal wich ich ihm aus. Ich konnte nicht fliehen, da die anderen Glatzköpfigen mich immer wieder in den Kreis schubsten. Wie in der Schule, dachte ich. Ich würde es mit Carsten aufnehmen können, aber wenn die anderen eingriffen, hatte ich keine Chance. Unwillkürlich fasste ich an meine Beule am Kopf. Sie tat immer noch weh, wenn ich sie berührte. Schon einmal hatte er mich verletzt. Das sollte kein zweites Mal passieren. Ich nahm die Grundstellung vom Boxen ein. Niemals außerhalb des Boxringes kämpfen, wenn es sich vermeiden lässt. Ich lugte kurz auf meine Tasche, fragte mich, ob ich sie ergreifen und fliehen könnte. Nein, heute Abend würde ich nicht schnell rennen können. Schon gar nicht mit der sperrigen Sporttasche. Ich musste mich stellen. Carsten sprang auf mich zu, und ich schlug ihm erst in die Magengegend und dann ins Gesicht. Er ging sofort zu Boden, keuchte, blutete aus der Nase.

»Du Fotze«, schrie er. Er stand schneller wieder auf, als ich es erwartet hatte. »Ich bring dich um.«

Erneut sprang er auf mich zu. Diesmal zog er einen dünnen Gegenstand aus seiner Jacke. Ein Messer. Darauf war ich nicht vorbereitet. Er hielt das Messer in seiner rechten Hand und ließ es nach vorne schnellen. Auf meinen Bauch zu. Mein Herz fühlte sich an, als würde es gleich aus meiner Brust springen. Er wollte mich wirklich umbringen. Er war so erfüllt von Hass. Und die anderen ließen es geschehen. Ich sah Robert an. Suchte Hilfe in seinem Gesicht. Seine Augen beobachteten mich interessiert. Er lächelte. Er schien sich zu amüsieren. Waren diese Jungs wirklich so grausam? Tshala. Was war mit Tshala? Wenn sie mich tatsächlich umbringen würden? Was könnten sie dann dem kleinen Mädchen angetan haben? Ich wich Carsten aus, sprang zur Seite und wurde erneut in seine Richtung geschubst. Direkt auf das Messer zu. Kaum Zeit zu reagieren. Ich fasste einen anderen an der Jacke, zog mich zur Seite und trat Carsten danach das Messer aus der Hand. Erstaunt sah er mich an. Ich nutzte den Moment und schlug ihm mehrmals ins Gesicht, bis er wieder zu Boden ging. Das ganze Gesicht war blutüberströmt, die Haut an mehreren Stellen aufgeplatzt. Noch ein Schlag, und er würde nicht mehr aufstehen. Ich trat auf ihn zu. Plötzlich spürte ich einen starken Schmerz am Hinterkopf und dann im Gesicht. Mir wurde schwarz vor Augen. Ich merkte noch, wie ich auf die Knie sank. Werd bloß nicht ohnmächtig, dachte ich. Und doch bekam ich den Aufschlag auf den Boden nicht mehr mit.

Als ich die Augen öffnete, schmeckte ich Blut im Mund. Ich hörte ein Stöhnen und drehte meinen Kopf in die Richtung, aus der das Geräusch kam. Carsten lag noch am Boden. Ich war also nicht lange weggetreten gewesen. Dann sah ich Robert über mir. Das Lachen war aus seinem Gesicht verschwunden. Jetzt hielt er das Messer in der Hand. Er stand über mir und beugte sich zu mir herunter. Mein Kopf fühlte sich an, als würde er gleich explodieren. Konnte ich mich noch wehren? Ich versuchte mich aufzurichten, doch sobald ich meinen Kopf hob, wurde mir schwindelig.

Dann hörte ich eine Stimme. »Hey!«

Robert drehte seinen Kopf. Das war meine Chance. Mit größter Anstrengung rutschte ich über den Boden unter ihm hindurch.

»Was machen Sie da?« Der Türsteher der Kneipe war herangetreten. »Lassen Sie die Frau in Ruhe!«

Langsam rappelte ich mich auf und griff nach meiner Tasche. Die Glatzköpfigen ließen von mir ab, schauten zum Türsteher, der genauso breite Schultern hatte wie Robert. Ich entfernte mich mit kleinen Schritten.

»Soll ich Ihnen ein Taxi rufen?«, fragte mich der Türsteher.

»Es geht schon.« Ich wollte einfach nur noch schnell weg.

Als ich mich zurückzog, hörte ich noch Carstens Stimme. »Ich bin noch nicht fertig mit dir, du Schlampe.«

Schnellen Schrittes lief ich nach Hause, schaute mich immer wieder um, ob Carsten und seine Freunde mich verfolgten, doch in der Dunkelheit regte sich nichts. Meine Beine schmerzten von der Anstrengung, als ich zu Hause ankam. Als ich ins Wohnzimmer trat, sprang Lars vom Sofa auf und stürmte mir entgegen.

»Du meine Güte. Was ist passiert?«

Ich ließ die Tasche fallen und ging ins Badezimmer. Er folgte mir.

»Warte, ich helf dir.« Er nahm ein Handtuch aus dem Schrank und tupfte mir vorsichtig das Gesicht ab. »Du blutest immer noch.«

Meine linke Augenbraue war aufgeplatzt. Ich nahm ihm das

Tuch ab und drückte es gegen die offene Wunde. »Kannst du Pflaster holen?«, fragte ich.

Er verschwand und kam kurze Zeit später mit einer Wundsalbe, einer Mullbinde und einer Packung Pflaster zurück.

»So schlimm ist es auch nicht.«

»Lass mal sehen.«

Er tupfte so lange mit dem Handtuch mein Gesicht ab, bis sich die Wunde beruhigt hatte. Danach schmierte er vorsichtig Salbe darauf und klebte mir ein übergroßes Pflaster auf die Augenbraue. Er legte seine Hände auf meine Wangen, küsste mich und fragte mich noch mal, was denn um Himmels willen passiert sei.

»Ich bin nach Hause gelaufen und direkt in die Arme von diesem Rechtsradikalen. Das waren er und seine Freunde. Aber es ist nicht so schlimm«, versuchte ich ihn zu beruhigen.

»Nicht so schlimm? Du blutest!«

Ich zuckte mit den Schultern und ging an ihm vorbei ins Wohnzimmer. Lars kam mir mit dem Verbandszeug und der Salbe in der Hand hinterher.

»Er hat auch was abgekriegt, und nicht zu wenig.«

Lars schüttelte fassungslos den Kopf.

»Helena, ich will nicht, dass du dich so in Gefahr begibst.«

»Ich weiß«, sagte ich. Er brachte die Schachteln und die Tube zurück in die Hausapotheke in der Abstellkammer und setzte sich dann zu mir auf die Couch.

»Wie kann dir dieser Job Spaß machen? Lässt du dich gern verprügeln?«

Ich beugte mich nach vorne, jeden Moment bereit, ihn anzuschreien. Aber mir fehlte die Kraft dazu. Wahrscheinlich würde ich es auch nicht verstehen, wenn ich an seiner Stelle wäre.

»Lass mich einfach machen, es ist meine Entscheidung.«

»Du bist meine Frau«, konterte er. »Du kannst nicht einfach machen, was du willst. Denk auch an mich. Wie ich mich fühle, wenn du blutüberströmt nach Hause kommst.«

»Übertreib doch nicht so! Ich weiß mich schon zu verteidigen. Nächste Woche werde ich wieder mit dem Boxtraining anfangen«, sagte ich, obwohl ich mich noch gar nicht entschieden hatte, wann ich wieder zum Training gehen wollte. Lars hatte das

Boxen zwar immer toleriert, aber nie gutgeheißen. Männersport, hatte er mal gesagt. Dabei hatte er keine Ahnung von Sport. Er interessierte sich nur für Mozart, Vivaldi oder für die nächsten Theateraufführungen in der Umgebung.

»Und hat es dir heute geholfen?«, fragte er spitz.

»Ja, das hat es«, antwortete ich nachdrücklich.

»Sieh dich doch an.«

»Es waren nur zu viele. Aber ich war in der Bewegung drin. Ich habe heute nämlich wieder geboxt.«

»Ach ja? Wann denn?«, fragte er erstaunt. Er sah mich mit großen Augen an und wich mit dem Oberkörper ein paar Zentimeter zurück.

»Heute Nachmittag. Arno ist extra aus Düsseldorf gekommen, um mich zu sehen. Er kennt den Trainer in Iserlohn und ist mit mir dorthin gefahren.«

Lars sah mich einige Sekunden wortlos an. Dann stand er auf und verließ das Zimmer.

***

Ihr Magen gibt Geräusche von sich. Was würde sie für ein einfaches Käsebrot geben. Sie dreht ihre Hose zum wiederholten Mal um. Immer noch klamm. Ihre Unterhose ist dafür schon fast trocken. Immer wieder knetet sie mit ihren Händen den dünnen Stoff, um die Wärme daran abzugeben und um überhaupt etwas zu tun zu haben. Sie wünscht sich ihre Bücher aus der Schule. Sie will lesen und lernen. Das hätte sie niemals gedacht. Niemals hätte sie geglaubt, dass sie sich nach ihren Schulbüchern sehnen würde. Eins … fünf … zwölf … neunundneunzig … drei … siebenundsiebzig … *Wie lange muss ich noch hierbleiben? Wann wird er endlich wiederkommen?* Sie fängt erneut an zu schreien, laut. Bis ihr Hals wehtut und ihre Stimme nur noch ein Krächzen ist. Sie hört Schritte. Endlich. Der Schlüssel im Schloss. Ihre Hände zittern. Sie hält den Atem an. Will, dass er hereinkommt, hat gleichzeitig Angst davor. Dann fällt ihr Blick auf die Hose. *Oh nein! Er wird sehen, dass ich halb nackt bin …*

15

Freitag, 19.04.

Als ich am nächsten Tag aufstand, war mir schwindelig. Ich blieb einen Augenblick auf der Bettkante sitzen. Eine Gehirnerschütterung? Hoffentlich musste ich nicht ins Krankenhaus. Doch nach einem kurzen Moment ging es wieder. Lars war schon im Badezimmer und duschte. Seit wir ein Paar waren, war er immer eifersüchtig auf Arno gewesen, obwohl er überhaupt keinen Grund dazu hatte. Er mochte Arnos lockere, humorvolle Art nicht. Zumindest nicht, wenn sie mich zum Lachen brachte. Ich ging ins Bad und schlang meine Arme um Lars, der sich gerade abtrocknete. »Bist du mir noch böse?«, fragte ich. Er entzog sich meiner Umarmung und trocknete sich weiter ab.

»Ich bin dir nicht böse.«

»Dann eifersüchtig.«

»Auch das nicht.«

»Was dann?«

Er verdrehte die Augen. »Sieh dich doch im Spiegel an.«

Ich trat näher ans Waschbecken heran. Die Haut um mein Auge hatte sich blaulila verfärbt.

»Das vergeht doch.«

»Sicher, und außerdem …« Er stoppte.

»Und außerdem was?«, hakte ich nach.

»Ach, vergiss es!«

»Nein, sag es mir!«, beharrte ich.

»Seit du diesen Fall bearbeitest, hast du keine Zeit mehr für mich, aber für Arno, für den hast du Zeit.«

Ich verstand. Natürlich war er eifersüchtig, wollte es nur nicht zugeben. Ich umarmte ihn wieder und küsste ihn auf den Hals.

»Jetzt habe ich Zeit für dich.«

Ich küsste ihn weiter auf den Rücken und wanderte mit meinen Händen seinen Oberkörper entlang.

»Ich will mich nicht mit dir streiten«, sagte ich.

Er schwieg. Anscheinend rang er mit sich, ob er sich jetzt auf mich einlassen oder weiter schmollen sollte. Dann drehte er sich zu mir und nahm mein Gesicht in seine Hände. Er erwiderte meinen Kuss, und ich spürte wieder das warme Gefühl in meiner Brust. Nein, ich wollte mich gewiss nicht mit ihm streiten, ich brauchte ihn doch so sehr, seine Unterstützung, seine Gegenwart.

Er zog mich an seinen Körper und strich mit seinen Fingern über meinen Rücken. Ich bekam eine Gänsehaut und schloss die Augen. Da ertönte das Klingeln meines Handys aus dem Flur.

»Lass es klingeln«, sagte er, als ich zur Tür schaute.

»Das geht nicht!« Ich machte mich aus seiner Umarmung frei.

Auf meinem Display stand der Name »Nienstedt«. Es war erst Viertel nach sieben. Es konnte nur um Tshala gehen. Und es schien dringend zu sein.

»Was gibt es?«, fragte ich.

»Sie sind doch schon so vertraut mit den Kia… Kiwanikas.«

»Was ist mit Tshala? Haben Sie sie gefunden?«, fragte ich aufgeregt.

»Nein«, antwortete er ruhig.

»Was dann?«

»Ich möchte, dass Sie zu der Familie fahren.«

»Warum?«

»Da die Familie von Anfang an den Familienbetreuer abgelehnt hat, wüsste ich gerne jemanden bei Ihnen. Jemand Außenstehenden.«

»Wieso jetzt? So früh?«

»Weil es dringend ist.«

»Machen Sie es nicht so spannend«, forderte ich ihn auf.

»Das Radio berichtet von einem Leichenfund.«

»Was? Wie? Ist es Tshala?«

»Langsam, Frau Briest. Wir sind in einem nahe gelegenen Waldstück und bergen eine Leiche. Es ist nicht gesagt, dass es sich um Tshala handelt. Aber es gab einen etwas übereifrigen Reporter, der natürlich sofort die Verbindung gezogen hat. Es könnte sein, dass es auch im Fernsehen gezeigt wird.«

Ich setzte mich auf einen Stuhl und stützte meinen Kopf ab. »Und? Was ist dran? Was glauben Sie, ist es Tshala?«

»Dazu werde ich zu diesem Zeitpunkt nichts sagen.«

»Aber Sie glauben, dass sie es ist, richtig?«, fragte ich mit gepresster Stimme.

»Frau Briest, jetzt kommen Sie wieder runter. Es ist nichts bewiesen. Wir gehen nur einem Hinweis nach.«

»Den Sie von dem Versicherungsmakler haben.«

Er zögerte. Nicht lange, aber lange genug, um mir damit eine Antwort zu liefern.

»Oh nein!«, rief ich laut.

»Bitte beruhigen Sie sich. Es ist noch nichts sicher. Und leider ist das der Presse nicht klar. Ich möchte nicht, dass die Familie unnötig leidet. Halten Sie die Ki...wanikas vom Fernsehen und Radio fern.«

»Das wird nicht einfach sein.«

»Es wird Ihnen gelingen, wenn Sie Ruhe bewahren. Sobald wir die Leiche geborgen haben und man zumindest die Hautfarbe erkennen kann, werde ich Sie anrufen.«

Er legte auf. Tränen stiegen mir in die Augen. Tshala. Hast du es nicht geschafft? Hat er dir eiskalt die Kehle durchgeschnitten wie Celina? Hast du den Horror nicht überlebt? Liegst du dort im Wald? Tot? Vergraben? Verscharrt? Tshala, ich bin bei dir, wollte ich sagen. Ich fühlte mich von meinem eigenen Körper eingeengt. Ich war gefangen in mir selbst, wollte fliehen. Weg von hier. Weg von mir. Weg von allem. Doch wohin? Wohin wollte ich, wenn nicht zu mir selbst? Ich schnappte nach Luft und hatte doch das Gefühl, nicht genügend Sauerstoff einzuatmen. Dann wieder das Ziehen in der Magengegend. Mir wurde schlecht. Speiübel. Ich lief zur Toilette, klappte den Deckel nach oben, beugte mich darüber. Das Telefon immer noch in der Hand. Versuchte langsam zu atmen, mich zu beruhigen. Setzte mich schließlich auf die kalten Fliesen und lehnte mich an die Badewanne. Dann sah ich Feza und Upenyu vor mir. Die Kälte der Fliesen drang in meinen Körper. Sie nahm Besitz von mir, und wäre Lars nicht in diesem Moment hereingekommen, hätte ich mich aus meiner Starre nicht lösen können.

»Was ist passiert?«, fragte Feza, als sie mir ins Gesicht sah.

»Das hier?«, fragte ich und zeigte auf mein blaues Auge. »Das war Carsten Adermann«, flüsterte ich in der Hoffnung, Upenyu würde es nicht hören. »Aber es ist nicht so schlimm, wie es aussieht.«

Als ich ins Wohnzimmer trat, stand Upenyu auf und kam mir entgegen. »Wer war das?«, fragte er.

Ich sah mich um. Bashira saß am Esstisch und aß ihr Müsli. Jomo saß auf dem Sofa und zappte durch die Fernsehprogramme. Das durfte doch nicht wahr sein. Ich wollte auf ihn zugehen, aber Upenyu versperrte mir den Weg.

»Wer war das?«

»Nicht so wichtig«, sagte ich und machte eine abwertende Handbewegung. Dabei blickte ich an ihm vorbei zu seinem Sohn.

»Doch, ist es.«

Ich nahm seine Worte kaum wahr.

»Lassen Sie mich doch erst mal rein«, sagte ich, während ich immer noch an ihm vorbei zu Jomo blickte.

Upenyu trat widerwillig einen Schritt zur Seite, und ich ging direkt auf Jomo zu.

»Was guckst du denn da?«, fragte ich ihn.

Im selben Moment veränderte sich sein Gesichtsausdruck.

»Mama. Papa. Sie berichten wieder über uns. Tshala. Tshala. Sie haben Tshala gefunden.«

»WAS?«, schrie Upenyu und trat direkt vor den Fernseher, sodass ich nichts mehr sehen konnte. Auch Feza stellte sich daneben und versperrte mir zusätzlich die Sicht. Ich trat auch vor, um etwas sehen zu können. Die Nachrichtensprecherin berichtete von einem Leichenfund. Man habe noch keinen Kommentar der Polizei dazu gehört, aber da die Leiche nahe bei Menden geborgen werde, könne man mit hoher Wahrscheinlichkeit davon ausgehen, dass es sich um das verschwundene afrikanische Mädchen aus Menden handle. Ich sah Upenyu an und merkte, wie die Qual Besitz von ihm nahm. Seine Augen weiteten sich, sein Mund stand offen, die Lippen zitterten. Ich hatte noch nie einen erwachsenen Mann weinen sehen, aber ich war mir sicher, dass es gleich so weit sein würde. Raziya sprang auf, stellte sich neben ihn und fasste ihn am Arm. »Warum hat uns die Polizei nichts gesagt?«, fragte Upenyu.

»Die vom Fernsehen wissen nichts. Das sind nur Vermutungen. Es ist nichts bewiesen. Deswegen hat die Polizei nicht angerufen«, sagte ich.

»Aber die reden von Tshala.«

»Sie glauben es nur, dass sie es ist.«

Feza stand neben mir und schüttelte den Kopf. »Nein. Tshala ist nicht tot. Glaube es erst, wenn ich sehe sie.« Sie rannte aus dem Zimmer. Ich folgte ihr in den Flur. Sie hatte das Telefon in der Hand. Ich blieb im Türrahmen stehen und beobachtete sie.

»Wen rufen Sie an?«, fragte ich, doch sie beachtete mich nicht. Als sich am anderen Ende jemand meldete, sprach sie hektisch in der afrikanischen Sprache ins Telefon. Ich fragte mich, wie es in ihr aussah. Mit wem telefonierte sie? Mit ihrer Familie im Kongo? Mit Mugambi? Ich hätte zu gern ihre Worte verstanden. Dann legte sie auf. Sah mich an. Ihre Augen weder nass noch traurig. Es lag ein Unverständnis darin. Etwas Verwirrtes. Ich ging auf sie zu und nahm sie in den Arm.

»Die Polizei wird sich melden, sobald sie etwas weiß.«

Ich spürte ihr Herz klopfen und fragte mich, ob es nicht doch mein eigenes war. Sie zitterte. Ich hätte ihr so gern geholfen. Ich wünschte mir, ich könnte ihr die Verzweiflung nehmen. Nichts konnte ich tun. Nur warten.

***

Schnell zieht sie ihre Hose unter die Decke. Er kommt herein und beobachtet sie, lässt sie nicht aus den Augen. Stellt ihr erneut Brote hin, eine neue Wasserflasche und tauscht das Wasser in der Wanne aus. Auch den Eimer nimmt er mit und bringt ihn kurze Zeit später wieder.

»Bitte geben Sie mir meine Schultasche. Mir ist so langweilig.«

Die Maske schaut in ihre Richtung. Einen Moment. Zwei. Ihr Herz klopft so heftig, dass sie die Schläge in ihrem Brustkorb spürt. *Nein, fall nicht über mich her*, sagt die Stimme in ihrem Kopf. Die andere fleht darum, dass er sich zu ihr setzt, sie in den Arm nimmt und ein paar beruhigende Worte zu ihr sagt. Als er sich ohne eine Antwort umdreht, nimmt sie all ihren Mut zusammen und stellt eine zweite Forderung. »Und etwas anderes zu essen. Bitte. Obst wäre toll! Einen Apfel oder eine Birne.« Er dreht sich wieder um und sieht sie an. Er, der nicht mit ihr spricht und keinerlei Mitleid mit ihr zu haben scheint. Er ist ihr einziger Kontakt zur Außenwelt. Er ist der einzige Hinweis darauf, dass es noch eine Außenwelt gibt. »Und Seife und ein Handtuch hätte ich gern.« Sie weiß nicht, ob er diese Worte noch registriert hat, denn er ist schon wieder dabei, die Tür von außen zuzuschließen. Sie wirft sich aufs Bett und beginnt in die Decke zu weinen. Gefangen. Allein. Abgeschottet. Verdreckt. Wie lange wird sie es noch hier aushalten? *Bitte, Papa, hol mich hier raus – schnell!*

16

»Ich halte das nicht länger aus.« Upenyu lief im Wohnzimmer auf und ab. »Was dauert da so lange?«

»Sie müssen sich ein wenig gedulden«, sagte ich.

»Gedulden? Gedulden! Ich hab keine Geduld. Ich will es endlich wissen.«

»Herr Nienstedt ruft an, wenn er etwas weiß. Das hat er mir versprochen.«

»Das reicht nicht.« Upenyu stellte sich vor den Fernseher und zappte durch die Sender, bis er zu einem Nachrichtensender gelangte, der wieder von dem Entführungsfall berichtete. Feza kam aus der Küche und setzte sich zu mir auf das Sofa. »Was Neues?«

»Nein, nichts Neues«, antwortete ich.

»Nein. Immer noch nichts Neues! Kein Anruf der Polizei. Nichts!«, schrie Upenyu und warf die Fernbedienung in die Ecke. Feza stand auf und ging zu ihrem Mann, sprach auf ihn ein. Versuchte ihn wohl zu beruhigen. Sie brauchten endlich Gewissheit – wenigstens, was die Leiche im Wald betraf.

»Ich rufe ihn jetzt an«, sagte ich und holte mein Handy aus der Tasche. Upenyu sah mich an und trat auf mich zu. »Das mache ich«, sagte er bestimmt.

»Der Kommissar hat gesagt, er meldet sich sofort«, wandte Feza ein. Ich hatte bereits die Nummer gewählt und hielt das Handy ans Ohr. Nach dem zweiten Klingeln meldete sich Herr Nienstedt.

»Wie weit sind Sie?«, fragte ich direkt.

»Wir haben vor fünf Minuten eine Leiche geborgen.«

»Und?«, fragte ich und hielt die Luft an. Mein Herz klopfte, mein ganzer Körper spannte sich an. Ich sah in die erwartungsvollen Augen von Upenyu. Er stand ganz nah vor mir und beobachtete mich. Ich sah ihm an, dass er mir am liebsten das Handy vom Ohr gerissen hätte.

»Es ist ein Mädchen«, fuhr Herr Nienstedt fort. Tshala. Es durfte auf keinen Fall Tshala sein.

»Und? Hell- oder dunkelhäutig?«

Upenyu hob die Hand, hielt sie nah an mein Handy, wollte danach greifen. Ich ging einen Schritt zurück. Ich musste es selbst hören.

»Hellhäutig«, war Nienstedts Antwort.

»Puh.« Ich atmete aus und nickte Upenyu zu. »Sie ist es nicht«, flüsterte ich. Upenyu drehte sich zu Feza um und nahm sie in den Arm. Es war das erste Mal, dass ich sie so nah beieinander sah.

»Haben die Eltern etwa was mitbekommen? Oder mit wem haben Sie gerade gesprochen?«, fragte Herr Nienstedt.

»Mit Herrn Kiwanika«, antwortete ich.

»Und Sie haben die Familie nicht von der Nachricht ferngehalten?«

»Es ging nicht«, sagte ich und sah zu Jomo, der immer noch wie gebannt auf den Fernseher schaute.

»Warum nicht? Sie wussten doch, wie wichtig es war.«

»Ich kam zu spät. Der jüngste Sohn saß vor dem Fernseher, als ich ankam. Ich bin direkt zu ihm hin und wollte ihn davon abhalten, aber da hatte er es schon in den Nachrichten gesehen. Und dann kamen alle dazu.«

»Das hätte nicht passieren dürfen.«

»Genau. Das hätte *Ihnen* nicht passieren dürfen. Wie konnte die Presse davon erfahren? Wie konnten Sie nur zulassen, dass so etwas berichtet wird?«, entgegnete ich schroff.

»Darauf haben wir keinen Einfluss«, verteidigte sich Herr Nienstedt.

»Und wie geht es jetzt weiter?«, fragte ich.

Er zögerte.

Nun wurde ich wütend. Tshala war schon viel zu lange verschwunden, und die Polizei hatte immer noch keine heiße Spur. Hatte ich ihn nicht auf Carsten aufmerksam gemacht? War die Polizei nicht auf solche Fälle spezialisiert? Ich konnte die Unfähigkeit der Ermittler nicht begreifen. Und doch kamen mir auch andere Entführungsfälle wieder in den Sinn. Welche, die man nie oder über Jahre nicht geklärt hatte. Ein Name fiel mir ein: Natascha Kampusch. Acht Jahre gefangen. Acht

Jahre reinste Intimität und Einsamkeit und keiner, der ihr zu Hilfe kam. Verlangte ich zu viel? Nein. Auch mich hatte man gefunden. Wenn es um entführte Kinder ging, war nichts zu entschuldigen.

»Ich habe Ihnen doch eine andere Spur genannt«, sagte ich.

»Wir verfolgen natürlich alle Spuren. Auch Carsten Adermann, wenn Sie auf ihn zu sprechen kommen wollen.«

»Sie haben richtig vermutet.« Ich wollte ihn gerade nach seinen Ermittlungsergebnissen fragen, da stand Upenyu vor mir und verlangte das Telefon. Da ich wusste, dass Nienstedt keine Ermittlungsinterna ausplaudern würde, sagte ich stattdessen: »Herr Kiwanika möchte mit Ihnen sprechen. Ich reiche Sie weiter.«

Kurz nachdem Upenyu das Gespräch beendet und mir das Handy zurückgegeben hatte, klingelte es.

»Nienstedt noch mal?«, fragte Upenyu.

»Nein. Eine unbekannte Nummer.« Wer konnte das sein? Ich entschuldigte mich und ging in den Flur.

Es meldete sich der Stimme nach zu urteilen ein älterer Mann: »Bin ich bei der Detektivin gelandet?«

Ich hatte mich nur mit meinem Namen gemeldet und ganz verdrängt, dass neue Kunden anrufen könnten. Die letzten beiden Wochenenden hatte ich eine Anzeige in der »Westfalenpost« geschaltet.

»Ja, genau. Ich bin Detektivin«, schob ich zügig hinterher.

»Gut.«

Es entstand eine längere Pause. Du musst freundlicher sein, dachte ich. »Wie kann ich Ihnen behilflich sein?« Ich holte meine Tasche aus dem Wohnzimmer, ging langsam die Treppen hinauf zu meiner Detektei und schloss im Gespräch leise die Tür auf.

»Also …« Er druckste herum, wollte nicht so recht mit der Sprache rausrücken. »… ich … also … es geht … geht darum, dass ich Ihre Dienste in Anspruch nehmen will.«

Ich hätte ihm fast angeboten, dass er gerne vorbeikommen könne, doch ich tat es nicht. Tshala. Im Moment drehte sich alles um Tshala. Ich wollte keine Termine machen. Jetzt noch nicht. Trotzdem wollte ich sein Anliegen erfahren.

»Es freut mich, dass Sie sich für mich entschieden haben. Sie können mir ruhig alles erzählen. Ich werde es natürlich vertraulich behandeln.«

»Ja, also … es geht, geht um meine Frau.«

»Und um was genau?«, hakte ich nach, obwohl ich mir genau vorstellen konnte, was jetzt kam. Die Ehe war langweilig geworden. Sie traf sich angeblich mit Freundinnen, zum Kaffee, im Kino, zur Stammtischrunde. In Wahrheit hatte sie einen neuen Liebhaber. Einen Jüngeren. Er sah gut aus, war braun gebrannt, intelligent, erfolgreich. Da konnte der Ehemann nicht mehr mithalten. Und er ahnte etwas. Sie hatte dieses Strahlen in den Augen, wenn sie nach Hause kam. Sie benutzte ein neues Parfüm. Roch anders. Vielleicht hatte er sogar ein Foto von dem Neuen entdeckt.

»Sie sucht ihre Schwester«, antwortete er schließlich.

»Ihre Schwester?« Ich verschluckte mich beinahe an meiner eigenen Spucke. Räusperte mich. Als er nicht weiterredete, ermunterte ich ihn: »Erzählen Sie mir mehr.« Ich setzte mich an meinen Schreibtisch.

»Meine Frau ist im Heim aufgewachsen. Wurde irgendwann adoptiert. Ihre Schwester auch. Die beiden … also meine Frau und Marlene, ihre Schwester, haben sich lange, lange nicht gesehen.«

»Wann war denn das letzte Mal, dass sie sich gesehen haben?«

»Im Heim.«

»Wie lange ist das her?«, fragte ich.

»Sehr lange. Sie war fünfzehn.«

»Und haben Sie einen Anhaltspunkt, wo sich die Schwester aufhält?«

»Sie wurde adoptiert. Von Leuten aus Bayern. Dann verliert sich die Spur.«

Der Auftrag hörte sich sehr interessant an. Ein Auftrag, mit dem ich Geld verdienen konnte. Ich setzte mich an meinen Schreibtisch und sah auf den Tischkalender. Heute war Freitag. Das Wochenende stand bevor. Nächste Woche. Wann würde ich das erste Mal Zeit haben, um mich dem neuen Kunden zu widmen? Erst mal ging Tshala vor.

»Nächste Woche Mittwoch könnte ich mit Ihrem Auftrag beginnen.«

»Erst Mittwoch?« Seine Stimme klang entsetzt. Dabei hörte sich seine Beschreibung nicht so an, als ob es eilte. Schließlich hatten sich die Geschwister schon Jahre, ja Jahrzehnte nicht gesehen. Da kam es doch nicht auf ein paar Tage an.

»Es tut mir sehr leid, aber ich arbeite im Moment noch an einem anderen Fall, der viel Zeit in Anspruch nimmt.«

Mein Gesprächspartner wurde wieder wortkarg. »Ja … ja … Können Sie nicht schon vorher … also zwischendurch … wenn Sie Zeit haben, nach Marlene suchen?«

»Erst mal müsste ich mit Ihrer Frau sprechen. Ich müsste mich mit ihr treffen.«

»Sie müssen mit meiner Frau sprechen?« Seine Frage und der angespannte Tonfall verwirrten mich.

»Soll Ihre Frau von der Suche etwa nichts erfahren?«

»Nein, nein. Darum geht … geht es nicht.«

»Worum dann?«, hakte ich nach.

»Es … muss schnell gehen, schnell. Sie können nicht mit meiner Frau sprechen. Nein, das geht nicht.«

»Warum nicht? Ich verstehe Sie nicht.«

»Sie … meine Frau …« Er holte Luft. Ich wurde es leid, ihm alles aus der Nase ziehen zu müssen.

»Was? Was ist mit Ihrer Frau?«

»Sie liegt im Koma. Hatte einen Autounfall. Sie ist … nicht ansprechbar. Sie … vielleicht wird sie bald sterben. Es kommt auf jeden Tag an.«

Ich blieb einen Moment regungslos sitzen und sah aus dem Fenster. Eine Taube flog vorbei und setzte sich auf das Dach eines gegenüberliegenden Hauses.

»Sind Sie noch dran?«, fragte er.

***

Er kommt zurück. So früh? Sie presst ihren Rücken an die Wand. Beobachtet. Wartet. Hofft, dass es ihr Vater ist, der hereinkommt. Es ist der maskierte Mann. Aber irgendwas ist anders. Derjenige ist kleiner, die Bewegungen sind weicher. »Hier«, sagt die Person. Diese Sanftheit in der Stimme kann nur von einer Frau stammen.

Die Frau stellt ihr einen Teller mit einem Apfel und einem Joghurt auf den Boden. Daneben legt sie ihr Mathe- und Deutschbuch. Sie schaut die Frau einen Augenblick erstaunt an, dann nimmt sie das Deutschbuch und streicht über den Einband. Klappt es auf, liest begierig die ersten Zeilen.

»Danke.«

Die Frau nickt.

»Wie lange muss ich hierbleiben?«

Die Frau schüttelt den Kopf. »Keine Fragen.« Sie spricht die Wörter mit einem seltsamen Akzent aus.

Aber sie hat doch so viele Fragen. Die Frau legt ein Kartenspiel auf das Mathebuch. »Bleib«, fleht sie, greift nach dem Kartenspiel, beginnt die Karten zu mischen. »Eine Runde.«

Die Frau zögert einen Moment, dann kniet sie sich nieder.

»Was?«, fragt die Frau.

»Rommé.«

Nicken. Die Zeit vergeht viel zu schnell. Sie versucht beim Kartenspiel, zufällig die Hand dieser fremden Frau zu berühren. Es gelingt ihr zweimal. Sie spürt die Wärme, das Leben dieser Person.

»Komm bitte bald wieder«, sagt sie, als die Frau den Raum verlässt.

17

War es richtig, dem neuen Kunden abzusagen? Ihn an einen Kollegen zu verweisen? Aber ich konnte ihm nicht guten Gewissens sagen, dass ich seinen Fall annehmen würde. Ich konnte ihm einfach nichts versprechen, kein Datum nennen. Dann klopfte es an der Tür. Ich machte auf, und Upenyu stand vor mir.

»Wer war das?«, fragte er.

»Ein neuer Kunde.«

»Neuer Auftrag?«, fragte er überrascht.

»Ich habe abgelehnt.«

Sichtlich erleichtert erklärte Upenyu, dass ich ihnen nun weiter helfen müsse, da man Tshala nicht im Wald gefunden hatte. »Kommen Sie!«

Er nahm meine Hand und zog mich hinter sich her. Ich musste mich regelrecht von ihm losreißen, um noch meine Tasche und meinen Schlüssel mitnehmen zu können.

Mugambi war mittlerweile angekommen und stand mit seiner Mutter in der Küche. Raziya hatte sich Mehl, Zucker, Eier und Gewürze auf den Tisch gestellt und mischte die Zutaten zusammen. Abasi saß am Esstisch und rauchte eine Zigarette. Naja las ein Buch. Die Anspannung in dieser Wohnung hatte sich wieder gelegt. Upenyu ging vor dem Tisch auf und ab. »Die Polizei hatte unrecht. Schon die ganze Zeit. Dieser Kerl. Er ist es nicht, der Tshala entführt hat.«

Wer war es dann? Ich schielte in die Küche, wo sich Mugambi und Feza unterhielten. Ihre Stimmen waren gedämpft. Ich konnte nichts hören, wahrscheinlich hätte ich sowieso nichts verstanden. Was hatten die beiden zu besprechen? Ich setzte mich aufs Sofa.

Upenyu kniete sich vor mir hin und hatte wieder meine Aufmerksamkeit. »Wissen Sie.« Er atmete laut. Seine Nasenflügel hoben und senkten sich. »Wir müssen sie finden. Und zwar schnell. Sie ist seit einer Woche verschwunden. Sie hält es nicht mehr lange aus.«

Ich nickte. Ich wusste besser als jeder andere, wie lange man eine Entführung aushielt.

Ich nahm seine Hand. »Ich weiß, wie sie sich fühlt, Herr Kiwanika. Wir müssen sie finden, aber wir brauchen mehr Hinweise.«

Er zeigte auf mein blaues Auge. »Carsten, richtig?«

Ich nickte.

»Ich will ihn sehen. Er hat Sie so zugerichtet. Er ist brutal. Er hat Tshala.«

Ich holte tief Luft. »Ich verspreche Ihnen, ich werde mich noch mal dahinterklemmen. Wenn er es wirklich war, dann finde ich es heraus.«

»Ich gehe selbst zu ihm.«

»Nein, machen Sie das nicht«, widersprach ich ihm. Ich ahnte, wie das ausgehen würde. Zwei Gewaltbereite. Einer, wenn nicht gar beide vorbestraft.

»Ich verspreche Ihnen, ich tue alles, was in meiner Macht steht, um Ihre Tochter zu finden.«

»Wenn ich ihn sehe …« Ich sah die Wut in seinen Augen.

»Vielleicht war er es gar nicht.«

Mugambi und Feza standen mittlerweile im Flur. Ihre Diskussion hatte an Lautstärke zugenommen. Was war da bloß los zwischen den beiden? Das musste ich unbedingt herausfinden.

»Wer war es dann?«, fragte mich Upenyu.

»Sagen Sie es mir!«, forderte ich ihn auf. »Wer könnte ein Interesse haben, Ihre Tochter zu entführen?«

Er blickte einen kurzen Moment zu seinem Onkel.

»Hey. Sie verschweigen mir doch etwas. Wenn Sie mir nicht alles erzählen, dann kann ich Ihnen Tshala nicht wiederbringen.«

»Ich verschweige nichts!«

Ich stand auf, wollte gerade in den Flur gehen, da sagte er: »Was ist mit dem Hausmeister?«

»Was soll mit ihm sein?«, entgegnete ich.

»Er, er …« Upenyu zeigte zur Decke. »Er will uns schon seit Jahren loswerden.«

»Und das sagen Sie mir jetzt? Nachdem sieben lange Tage vergangen sind?«

Diesmal war ich es, die laut wurde. »Können Sie sich eigentlich vorstellen, was Ihre Tochter durchmacht? Nein, Sie haben nicht die geringste Ahnung. Sie tun *nicht* alles, um Ihre Tochter zu retten. Nach außen hin ja, aber in Wirklichkeit verheimlichen Sie etwas. Und ich weiß noch nicht, was es ist. Ich soll ein Rätsel lösen, und das blind. Wie?«

Ich hob auffordernd die Hände, doch ohne seine Reaktion abzuwarten, ging ich in den Flur. Mugambi und Feza hatten ihre Unterhaltung beendet und schauten mich überrascht an. Mugambi ging ohne ein weiteres Wort zurück ins Wohnzimmer.

»Ich möchte mit Ihnen reden – allein«, sagte ich zu Feza. »Kommen Sie mit in meine Detektei.« Ich fasste sie am Arm, sodass sie keine andere Chance hatte, als mitzukommen.

In meiner Detektei ließ ich sie in meinem Ohrensessel Platz nehmen und kochten uns beide einen Früchtetee. Ich reichte ihr eine Tasse und setzte mich ihr gegenüber.

»Worüber haben Sie mit Ihrem Sohn gesprochen?«

Sie umfasste ihre Tasse, als wolle sie sich daran festhalten. »Tshala.«

»Worüber genau?«

Ihre Creolen glänzten im Sonnenlicht, das durch das Fenster schien. Sie schaute nach unten, wie sie es oft tat, wenn sie mit mir sprach. Wie kam ich nur an sie heran? Ich stellte meine eigene Tasse neben meinen Stuhl und lehnte mich zu ihr nach vorne.

»Frau Kiwanika, ich will Ihnen doch nichts Böses. Ich will Ihnen helfen. Ich will Ihnen Ihre Tochter zurückbringen. Warum verschließen Sie sich so vor mir?«

»Sie nicht verstehen.«

»Was verstehe ich nicht, verdammt?«

Sie schwieg. Trank ihren Tee. Innerlich hätte ich platzen können. Ich hatte das Gefühl, die Familie hielt mich außerhalb ihres Kreises. Waren die kulturellen Unterschiede doch so groß, dass ich nichts in ihrer Welt verloren hatte? Warum hatten sie mich überhaupt dazugeholt? Die Fragen schwirrten in meinem Kopf herum. Die Zweifel übermannten mich, doch ich kam immer wieder zu einem Gedanken zurück: Tshala brauchte Hilfe.

»Okay«, sagte ich und nahm meine Tasse in die Hand. »Bashira hat mir erzählt, dass Sie und Upenyu sich in Deutschland kennengelernt haben. Wann war das?«

»Sechsundneunzig.«

»Und war es Liebe auf den ersten Blick?« Ich lächelte und versuchte sie so aus der Reserve zu locken.

»Liebe, ja, Liebe.«

»Warum sind Sie damals nach Deutschland gekommen?«

Feza schaute wieder zu Boden.

»Meine Güte, was soll denn das?« Ich stand auf und stellte meine Tasse auf den Schreibtisch. »Wieso erzählen Sie mir nichts? Soll ich aufhören, nach Ihrer Tochter zu suchen? Möchten Sie lieber mit der Polizei sprechen?«

Auch darauf antwortete sie nicht. Ich hätte glauben können, dass ihr das Schicksal ihrer Tochter egal sei, hätte ich es nicht besser gewusst.

»Feza!« Ich kniete mich vor sie und sah ihr in die Augen. Jetzt konnte sie meinem Blick nicht mehr ausweichen. Tränen standen in ihren Augen. Ihre Lippen zitterten.

»Wollen Sie Ihre Tochter nicht zurück?«, fragte ich leise, aber mit fester Stimme.

»Doch.«

»Wie kann ich Ihnen helfen, wenn Sie mir nicht vollends vertrauen?«

Sie trank ihren Tee aus und drückte mir die Tasse in die Hand. »Ich muss runter wieder.«

Ich hatte das Gefühl, in einer Sackgasse zu stecken. Der Versicherungsmakler, Carsten, Herr Rathke. Wieso hatte Upenyu jetzt erst den Verdacht gegen den Hausmeister geäußert? Lag die Antwort so nah vor meiner Nase? Was hätte er für ein Motiv? Dass er den Kiwanikas nicht wohlgesonnen war, so viel war klar, aber war er zu einer Entführung fähig? War ich in die falsche Wohnung eingebrochen? Mir fiel ein, dass ich noch das Werkzeug von ihm hatte. Das reichte jedoch nicht, um mich in seiner Wohnung umsehen zu können. Ich hatte eine Idee.

In der Stadt kaufte ich eine Flasche Wein und Pralinen. War er ein Weintrinker? Er sah mir nicht so aus, doch es schien mir die perfekte Gelegenheit, mich bei ihm einzuladen. Mit dem geliehenen Werkzeug und den Geschenken stand ich schließlich vor seiner Haustür.

»Ja, bitte?«

»Ich wollte Ihnen das Werkzeug zurückbringen.« Dabei trat ich einen Schritt näher. »Außerdem wollte ich mich bei Ihnen dafür bedanken und auf die neue Nachbarschaft anstoßen.« Ich hielt ihm die Flasche Wein unter die Nase.

»Dann hereinspaziert.«

Als Erstes griff er nach seinem Werkzeug und verstaute es wieder im Werkzeugkasten. Er führte mich ins Wohnzimmer. Eine vergilbte Tapete, eine massive Schrankwand aus Eichenholz. Vor dem linken Fenster hing eine Häkelgardine, durch das rechte sah man ungehindert auf das gegenüberliegende Haus. Auf der Fensterbank stand ein kleiner Kaktus, daneben leere Bierflaschen. Herr Rathke holte zwei gläserne Kelche aus dem Schrank. In die rot-weißen Gläser waren Blumenmotive eingearbeitet. Bestimmt Erbstücke. Ich konnte mir nicht vorstellen, dass er selbst solche Gläser gekauft hatte. Es waren zwar keine Weingläser, aber es sollte gehen.

»Korkenzieher?«, fragte ich.

»Warten Sie. Irgendwo …« Er begann in seinen Schränken zu suchen. Fand einen Flaschenöffner, warf ihn auf den Tisch. »So was habe ich zur Genüge.«

»Damit wird's wohl nicht gehen. Wie sieht es in der Küche aus?« Ich erhob mich aus dem Sessel. »Ich schau mal, ob ich was finde.«

»Bleiben Sie sitzen. Das mach ich«, widersprach er.

Leider war er schneller als ich. Ich ließ mich wieder nieder. Strich über das Glas. Auf meinem Finger blieb eine feine Staubschicht zurück. Als ich mit den Gläsern aus dem Wohnzimmer trat, kam er mir entgegen. Triumphierend zeigte er mir den Korkenzieher. »Ich hab ihn.«

»Schön!« Ich hob die Gläser hoch und erwiderte: »Ich wasch mal eben über die Gläser. Wo ist die Küche?«

Er zeigte hinter sich. Am Ende des Flurs waren drei Türen. Das eine war die Abstellkammer, wie ich schon mitbekommen hatte.

Links war die Küche. Die Tür stand offen. Geradeaus. Wahrscheinlich das Schlafzimmer. Ich blickte zurück. Herr Rathke stand noch im Flur und beobachtete mich.

»Ein Lappen liegt auf der Spüle«, sagte er.

Schnell spülte ich die Gläser. Ich schaute mich einen Moment lang um. Die braune Küche bestand aus einem Ofen, einer Spüle mit Unterschrank und vier Hängeschränken. Auf einem kleinen Esstisch lagen Zeitungen. An einer Pinnwand hingen ein Anglerabzeichen und Fotos. Ich erkannte mehrere ältere Männer. Ein Foto erregte meine Aufmerksamkeit. Es zeigte fünf Kinder im Alter von ungefähr acht bis zehn Jahren. Wer waren diese Kinder? Hatte das etwas zu bedeuten?

»Kommen Sie zurecht?«, fragte Herr Rathke. Seine Stimme kam näher. Ich nahm die Gläser und trat ihm entgegen. »Ich habe alles gefunden. Nun können wir anstoßen.«

»Eigentlich ist es noch ein bisschen früh für Alkohol«, sagte er.

»Ach Quatsch. Wir müssen ja nicht die ganze Flasche trinken.« Ich zwinkerte ihm zu, und wir gingen zusammen zurück ins Wohnzimmer. Er hatte den Korken bereits entfernt. Ich schenkte uns ein, ihm ein wenig mehr als mir, aber nur so viel, dass es nicht auffiel.

»Danke noch mal fürs Ausleihen und auf gute Nachbarschaft.«

Ein zustimmendes Brummen, Zuprosten, Trinken. Er verzog das Gesicht beim ersten Schluck. Ich hatte mich für einen halbtrockenen Dornfelder entschieden, anscheinend war das doch keine gute Wahl gewesen. Trotzdem ließ ich mich nicht beirren.

»Haben Sie Familie?«, fragte ich schließlich.

»Geschieden.« Er griff nach den Pralinen. Die schienen ihm besser zu schmecken als der Wein.

»Und Kinder?«

Er schüttelte den Kopf. Wer waren dann die Kinder auf dem Foto?

»Muss ganz schön schwer sein, so allein.«

Er steckte sich noch ein Schokostückchen in den Mund. Es wäre mir lieber gewesen, er hätte sich am Wein vergnügt. Wie sollte ich es nur anstellen, die Wohnung zu durchsuchen?

»Ich schlag mich so durch, woll«, sagte er.

»Wohnen Sie schon lange hier?«

»Ach, schon ewig!«

»Mhhhmmm.« Noch ein Schluck Wein. Mir schmeckte er gut, aber ich musste bei Sinnen bleiben.

»Was sagen Sie denn zu dem Entführungsfall?«, fragte ich.

»Ach, die Afrikaner«, sagte er und machte eine abfällige Handbewegung. »Lassen Sie sich nicht mit denen ein. Habe ich Ihnen doch schon gesagt, woll?« Er nippte wieder an seinem Wein. Trank aber zu wenig.

»Was haben Sie gegen die?«

»Hab ich doch schon erklärt. Leihen sich mein Werkzeug aus, bringen es nicht zurück; es stinkt im Flur nach Essen. Und die lassen immer die Schuhe vor der Tür stehen. Bin schon einmal drüber gestolpert, hab mir fast die Haxen gebrochen.«

»Und das Mädchen? Haben Sie gar kein Mitleid?«

»Ach.« Schon wieder die wegwerfende Handbewegung. Hatte ich ihn unterschätzt?

»Ich muss mal kurz ... Darf ich Ihre Toilette benutzen?«, fragte ich.

»Nur zu.«

Das Bad war direkt gegenüber vom Wohnzimmer. Nichts Auffälliges. Ein Alibert-Schrank mit Zahnbürste, Zahncreme, Deo und Kamm. Die Waschmaschine stand neben der Badewanne. Eine Dusche befand sich in einer Nische. Gerne hätte ich einen Blick ins Schlafzimmer geworfen. Ich holte mein Handy hervor, suchte mir die Nummer von Herrn Rathke im Internet heraus und rief ihn an. Das Telefon klingelte. Im Wohnzimmer. Ich schlich mich aus dem Bad und lief direkt ins Schlafzimmer. Herr Rathke war zumindest für ein paar Sekunden abgelenkt. Viel Zeit hatte ich nicht. Ich hörte seine Stimme aus meinem Handy, das ich in der Hand hielt.

In dem geräumigen Zimmer standen ein Bett und ein viertüriger Schrank. Wozu brauchte ein Mann so viel Stauraum? Ich öffnete die Türen, schaute hinein und sah direkt, wofür. Angelutensilien: Stiefel, Kescher, mehrere Angeln, Hocker. Nächste Tür. Kleidung. In einer Ecke stand eine Bohrmaschine.

Ungewöhnlicher Aufbewahrungsort. Ich widmete mich dem Nachtschränkchen. Darauf ein einziger Fotorahmen. Schon wieder Kinder. Waren es dieselben wie in der Küche? Ich konnte es nicht sagen. Hatte er mir nicht erzählt, er hätte keine Familie? Warum sollte er mich belügen? Ich zog die Schubladen auf, dann hörte ich plötzlich seine Stimme. Ich hatte zu lange gebraucht. »Ja!«, antwortete ich, schob schnell die Schublade wieder zu und verließ das Schlafzimmer. Als ich gerade die Tür hinter mir zugezogen hatte, trat Herr Rathke in den Flur. »Was machen Sie da?«, fragte er. Jetzt durfte ich nicht mehr zaudern. Ich musste es aus seinem Mund hören. Ich zeigte in die Küche. »Wer sind die Kinder auf dem Foto?«

***

Das Deutschbuch hat sie nun schon zum zweiten Mal durchgelesen. Lustige Geschichten darin. Früher ist ihr das nie aufgefallen. Früher hat sie lieber draußen gespielt, als in ihren Schulbüchern zu lesen. Was machen ihre Freundinnen wohl gerade? Haben sie das Buch auf der gleichen Seite aufgeschlagen? Was denken sie überhaupt? Machen sie sich Sorgen? Glauben sie, dass sie weggelaufen ist? Sie beschäftigt sich wieder mit den Geschichten. Spinnt sie weiter. Die Geschichte mit dem Mädchen, das mit seinem Fahrrad durch das Dorf fährt, gefällt ihr besonders. Sie dichtet die Geschichte weiter und lässt das Mädchen eine Entführung beobachten. Es sieht, wie ein Junge in ein Auto gezogen wird. Kann der Polizei eine Beschreibung der Täter und das Nummernschild liefern. Die Polizei verfolgt das Auto und kann die Entführer stellen, noch bevor sie ihr Versteck erreicht haben. In dieser Nacht träumt sie davon, dass sie von ihrem Vater befreit wird.

18

Das Foto zeige seine Nichte mit ihren Freunden, hatte Herr Rathke gesagt. Leider hätte er seit ein paar Jahren keinen Kontakt mehr zu seinem Bruder und dessen Familie.

Obwohl er überzeugend geklungen hatte, wollte ich keine Möglichkeit außer Acht lassen. Ich lief die Treppen hinunter in den Keller. Jeder Wohneinheit war ein kleiner Kellerraum zugeordnet. Ich brauchte meinen nicht. Warf einen Blick hinein. Vier Quadratmeter leer. An jeder Tür hing ein Schild mit der Etage, versehen mit einem »R« oder »L«, je nachdem, ob die Wohnung auf der rechten oder linken Seite des Flurs lag. Als ich den Keller der Kiwanikas öffnete, flogen mir ein Stoffelefant und ein Plastikkorb entgegen. Der Keller war so vollgepackt, dass man keinen Schritt hineintun konnte. Kartons, Schlitten, Gläser, Spielsachen. Die anderen Kellerräume waren verschlossen, so auch der von Herrn Rathke. Ich drückte die Klinke mehrmals hinunter, doch es tat sich nichts. Ich hielt meinen Kopf nah an den Spalt zwischen Tür und Rahmen.

»Ist da jemand?«, fragte ich. Keine Antwort. Konnte es sein, dass Tshala dort drinnen war? Ich glaubte es nicht, aber ich musste es überprüfen. Jetzt hätte ich das Werkzeug von Herrn Rathke gut gebrauchen können. Ich lief in den Gemeinschaftsraum und schaute mich um. Dort standen nur Waschmaschinen und Wäschetonnen. Zurück zum Keller der Kiwanikas. Und tatsächlich stand in dem Regal ganz hinten ein Werkzeugkasten. Doch so kam ich nicht an ihn heran. Kein Wunder, dass sich Upenyu das Werkzeug lieber ausgeliehen hatte, als sein eigenes zu benutzen.

Ich räumte Schlitten, Fahrrad, Kisten und Gerümpel in den Flur. Hoffentlich war auch wirklich Werkzeug in der Kiste. Es dauerte eine Weile, bis ich den Kasten erreichte. Als ich ihn von dem Regal herunterzog, klapperte es. Das war schon mal ein gutes Zeichen. Und tatsächlich befand sich Werkzeug darin. Jedoch nur ein Zollstock, diverse Schrauben, ein einziger Schraubenzieher und zwei Feilen. Damit würde ich die Tür nicht aufbekommen. Ich musste mir etwas anderes überlegen. Ich dachte daran, Upenyu um Hilfe zu bitten. Aber der würde wahrscheinlich nur die Tür eintreten und dann mit einer Anzeige rechnen müssen. Nein, das war nicht der richtige Weg. Dann musste ich irgendwie Herrn Rathke dazu bringen, dass er seinen Keller aufschloss. Mir kam eine Idee, doch erst musste ich wieder Ordnung schaffen. Ich stellte den Werkzeugkasten in das Regal weiter vorne, sodass man ihn erreichen konnte, ohne den ganzen Keller ausräumen zu müssen. Die anderen Sachen versuchte ich so einzuräumen, wie ich sie vorher vorgefunden hatte. Dann ging ich erneut zu der Wohnung von Herrn Rathke.

»Was vergessen?«

»Nein.« Ich versuchte aufgeregt zu klingen. »Da ist gerade eine Ratte in Ihren Keller gelaufen. Unter der Tür durch.«

»Was?« Er schien alarmiert, griff nach seinem Schlüssel und lief mit mir runter. Nach dieser Reaktion wusste ich sofort, dass Tshala nicht im Keller sein konnte. Trotzdem ging ich mit nach unten und spielte das Spielchen mit, das ich angefangen hatte. In seinem Keller befand sich ein Regal mit weiterem Werkzeug, Schrauben und Nägeln. Auf der anderen Seite teure Maschinen. Elektrobohrer, Schleifmaschine, Flex. Was hatte ich auch anderes erwartet? Wenn er Tshala entführt hätte, wäre er sicher nicht so unvorsichtig, sie im Haus ihrer Eltern zu verstecken.

»Wo ist die Ratte?«

Ich sah auf den Boden, tat so, als würde ich sie suchen. »Scheint so, als sei sie wieder rausgelaufen.«

»Ich werde wohl Rattengift im Baumarkt kaufen müssen, woll.«

Eine Perücke und eine Kappe verdeckten mein Gesicht. Ich ging nun schon zum zehnten Mal am Haus der Adermanns vorbei. Mir fehlte ein Ansatzpunkt, wie ich weiter vorgehen sollte. Aber ich hatte Upenyu schließlich versprochen, Carsten weiter im Auge zu behalten. Schließlich wollte ich um jeden Preis verhindern, dass sich Upenyu selbst der Sache annahm. Das würde nicht gut gehen und uns auch kein Stück weiterbringen. Wie kam ich nur an Carsten heran? In diesem Moment öffnete sich die

Haustür. Carsten trat heraus. Ich wandte mich ab und tat so, als würde ich in meiner Handtasche wühlen. Er schenkte mir keine Beachtung. Gut so.

Ich folgte ihm mit großem Abstand. Er lief die Fußgängerzone entlang und bog dann in Höhe der Vincenz-Kirche Richtung Bahnhof ab. Wir kamen an einem italienischen Restaurant vorbei. Der verführerische Geruch nach Pizza stieg mir in die Nase. Bis auf die Pralinen und eine Banane hatte ich heute nichts zu Mittag gegessen. Gegenüber warteten Taxifahrer auf Kundschaft. Links die alte Mühle, in der sich heutzutage eine Bar befand. Eine Angestellte wischte über Tische und Stühle. Hinter dem Gebäude ein fast ausgetrocknetes Becken, in dem eine Ente im braunen Matschwasser badete.

Carsten ging über die Kreuzung auf den Bahnhof zu. Wollte er mit dem Zug fahren? Nein. Er begrüßte einen seiner Freunde. Dann stiegen sie zusammen in einen silbernen Golf. Scheiße. Wie sollte ich ihm denn jetzt weiter folgen? Ich lief zurück, bei Rot über die Ampel, zurück zu den Taxis. Ich riss die Tür auf und warf mich auf den Beifahrersitz. Der Taxifahrer, der eine Zigarre rauchte und eine Zeitung las, schaute mich mit großen Augen an.

»Wir müssen sofort losfahren«, sagte ich. »Starten Sie den Wagen. Na los!«

»Ganz ruhig, junge Frau«, sagte er und faltete gemächlich die Zeitung zusammen.

»Ich will ein Auto verfolgen. Wenn wir es noch kriegen, zahle ich Ihnen ein ordentliches Trinkgeld.« Noch mehr Ausgaben. Vielleicht musste ich Feza ansprechen. Und wenn sie mir nichts geben konnte, würde ich die Familie nach dem Fall bitten, mir das Geld nach und nach zu zahlen – zumindest die Spesen.

»Also gut.« Er startete den Wagen und fuhr los, während er das Taxameter anstellte. Vor uns ein Fahrschulwagen, der vor der roten Ampel wartete.

»Was für ein Auto ist es denn?«, fragte er.

»Ein silberner Golf.«

Die Ampel sprang auf Grün, und der Fahrschulwagen rollte im Schneckentempo an, den linken Blinker gesetzt. In dem Moment sah ich den Golf aus der entgegengesetzten Richtung rechts in die Querstraße abbiegen.

»Da ist er«, rief ich und zeigte auf den Golf. Der Fahrschulwagen wartete darauf, dass ein entgegenkommendes Fahrzeug passierte.

»So ein Mist. Er entwischt uns«, rief ich.

Der Taxifahrer fuhr dicht an den vorderen Wagen heran, hatte jedoch keine Chance vorbeizufahren.

»Hupen Sie doch!«, forderte ich den Taxifahrer auf.

»Bei einer Fahrschule bringt das doch nichts«, antwortete er.

Ich wippte unruhig mit dem Bein. Endlich fuhr der Wagen an, und wir konnten abbiegen.

»Ich seh ihn nicht mehr«, sagte ich.

»Ganz ruhig. Wir kriegen ihn schon.«

»Warum sind Sie sich so sicher?«

»Wenn er nicht in eine Seitenstraße abgebogen ist, wird er an der nächsten Kreuzung vor der Ampel stehen.«

Und genauso war es auch. Fünf Wagen waren zwischen uns.

»Sehr gut. Jetzt dürfen wir ihn nur nicht verlieren. Aber fahren Sie bloß nicht direkt hinter ihm. Er darf nicht merken, dass wir ihn verfolgen.«

»Ein Taxi ist nicht gerade das optimale Auto für eine Verfolgungsjagd.«

Ich blickte auf das Taxameter. Hatte ich überhaupt genug Bargeld dabei, um den regulären Preis zu bezahlen, geschweige denn mein Versprechen mit dem Trinkgeld einhalten zu können? Ich traute mich nicht, nachzuschauen und mein Geld zu zählen. Zu auffällig. Zur Not mussten wir bei einer Bank halten. Erst mal war die Verfolgung wichtiger. Führte das überhaupt zu etwas? Würde er mich zu Tshala führen?

»Warum verfolgen wir den eigentlich?«, fragte der Taxifahrer nach einiger Zeit.

»Ein Auftrag.«

»Wollen Sie es mir nicht erzählen?«

Wollte ich das? Ich blickte starr nach vorne. Mein ganzer Körper war angespannt.

»Ich bin Detektivin.«

»Das ist ja interessant.«

Ich brummte zustimmend. Dann klingelte mein Handy. Es war Herr Nienstedt.

***

Die Tür wird geöffnet. Es ist wieder die Frau, die hereinkommt, ihr das Frühstück bringt. Diesmal drei Brote. Eins mit Leberwurst, eins mit Scheibenkäse und eins mit Frischkäse. Und eine Birne. Sie lächelt. Doch erst will sie die Chance nutzen, nicht allein zu sein.

»Ein Spiel?« Sie greift nach den Karten und beginnt zu mischen. Die Frau setzt sich wortlos zu ihr.

»Warum bin ich hier?«, fragt sie, als beide ihre Karten aufgenommen haben. Die Frau antwortet nicht, spielt stattdessen den ersten Zug.

»Wie lange muss ich hierbleiben?« Sie zieht eine Karte und legt eine Straße von acht bis Ass aus.

»Es ist so langweilig hier.« Ihre Versuche, eine Unterhaltung zu beginnen, bleiben erfolglos. Als sie das Spiel beendet haben, steht ihre Spielgefährtin wieder auf, um sie zu verlassen, sie allein zu lassen.

19

»Wo sind Sie gerade?«, fragte Nienstedt.

»Ich sitze in einem Auto.«

»Als Fahrer?«

Ich verdrehte die Augen. »In einem Taxi.«

»Kommen Sie bitte zur Polizeistation. Ich möchte mit Ihnen sprechen.«

»Was gibt's Neues? Wurde sie gefunden?«

Mein Herz klopfte, und meine Hände wurden feucht.

»Noch nicht. Aber wir haben einen neuen Hinweis. Das möchte ich mit Ihnen besprechen.«

»Was für einen Hinweis?«

»Haben Sie Zeit vorbeizukommen?«

Ich blickte nach vorne. Der Golf fuhr links ab. Auf die Autobahn. Wo wollten sie hin? Ich hätte es gern herausgefunden, aber es konnte genauso gut sein, dass ich das Geld für die Taxifahrt umsonst ausgab. Ich ließ das Handy sinken und drückte die Sprechmuschel an meinen Pullover. »Wenden Sie und fahren Sie zurück.«

»Aber er fährt auf die Autobahn.«

»Tun Sie's einfach.«

Ich hob mein Telefon wieder ans Ohr. »In zwanzig Minuten bin ich da.«

Der Taxifahrer fuhr zurück nach Menden. Neununddreißig Euro zeigte das Taxameter an. Fünfundvierzig Euro hatte ich noch im Portemonnaie und gab sie ihm.

»Der Rest ist für die exzellente Verfolgungsfahrt«, sagte ich.

»Jederzeit gerne wieder«, sagte er, nahm das Geld und grinste.

Ich stieg aus und atmete tief durch. Vor der Polizeistation parkten zwei Dienstfahrzeuge. Links daneben befand sich ein Elektrogeschäft. Ich wunderte mich, dass sich so ein kleiner Fachhandel hier halten konnte. Für einen neuen Fernseher und einen Trockner waren Lars und ich zu einem großen Elektromarkt in die Nachbarstadt gefahren. Vielleicht sollten wir umdenken und die örtlichen Geschäfte mehr unterstützen.

Ich betrat die Polizeiwache und meldete mich bei dem wachhabenden Beamten an. Der öffnete mir die nächste Tür, und ich stieg in die erste Etage. Die Treppen knarrten bei jedem Schritt, der Teppich war in der Mitte blass und abgewetzt. Als ich in das Büro von Herrn Nienstedt trat, kam er mir entgegen, gab mir die Hand und fragte, was ich mit meinem linken Auge gemacht hätte.

»Geboxt«, antwortete ich.

»Sie haben sich geschlagen?«, fragte er erstaunt.

Konnte ich wirklich so schlecht lügen?

»Nicht so. Ich bin mit meinem ehemaligen Trainer in den Boxring gestiegen. Überlege, wieder mit dem Training anzufangen.«

Auf keinen Fall wollte ich ihm von der Schlägerei erzählen. Er runzelte für einen Moment die Stirn, nickte dann und brummte zustimmend. Er zeigte auf einen der zwei Besucherstühle an einem kleinen Holztisch mit einer Häkeldecke. Hinter dem Schreibtisch stand ein großer Aktenschrank. Papier, Ordner und Kisten stapelten sich darin. Zwei Wasserpfeifen obendrauf. Post-its hingen daran, doch ich konnte die Schrift nicht lesen. Zu klein.

»Was haben Ihre Recherchen ergeben?«, fragte er. Ich seufzte, rieb meine schwitzigen Hände an meiner Hose trocken, schielte auf die Akten. Ich hatte das Telefonat so verstanden, dass ich etwas erfahren würde, doch ich zügelte meine Neugier.

»Nichts, was uns weiterbringen würde.« Ich erzählte ihm von Herrn Rathke und der Verfolgung.

»Wir haben Carsten Adermann auch noch mal unter die Lupe genommen.«

»Und?«, fragte ich.

»Das Alibi, das ihm die Freundin gegeben hat, konnten wir überprüfen. Sie haben sich an dem Tag getroffen, man hat die beiden im Fitnessstudio gesehen.«

»Aber Marie hat doch gesagt …«

»Die Uhrzeiten sind etwas schwammig«, bestätigte er. »Die Freundin kann sich nicht an die genaue Uhrzeit erinnern, wann Carsten sie abgeholt hat. Im Fitnessstudio konnte man auch keine genauen Angaben machen.«

»Also ist sein Alibi nicht wasserdicht. Außerdem glaube ich nicht, dass Marie sich getäuscht hat. Sie klang sehr sicher, als sie mir sagte, Carsten sei ihr und Tshala auf dem Heimweg begegnet.«

Herr Nienstedt stimmte mir zu. »Ist nur die Frage, ob einer erst ein Kind entführt und danach in aller Seelenruhe mit seiner Freundin ins Fitnessstudio geht«, sagte er.

Ich nickte, sah auf den Aktenschrank und versuchte, mir die Szene mit Tshala, Marie und Carsten vorzustellen. Er war ihnen begegnet. Absichtlich oder zufällig? War er Tshala gefolgt? Was hatte er dann mit ihr gemacht?

»Wie geht es den Eltern?«, unterbrach Nienstedt meine Gedanken.

»Gar nicht gut. Vor allem Herr Kiwanika ist so verzweifelt, dass ich ihm eine Kurzschlusshandlung zutraue.«

Nienstedt nickte. »In dieser Situation sollte die Familie nicht auf sich gestellt sein. Es ist eine psychisch sehr belastende Zeit. Mir gefällt es nicht, dass sie einen polizeilichen Betreuer kategorisch abgelehnt haben.«

Ich sah aus dem Fenster und dachte an meinen Vater. »Auch ein Familienbetreuer kann den Betroffenen nicht die Verzweiflung nehmen.«

»Es ist immer besser, wenn jemand von uns vor Ort ist.«

Ich sah auf den Drei-Monats-Kalender an der Wand. Das rote Kästchen umrandete die Neunzehn. Das letzte Telefonat mit meinem Vater war wie lange her? Mindestens drei Monate. Er hatte noch nicht mal angerufen, um zu fragen, wie mir der neue Job gefiel. Sein Job. Sein alter Job. Starrte er vielleicht den ganzen Tag das Telefon an und wartete darauf, dass ich mich meldete und ihm berichtete, dass alles in Ordnung war? Oder noch besser, dass es mir nicht gefiel und ich die Selbstständigkeit wieder aufgab?

Als Herr Nienstedt sich räusperte, sah ich ihn wieder an. Er hatte Fältchen unter seinen Augen, und er sah müde aus.

»Und weswegen wollten Sie mich sprechen?«, fragte ich.

»Es geht um Folgendes: In der Nähe der Schule hat ein Anwohner zur Tatzeit einen dunklen Kombi gesehen. Sagt Ihnen das was?«

Ich sah ihn mit großen Augen an. »War er grün?«

»Wieso grün? Meinen Sie etwa den Wagen von Celinas Mörder? Aber woher wissen Sie …?«, fragte er sichtlich irritiert.

»Celinas Lehrer hat ein Gespräch der Kinder mitbekommen. Celina glaubte am Tag ihrer Entführung, von einem grünen Auto zur Schule verfolgt worden zu sein.«

»Das hätten Sie mir sagen müssen.«

»Wieso? Sie wussten doch anscheinend, dass er ein grünes Auto besaß.«

»Das stimmt, aber nicht, dass Celina von ihm mit dem Auto verfolgt wurde und dass sie es wusste.«

Ich zuckte mit den Schultern. »Sie wollten doch nicht mit mir zusammenarbeiten. Außerdem dachte ich nicht, dass es noch relevant sein würde.«

Nienstedt strich sich mit der Hand über Mund und Kinn. »Also gut. Das spräche für Celinas Mörder. Aber das Problem ist, der Anwohner konnte uns keine näheren Angaben machen. Weder Marke noch Farbe noch Kennzeichen. Der Mann hatte natürlich nicht erwartet, dass es wichtig sein könnte. Wir haben ihm schon das Foto des Autos von Celinas Mörder gezeigt. Er war sich aber nicht mehr sicher.«

»Sehr vage«, sagte ich.

»Das stimmt. Haben Sie noch eine andere Idee?«, fragte er.

Ich überlegte einen Moment. »Nein, leider nicht. Die Kiwanikas …«

»Schon überprüft. Mugambi fährt einen weißen Polo. Upenyu fährt mit dem Bus zur Arbeit oder wird von einem Kollegen abgeholt.«

Ich sah aus dem Fenster und überlegte laut: »Was ist mit Herrn Rathke und mit Carsten Adermann?«

»Wir haben Carsten Adermann schon überprüft. Glauben Sie mir. Kein Auto. Und den Hausmeister auch. Alle im Umfeld. Ich weiß jetzt sogar, dass Sie einen Seat Ibiza fahren.«

»Ist ja reizend.« Ich lehnte mich zurück und kreuzte die Arme vor meiner Brust.

»Nehmen Sie es bitte nicht persönlich.«

Nach einem kurzen Moment schüttelte ich den Kopf. »Natürlich nicht. Also, es gibt keinen Hinweis, wer so ein Auto fährt?«

»Wir haben jemanden aus der Familie des Hausmeisters. Die Familie seines Bruders fährt einen schwarzen Ford Mondeo Kombi. Aber die wohnen in Bayern. Die Wahrscheinlichkeit ist sehr gering.«

»Herr Rathke hat mir erzählt, dass er kaum noch Kontakt zu seinem Bruder hat. Sie haben sich vor Jahren das letzte Mal gesehen.«

»Das hat er uns auch erzählt«, bestätigte Herr Nienstedt.

»Was ist mit Carsten Adermann? Der Vater arbeitet in einer Werkstatt. Könnte es nicht sein, dass Carsten an ein Auto gekommen ist, das zur Reparatur abgegeben wurde? Nur für ein paar Stunden? Das würde niemandem auffallen.«

»Dem werden wir sofort nachgehen.« Herr Nienstedt machte sich eine Notiz in seiner Akte.

Ich drehte meinen Ehering hin und her. »Wir müssen sie endlich finden.«

»Was glauben Sie, wer es war? Unabhängig von den Fakten? Was sagt Ihnen Ihr Gefühl?«, fragte Herr Nienstedt. Er lehnte sich nach vorne, legte seine Unterarme auf die Tischplatte und faltete seine Hände.

»Mein Gefühl? Ich glaube mittlerweile, den Schlüssel zur Lösung finden wir in der Familie.«

Nienstedt schaute mich aufmerksam an.

»Ich habe schon probiert, mit Frau Kiwanika zu sprechen, doch irgendetwas verschweigt sie mir«, fuhr ich fort. »Und auch Mugambi. Bei seinen Eltern ist er freundlich, aber bei sich zu Hause wirkt er nervös und angespannt. Haben Sie ihn mal unter die Lupe genommen?«

»Wir waren schon vor einer Woche bei ihm und haben ihn befragt. Allein. Er wirkte betroffen. Haben Sie konkrete Hinweise?«

»Sie haben mich nach meinem Gefühl gefragt.«

»Richtig«, sagte er und lehnte sich wieder zurück.

»Es ist seltsam. Die Kiwanikas haben mich beauftragt, und doch habe ich das Gefühl, sie erzählen mir nicht alles. Da stimmt irgendwas nicht. Und dann noch die verschiedenen Sprachen. Ich verstehe nichts, wenn sie sich unterhalten.«

»Bleiben Sie dran. Sie haben einen besseren Zugang zu ihnen als ich. Versuchen Sie mit Frau Kiwanika zu sprechen. Vielleicht kann Sie etwas über das Verhalten ihres Sohnes sagen. Und lassen Sie sich nicht abwimmeln.«

»Das werde ich nicht.«

»Rufen Sie mich sofort, wenn Sie etwas haben.«

»Sie mich auch?«, stellte ich als Gegenfrage.

»Bleibt mir etwas anderes übrig?« Nienstedt unterdrückte ein Gähnen, als er einen Zettel vom Stapel nahm.

»Sie brauchen ein bisschen Ruhe«, sagte ich und erhob mich.

»Die Ruhe bekomme ich, sobald wir den Fall gelöst haben.«

»Sobald wir Tshala gefunden haben«, erwiderte ich. Dann sah ich die Akte auf seinem Schreibtisch liegen. Ein Zettel lag schräg darüber. Es waren mehrere Daten darauf aufgelistet. Ein Datum fiel mir direkt auf.

»Der siebzehnte Oktober 2006. Ist das ihr Geburtsdatum?«, fragte ich.

»Ja. Wieso?«

»Ich dachte, Tshala hätte gestern Geburtstag gehabt.«

***

Als sie wieder allein ist, fällt sie über das Essen her. Das Brot ist diesmal frisch. Vollkornbrot. Die Körner bleiben zwischen ihren Zähnen hängen. Egal. Sie lässt sich Zeit, sie mit der Zunge wieder herauszuwühlen. Dann die Birne. Eine Geschmacksexplosion auf ihrer Zunge. So süß und weich. Fast cremig. Fruchtig. Frisch. Als sie alles vertilgt hat, wäscht sie sich. Ihre Hose ist mittlerweile trocken. Sie zieht sie an und setzt sich auf die Matratze. *Wo bin ich? Was denkt Mama? Was unternimmt Papa?* Sie würde so gern mit ihnen sprechen. *Wissen sie, dass ich noch lebe? Wie lange werden sie noch nach mir suchen? Wann geben sie auf?* Sie starrt vor sich hin. Sie hat das Bedürfnis zu weinen, doch sie kann nicht. Ihr Körper wird starr. *Werde ich hier sterben?*

20

Ich überlegte, wen ich als Erstes auf meine Vermutung ansprechen sollte. Meine Wahl fiel auf Mugambi. Ich holte mein Auto von zu Hause und fuhr nach Dortmund. Ich parkte vor dem Haus und sah mich nach einem dunklen Kombi um. Ein schwarzer Opel Zafira stand zwei Autos vor mir. Kein Kombi, aber die Angaben des Anwohners waren ohnehin sehr vage. Ich stieg aus und notierte mir das Kennzeichen auf meinem Notizblock. Herr Nienstedt könnte sicher etwas über den Halter herausfinden. Dann ging ich zum Haus und klingelte bei Mugambi. Er öffnete vorsichtig die Tür und sah mich erstaunt an. »Was machen Sie denn hier?«

»Ich möchte mit Ihnen reden.«

»Ich muss noch mal zur Unibibliothek.«

»Jetzt noch? Es ist kurz nach siebzehn Uhr.«

»Deswegen muss ich mich ja beeilen. Ich hab nur noch eine Stunde«, erwiderte er.

»Gut, dann werde ich mich auch beeilen. Wem gehört der Zafira?« Ich drehte mich kurz um und zeigte auf das Auto.

»Was soll die Frage?«

»Es wurde ein dunkles Auto gesichtet. Letzten Freitag, als Tshala entführt wurde.«

»Ich weiß, wann sie entführt wurde«, blaffte er.

Ich hob abwehrend die Hände. »Natürlich. Kein Grund, gleich laut zu werden … Um auf das Auto zurückzukommen: Ich will einfach jeder Spur nachgehen.«

»Ich habe schon mal einen alten Mann mit weißen Haaren einsteigen sehen. Wahrscheinlich ein Nachbar. Genau weiß ich es nicht«, sagte er.

»Nun gut. Ich habe sonst auch noch ein paar Fragen. Können wir nicht reingehen?«

Er schüttelte den Kopf. »Ich habe doch gesagt, ich muss noch in die Bibliothek.«

Aus irgendeinem Grund wollte er mich nicht in seine Wohnung lassen. Doch so leicht ließ ich mich nicht abwimmeln. Ich drückte ihn zur Seite und trat an ihm vorbei. Er war so überrascht, dass ich keine Gegenwehr erfuhr. Ich lief die Treppen hoch. Die Wohnungstür stand offen.

»Hey«, rief er und kam mir hinterher. Schnell rannte ich in jedes Zimmer und schaute hinein. Keine Tshala. Was hatte ich auch erwartet? Warum sollte seine Schwester hier sein? Aber was verbarg er hier, dass ich diese Wohnung nicht sehen sollte? Ich stand zuletzt im Wohnzimmer, als Mugambi mich einholte, mich am Arm packte und zurück zur Tür zog.

»Was fällt Ihnen ein, hier einzudringen? Hauen Sie ab, bevor ich die Polizei rufe.«

»Was haben Sie zu verbergen, dass ich nicht in Ihre Wohnung kommen darf?«

Er wollte die Tür schließen, doch ich schob meinen Fuß dazwischen.

»Verschwinden Sie.«

»Gestern sollte etwas mit Tshala geschehen. Sie wollten feiern, habe ich recht? Deswegen sind die Verwandten gekommen. Was war der Anlass?«

Seine Augen weiteten sich. Er atmete schnell. »Sie stören, merken Sie das nicht? Ich muss jetzt zur Uni.«

»Wieso beantworten Sie meine Frage nicht?«, fragte ich.

»Weil es Sie nichts angeht.« Er trat auf meinen Fuß, sodass ich ihn reflexartig zurückzog. Dann schlug er mir die Tür vor der Nase zu.

Auf der Rückfahrt dachte ich lange über Mugambi nach. Irgendetwas hielt er in der Wohnung vor mir verborgen. Aber Tshala war nicht da. Was hatte Mugambi mit der Entführung zu tun? Und warum wollte er mir nichts erzählen?

»Warten Sie, ich halte Ihnen die Tür auf«, sagte ich.

Herr Rathke bedankte sich und ging mit dem Kasten Bier an mir vorbei. »Nächste Woche lade ich Sie auf ein Bier ein, woll.« Er grinste mich an.

»Sagen Sie, haben Sie letzte Woche einen dunklen Kombi hier gesehen? Also am Freitag.«

Er stellte den Kasten klappernd auf den Boden. »Das hat mich die Polizei auch schon gefragt. Was mischen Sie sich eigentlich da ein? Lassen Sie es gut sein.«

»Es geht um ein Kind, Herr Rathke. Ist Ihnen das so egal?«

»Egal ist mir nichts, Frau Briest. Aber das ist nicht meine Angelegenheit. Und Ihre auch nicht. Sie sollten sich da raushalten.«

Ich kreuzte die Arme vor der Brust. »Sie haben meine Frage immer noch nicht beantwortet. Was ist mit dem Kombi?«

»Glauben Sie etwa, ich schaue den ganzen Tag aus dem Fenster? Außerdem kann hier sowieso kein Auto parken. Wir sind hier in der Fußgängerzone. Schon vergessen, woll?«

Ich rieb mir die Stirn. »Nein, durchaus nicht«, sagte ich lauter, als ich es beabsichtigt hatte.

Er wandte sich von mir ab und hob seinen Bierkasten hoch.

»Warten Sie. Ich wollte nicht laut werden. Ich möchte doch nur wissen, ob Ihnen am Freitag irgendwas aufgefallen ist.«

Er hielt einen Moment inne und schien zu überlegen. »Nein, nichts. Ich weiß nur noch, dass dieser Bengel mir an der Haustür entgegengestürmt ist. Er hat mich angerempelt, und beinahe wäre mir die Kiste aus der Hand gefallen.«

»Welcher Bengel?«, fragte ich.

»Na, der Neger.«

»Der Vater?«

»Nein, der Junge«, antwortete Herr Rathke.

»Mugambi oder Jomo?«

»Was weiß ich, wie die heißen.«

»Der Jüngere oder der Ältere?«

»Der, der hier nicht mehr wohnt.«

Also war es Mugambi.

»Und das war letzten Freitag?«, fragte ich.

»Ich hol immer freitags mein Bier.«

»Wann war das genau?«

»Na ja … ich glaube vormittags. Letzte Woche war ich früh dran.«

»Ist Mugambi oft vormittags hier?«

»Darüber habe ich mir noch nie Gedanken gemacht. Aber nein … eigentlich kommt er nur öfters zum Abendessen.«

Bei den Kiwanikas roch es nach Essen. Feza deckte gerade den Tisch.

»Möchten Sie mitessen?«, fragte Upenyu.

Erst jetzt merkte ich, wie hungrig ich war. Ich hatte seit dem Frühstück nichts mehr gegessen.

»Gerne … Wo ist Bashira?«

»Noch auf ihrem Zimmer.«

»Ich werde sie holen«, sagte ich und ging an Upenyu vorbei. Jetzt musste ich behutsam vorgehen und mir genau überlegen, mit wem ich zuerst sprach. Ich hatte eine Ahnung, warum Tshala verschwunden war, konnte nur noch nicht alle Puzzleteilchen zusammensetzen.

Bashira saß auf ihrem Bett und wippte mit dem Kopf und ihren Füßen. Sie hörte wieder Musik. Ich setzte mich zu ihr und machte ihr mit meinen Händen deutlich, dass sie die Stöpsel aus den Ohren nehmen sollte.

»Hörst du wieder was von dem Musiker aus dem Kongo?«, fragte ich.

»Nein, Madonna. Die ist cool.«

»Ja, find ich auch.«

»Essen Sie wieder mit?«, fragte sie.

»Ich liebe das Essen, das deine Mutter kocht.« Ich legte meine Hand auf ihren Arm. »Du hast mir erzählt, dass ihr gestern mit Tshala feiern wolltet und dass sie Geschenke bekommen sollte. Warum? Was gab es zu feiern?«

Sie schaute mich mit großen Augen an und presste ihre vollen Lippen zusammen.

»Sag es bitte. Es ist wichtig.«

Weiteres Schweigen.

»Es war nicht ihr Geburtstag«, sagte ich.

Bashira schüttelte stumm den Kopf.

»Sag schon. Wofür sollte es Geschenke geben?«

Bashiras Augen wurden wässrig. »Ich darf es Ihnen nicht sagen.« Sie rutschte vom Bett und rannte aus dem Zimmer.

***

Sie hört ein Poltern. Schritte. Laute Schritte. Nicht wie sonst, langsam, sondern schnell. Hektisch. Mehrere Personen. Dann das Klacken der Schlüssel. Sie kommen. Was ist passiert? Alles ist anders. Sie zieht die Decke wieder über sich, drückt den Rücken an die Wand. Sie hört Stimmen. Endlich Stimmen. Und doch … sie sind genauso hektisch wie die Schritte. Sie lauscht, versucht zu verstehen, die Stimmen sind noch zu leise. Dann werden sie lauter. Aber sie kann die Worte nicht verstehen. Eine fremde Sprache. Ihr Herz klopft. Irgendwas ist passiert. *Was machen sie nun mit mir? Ist jetzt alles zu Ende? Sie kommen und holen mich.* Ihre Beine zittern. Sie will weg. Nur raus hier. Nach Hause. In die Arme ihres Vaters. Warum ist sie hier? Die Fragen machen sie verrückt. Diese Ungewissheit. Dann öffnet sich die Tür.

21

Als ich das Esszimmer betrat, saßen alle am Tisch, bis auf Feza. Sie hielt ihr Telefon am Ohr und legte es nach einem Moment auf die Kommode.

»Geht er nicht ran?«, fragte Upenyu.

»Nein«, antwortete Feza.

»Setz dich. Wir essen ohne ihn«, befahl er.

Feza zögerte erst, dann setzte sie sich.

»Mugambi?«, fragte ich und ließ mich auch auf einem Stuhl nieder. Bashira saß mir gegenüber, die Augen gerötet, doch von Tränen keine Spur.

»Hätte da sein müssen. Schon lange«, sagte Feza.

»Ich war vorhin bei ihm. Er wollte noch zur Uni. Vielleicht kommt er später«, sagte ich.

Feza sah mich mit großen Augen an. »Sie waren bei ihm? Wieso?«

Naja ließ sich den Teller von mir reichen und füllte ihn.

»Mit ihm sprechen. Über das Auto, das in der Nähe der Schule gesichtet wurde.«

»Sie müssen nicht zu ihm. Sie wissen doch. Er kommt hierher. Jeden Abend zum Essen«, sagte Upenyu.

»Was ist das?«, fragte ich, als ich mit der Gabel in den runden Kügelchen herumstocherte.

»Couscous«, antwortete Upenyu.

Dazu gab es scharf gewürztes Gemüse. Ich ließ Feza nicht aus den Augen. Sie blickte immer wieder zum Telefon, aß kaum etwas.

Upenyu nahm noch einen Nachschlag. »Schmeckt es Ihnen nicht?« Auch ich vergaß über meinen Beobachtungen völlig zu essen, obwohl ich heute kaum etwas zu mir genommen hatte.

»Doch, doch«, sagte ich und schob mir zum Beweis eine volle Gabel Couscous in den Mund. Feza stand auf, um die Schüssel nachzufüllen. Sie nahm das Telefon mit. War jetzt die Zeit gekommen, um mit ihr zu sprechen? Nein, noch nicht. Kurz darauf kam sie zurück, stellte die Schüssel auf den Tisch. Raziya und

Abasi nahmen sich noch etwas von dem Essen. Raziya zeigte auf meinen Teller, der noch halb voll war, und hielt mir die Schüssel hin. Ich schüttelte den Kopf.

»Schmeckt es Ihnen doch nicht«, sagte Upenyu und wandte sich dann zu seiner Tante. Wahrscheinlich wiederholte er den Satz auf Somali.

»Doch …«, versuchte ich mich zu verteidigen, aber er hörte nicht auf mich. Er verfiel mit seiner Tante in eine Diskussion.

»Ich geh auf mein Zimmer«, sagte Jomo. Bashira stand auf und begann, die leeren Teller wegzuräumen. Naja half ihr dabei. Und Feza griff wieder nach dem Telefon und ging in den Flur. Ich folgte ihr. Schloss die Tür zum Wohnzimmer. Dann zog ich Feza nach draußen ins Treppenhaus.

»Ey!«, sagte sie, wehrte sich jedoch nicht.

Ich lehnte die Haustür an und trat mit ihr etwas zur Seite, sodass uns niemand hören würde.

»Warum versuchen Sie so dringend, Mugambi zu erreichen? Könnte er sich nicht einfach nur verspätet haben?«

Sie sah mich mit ihren großen Augen an. Sie wurden wässrig. Als sie zwinkerte, rollte ihr eine Träne über die Wange.

Ich schüttelte sie. »Nun reden Sie doch mit mir.«

Sie schaute zu Boden.

»Mugambi war abweisend zu mir, wollte mich nicht in seine Wohnung lassen. Warum?«

Sie versuchte an mir vorbeizugehen, doch ich versperrte ihr den Weg.

»Sie wollen doch Ihre Tochter zurück, oder?«

Sie nickte, ohne mich anzuschauen.

»Oder ist Ihre Tochter gar nicht verschwunden? Haben Sie sie nur versteckt? Oder ist sie gestorben bei dem Ritual?«

Sie sah mich plötzlich wieder an. Mit verständnislosen, wachen Augen. Die Pupillen tanzten nervös hin und her.

»Ist es nicht so? Sollte sie nicht beschnitten werden? Dafür sind Raziya und Abasi doch nach Deutschland gekommen, oder nicht?«

***

Drei schwarze Gestalten betreten den Raum. Tragen alle die Masken. Sie macht sich ganz klein. Jetzt ist alles vorbei. Der Mann, die Frau und im Hintergrund noch eine Gestalt. Ihre Glieder versteifen sich. Der Mann tritt auf sie zu. Greift nach ihr. Sie rutscht zur Seite, weicht ihm aus. Dann erst sieht sie das Telefon in seiner Hand. Er drückt es ihr ans Ohr. Plötzlich hört sie eine vertraute Stimme. Sofort schießen ihr Tränen in die Augen.

***

Feza sah mich erstaunt an. »Woher …?«

»Woher ich das weiß? Sie sollte Geschenke erhalten. Sie hatten etwas zu feiern. Verwandte aus Afrika sind gekommen, Tshala hatte nicht Geburtstag. Ihr Mann will so unbedingt, dass Ihre Tochter *schnell* gefunden wird.«

Feza blickte nervös zu ihrer Haustür.

»Wir werden in meiner Detektei weiterreden. Und diesmal reden Sie mit mir, ist das klar?«, sagte ich bestimmt.

Sie nickte, holte ihren Schlüssel und zog die Wohnungstür zu. Ich führte sie in meine Detektei und ließ sie wieder in meinem Sessel Platz nehmen. Ich setzte mich auf den Stuhl, der immer noch danebenstand.

»Und jetzt keine Lügen mehr. Entweder ich helfe Ihnen, oder ich lasse es sein. Aber Sie sehen so aus, als ob Sie Hilfe gebrauchen könnten.«

»Sie haben recht. Beschneidung war gestern, sollte.«

»Und? Nun ist Tshala weg. Die Beschneidung konnte nicht durchgeführt werden.«

Feza nickte. »Raziya ist Beschneiderin. Sie Tshala sollte schneiden.«

»Die Tante Ihres Mannes.«

Feza schluchzte, ich reichte ihr ein Taschentuch.

»Und weiter?«

»Tshala weg.«

»Und Sie haben sie nicht versteckt?«, fragte ich.

»Nein, nein. Upenyu, er …«

Ich legte meine Hand auf ihr Knie. »Ich versteh schon. Und

was ist mit Mugambi? Warum versuchen Sie ihn so dringend zu erreichen?«

»Er … er …« Sie schaute mehrmals zu Boden und dann wieder zu mir. Langsam wurde ich ungeduldig.

»Nun raus mit der Sprache, ich werde Ihnen schon nicht den Kopf abreißen.«

»Sie … Sie wissen müssen, Mugambi nicht Sohn von Upenyu.«

»Das weiß ich.«

»Probleme. Groß. Mugambi nicht sein Sohn, er sagt, schwierig für Mugambi. Lebt eigenes Leben.«

»Und er kann mit den Traditionen seines Vaters nichts anfangen.«

Feza wippte mit ihrem Körper vor und zurück und nickte.

»Hat Mugambi seine Schwester entführt, um sie vor der Beschneidung zu schützen?«

Erneutes Kopfnicken. »Ja, aber Upenyu nicht erfahren. Sonst nicht gut für Mugambi.«

Ich sah einen Moment lang auf den Boden und atmete tief durch. Tshala lebte. Sie war nie allein gewesen. Sie hatte immer jemand bei sich gehabt, den sie liebte und den sie kannte, der mit ihr sprach. Sie hatte nie die Einsamkeit, das Für-sich-Sein erlebt. Erleichtert stand ich auf und ging ein paar Schritte durch den Raum. Ich sah Feza an.

»Sie lassen mich die ganze Zeit nach Ihrer Tochter suchen, und Sie wissen, wo Sie ist. Ich habe einen Auftrag für Sie abgesagt, einen, bei dem ich hätte Geld verdienen können. Dann kann ich ja aufhören, nach ihr zu suchen.«

Feza schüttelte hektisch den Kopf. »Nicht wissen, nur gedacht. Mugambi war gegen Beschneidung. Tshala verschwunden. Ich habe ihn gefragt. Erst sagte er Nein. Heute rief er mich an. Sagte, er fühlt sich bedroht von Ihnen.«

»Von mir?«

»Sie zu nahe, er sagte. Nun weg. Müssen zu ihm. Bitte.«

Ihre Augen flehten mich an. Sie wurden wässrig.

»Also gut«, sagte ich und berührte ihren Arm. »Ich helfe Ihnen.«

Wir liefen die Treppe hinunter, und Feza holte ihre Tasche aus der Wohnung. Ich hörte Upenyus Stimme. Eine fremde Sprache, doch der Tonfall war eindeutig. Er war sauer. Er folgte ihr bis zur Haustür und blickte mich zornig an. »Was ist hier los?«

»Ihre Frau macht sich Sorgen um Ihren Sohn. Wir wollen nur schauen, ob alles in Ordnung ist.«

»Jetzt?« Er blickte demonstrativ auf die Uhr. »Es ist halb acht.«

»Also noch früh genug«, konterte ich und zog Feza hinter mir her. Als wir ins Freie traten, sagte sie: »Das nicht klug. Er nicht sollte wissen, wo wir sind.«

»Er wird uns nicht folgen. Er weiß zu wenig.«

Feza folgte mir und schaute zu Boden. Hoffentlich hatte sie mich nicht schon wieder angelogen.

22

Feza saß neben mir auf dem Beifahrersitz, hatte immer wieder versucht, Mugambi zu erreichen. Vergeblich. Sie sah aus dem Fenster auf die Felder. Ich wollte mehr über sie erfahren und die Unterhaltung von heute Morgen in Gang bringen.

»Gibt es Strauße bei Ihnen im Kongo?«, fragte ich.

»Was?«

Ich zeigte aus dem Fenster auf ihrer Seite.

»Dort ist ein Hof, da gibt es nicht nur Hühner, sondern auch zwei Strauße. Ich mag diese Tiere.«

Sie schaute raus, schien sich aber nicht für die Tiere zu interessieren. Und doch hatte ich es geschafft, sie aus ihrer Lethargie zu wecken.

»Warum sind Sie sechsundneunzig nach Deutschland gekommen?«

»Im Kongo Bürgerkrieg. Sehr schlimm. Menschen streiten, töten. Ich gearbeitet im Krankenhaus, war Ärztin. Schlimme Dinge gesehen. Sehr schlimm. Menschen starben. Freunde. Deutscher Arzt, ein Kollege, ging zurück nach Deutschland. Nahm mich mit und Mugambi, andere nicht. Familie noch im Kongo.«

Sie rieb die Hände über ihre Jeans.

»Präsident Mobutu nicht gut für Menschen. Jetzt besser. Familie im Kongo geht besser.«

»Wollen Sie zurück in den Kongo?«

»Nein. Meine Kinder haben hier besser. Schule besser. Jobs besser.«

»Vermissen Sie nicht Ihre Heimat?«

»Doch.« Ihre Augen leuchteten ein wenig. »Die Sonne, meine Mutter. Die Menschen dort viel fröhlicher. Lachen viel.«

»Und Mugambi? Wer ist der Vater?«

Sie schaute wieder aus dem Fenster. »Ich nicht weiß. Nicht wollen wissen. Schlimme Dinge passieren in Afrika.«

»War es etwa eine …?«

»Nicht drüber reden will«, sagte sie, bevor ich die Frage beenden konnte. Feza sah auf ihre Hände und spielte mit ihrem Armreif herum.

»Wie alt war Mugambi, als Sie mit ihm nach Deutschland gekommen sind?«, fragte ich weiter.

»Sechs. Er guter Junge. Mein Mann sieht es nicht. Nicht sein Junge. Schwer für Upenyu, zu sehen Mugambi als Sohn. Gut, wir in Deutschland sind. Hier niemand weiß, Mugambi nicht sein Sohn. In Afrika sein anders. Familie weiß, ganzes Dorf weiß. Hier okay, aber nicht wie Mutter sich wünscht.«

»Hier ist vieles anders«, sagte ich und dachte an die Beschneidung. Wie konnte man einer Frau, ja einem kleinen Kind so etwas antun? Unbegreiflich. Ich konnte Mugambi verstehen, der seine Schwester vor einer grausamen Verstümmelung retten wollte. Ich musste mir etwas einfallen lassen. Sobald wir Mugambi und auch Tshala fanden, mussten wir sie in Sicherheit bringen. Und was war mit Feza? Konnte sie sich ihrem Mann widersetzen? Auf welcher Seite stand sie eigentlich? Fand sie es gut, dass Mugambi Tshala versteckt hielt? Oder würde sie ihre Tochter wieder zurück nach Hause bringen, dorthin, wo Raziya wartete? War Tshala bei ihrem Bruder in guten Händen?

Mugambi machte weder die Tür auf, noch stand sein Auto vor der Tür.

»Und jetzt?«, fragte ich.

Feza kramte in ihrer Tasche und zog einen Schlüssel hervor. »Für Notfall.« Sie öffnete die Tür, und wir gingen hinein. Zum ersten Mal nahm ich eine Tür zu einer weiteren Wohnung wahr. Durch das Glas in der Tür erkannte ich mehrere Farbeimer und einen Tapeziertisch. Dort wohnte zurzeit keiner, den wir hätten befragen können. Mit einem zweiten Schlüssel schloss Feza die Wohnungstür in der ersten Etage auf.

»Mugambi! Tshala!«, rief sie, als die Tür aufschwang. Wir gingen in jedes Zimmer, doch alle waren leer. Feza versuchte erneut, ihren Sohn auf dem Handy zu erreichen. Ich ging in die Küche. Eine Eckbank unter der schrägen Wand mit einem großen Fenster. War Mugambi deshalb so nervös gewesen, als ich hier aufgetaucht war, weil Tshala sich in der Wohnung befunden hatte? Aber wo war sie gewesen? Ich hatte sie nicht gesehen und auch nichts entdeckt, das auf sie hindeuten würde. Ich warf einen Blick in den Kühlschrank. Aufschnitt, Joghurts, Milchschnitten, ein angebrochener Becher Buttermilch. Ich ging in das geräumige Wohnzimmer. Eine riesige Yuccapalme neben den Schränken, auf der anderen Seite eine Couchgarnitur mit Blick auf einen Röhrenbildschirm. Auf dem Glastisch lag das Brettspiel »Mensch ärgere dich nicht«. Die Farbe Blau hatte alle Figuren ins Ziel gebracht. Gelb hatte immer noch eine Figur auf dem Startfeld. Tshala, hast du mit deinem Bruder gespielt? Wo konnte sie nur sein? Ich ging ins Schlafzimmer und riss den Schrank auf. Sportsachen, Jeans, Pullover. Alles Kleidung eines erwachsenen Mannes. Wo würde er ein kleines Mädchen verstecken? Die Polizei war doch auch hier gewesen. Sie konnte nicht in der Wohnung gewesen sein. Dann fiel mein Blick auf die Luke in der Decke. Der Stab zum Öffnen stand in der Ecke. Konnte es denn wirklich sein? Ich öffnete die Luke und zog die Holztreppe herunter. Kein Staub auf den Stufen, wie man es bei einer Dachbodentreppe vermuten würde. Ich stieg nach oben. Ein Lichtschalter direkt neben mir. Eine Lampe erhellte den Raum. Dann sah ich eine Matratze auf dem Boden mit einer Hello-Kitty-Bettdecke. Daneben ein Tornister und Spielsachen. Ein kleiner Hocker, auf dem ein Teller stand mit einem halb aufgegessenen Brot. Ich hielt mich an einem Dachbalken fest. Meine Knie wurden weich. Ich hörte die Kette rasseln, spürte die Kälte und den Hunger. Doch hier gab es keine Kette.

»Feza«, rief ich und erschrak, als ich mich umdrehte und sie schon vor mir stand.

»Hier also«, sagte sie.

»Ja, hier.«

»Nun weg.«

Sie zupfte an meinem Ärmel.

»Sie kommen! Habe etwas gefunden.«

Wir stiegen runter, gingen in sein Arbeitszimmer. Sie reichte mir einen Zettel.

»Sie lesen. Kann nicht gut lesen Deutsch.«

Ich überflog die Buchungsbestätigung. »Er hat einen Flug

gebucht. Von Köln nach Kinshasa. Um dreiundzwanzig Uhr fünf.« Ich blickte auf meine Uhr. »Das ist in zwei Stunden.«

Feza sah mich mit großen Augen an.

»Nein! Tshala darf nicht nach Afrika fliegen.«

»Warum nur will er dorthin?«, dachte ich laut.

»Sicher zu meiner Mutter, Schwestern. Dort Tshala sicher vor Beschneidung. Ich sehe aber sie für lange Zeit nicht.« Ich sah die Angst in ihren Augen, ihre Tochter zu verlieren. Sie hatte kein Geld, um mal eben nach Afrika zu fliegen und ihre Tochter zurückzuholen. Aber es gab noch ein anderes Problem.

»Hat denn Mugambi nicht an die Großfahndung gedacht?«, sagte ich mehr zu mir als zu ihr. »Sobald sie einchecken, wird man sie fassen, und dann wird Tshala zurückgebracht.«

Ich dachte an das faltige Gesicht von Raziya.

Ich kramte mein Navigationsgerät aus dem Handschuhfach und befestigte es an der Windschutzscheibe. Ich wählte den Flughafen Köln/Bonn aus. Dann fuhr ich los.

»Geben Sie mir mal mein Handy«, sagte ich zu Feza. »Es ist in meiner Handtasche in Ihrem Fußraum.«

Feza bückte sich und suchte nach meinem Handy. »Wen wollen Sie anrufen?«

»Herrn Nienstedt. Wir haben eine …«

»Was?«, schrie sie mich an und hielt das Handy von mir fern. »Was Sie ihm sagen?«

»Die Wahrheit.«

»Nein.« Sie schüttelte heftig den Kopf und ließ das Handy in ihr Seitenfach fallen, sodass ich es nicht erreichen konnte.

»Wenn er weiß, dann nehmen sie Tshala weg.«

»Ja, gut möglich, dass das Jugendamt eingeschaltet wird.«

»Nein. Nein.« Sie verschränkte die Arme vor ihrer Brust. »Nicht Jugendamt.«

»Das hätten Sie sich eher überlegen müssen. Beschneidung ist in unserem Land strafbar. Dafür kommen Sie hinter Gitter. Jetzt weiß ich, warum Sie der Polizei nicht vertraut haben.«

»Ist nicht so, wie Sie denken.«

»Ach nein. Wie ist es denn? Dass sich Tshala die Beschneidung gewünscht hat? Nie im Leben, wenn sie weiß, was auf sie zukommt. Was ist mit Ihnen, warum tun Sie das Ihren Kindern an?«

Feza blickte aus dem Fenster. Dann klingelte mein Handy. »Geben Sie es mir!« Ich hielt ihr meine rechte Hand hin und sah sie auffordernd an, soweit es das Autofahren zuließ.

»Nein.«

»Na gut.« Ich lenkte meinen Wagen an den Straßenrand, stieg aus, lief um das Auto rum und öffnete ruckartig die Beifahrertür.

»Nein, nein«, schrie sie und hielt meinen Arm fest. Ihre Augen weit geöffnet, das Gesicht zu einer Grimasse verzerrt.

»Ich kann es ihm nicht verheimlichen«, sagte ich.

»Sie nicht meine Tochter wegnehmen. Nein …«

Ich riss mich von ihr los und nahm das Gespräch an.

»Sie müssen wissen. Ich habe Mugambi gebeten, Tshala zu entführen.«

»Hallo, Frau Briest«, hörte ich Nienstedt am anderen Ende der Leitung. Ich starrte gebannt auf Feza. Was hatte sie mir gerade erzählt? Steckte sie dahinter? Wollte sie die Beschneidung verhindern? Hatte sie wirklich ihren Sohn dazu angestiftet? Oder war das wieder eine Lüge, damit sie ihre Tochter nicht verlor?

»Einen Moment«, sprach ich ins Telefon und hielt es mit ausgestrecktem Arm von mir weg.

»Wieso soll ich Ihnen das glauben?«, flüsterte ich.

»Ich Christin. Christen nicht Beschneidung machen. Nicht im Kongo. Dort nicht üblich.«

Christin? Was erzählte sie denn da? Ich dachte, die Familie glaubte an Allah.

»Warum haben Sie Ihren Mann nicht davon abgehalten?«

»Nicht, geht nicht bei Upenyu. Musste anderes tun. Tshala bringen in Sicherheit.«

Ich hielt mir das Handy wieder ans Ohr. Feza kniete vor mir, sah mich an. Tränen rannen ihr über das Gesicht.

»Hier bin ich«, sprach ich ins Telefon.

»Was ist da bei Ihnen los?«

Ich blickte mich um. Sicher hatte er die Autos gehört, die an uns vorbeifuhren.

»Ich bin mit Feza bei Mugambi. Wir können ihn nicht finden. Feza macht sich Sorgen. Aber ich glaube, dass es unnötig ist. Schließlich ist es Freitagabend. Da gehen doch die Jugendlichen öfter mal raus, oder nicht? Was haben Sie denn herausgefunden?«

Ich hörte eine Tür zuschlagen.

»Es gab zwei dunkle Kombis letzten Freitag in der Werkstatt. Keinem ist der Verlust eines Wagens aufgefallen. Aber es ist durchaus möglich, dass Carsten Adermann Zugang zu den Autos hatte. Wir werden ihn gleich dazu befragen.«

»Das ist doch ein Fortschritt«, sagte ich. Es gefiel mir gar nicht, ihm etwas zu verschweigen. Aber ich wusste nicht, wie ich ihm die Arbeit ersparen konnte, ohne ihm die Wahrheit zu sagen.

»Wir werden gleich mehr wissen. Und was ist mit dem Sohn? Glauben Sie, es steckt mehr dahinter?«

Ich zögerte einen Moment und schaute auf Feza, die immer noch vor mir kniete, mittlerweile den Kopf und die Arme hängen ließ.

»Ich weiß es nicht«, antwortete ich und bereute sofort, dass ich nicht beteuert hatte, von seiner Unschuld überzeugt zu sein. »Melden Sie sich, wenn Sie etwas von Herrn Adermann erfahren haben«, schob ich direkt hinterher, um das Thema zu wechseln.

»So wie Sie sich bei Neuigkeiten melden«, forderte Herr Nienstedt.

»Natürlich«, sagte ich.

»Danke.«

Ich steckte das Handy in meine Hosentasche und stieg ins Auto. »Langsam bin ich die Lügerei wirklich leid!«

Feza setzte sich wortlos neben mich und schloss die Tür. Ich reihte mich wieder in den Verkehr ein.

»Ich weiß ehrlich nicht, was ich Ihnen glauben darf. Haben Sie mir jetzt die Wahrheit erzählt oder immer noch nicht?«

»Die Wahrheit.«

»Ich habe gerade den Kripobeamten angelogen. Sie sind mir einige Erklärungen schuldig.«

Sie nahm ihren rechten Ohrring heraus und drehte ihn in ihren Händen.

»Letzte Woche mein Mann hat erzählt, Raziya und Abasi

kommen für Beschneidung. Konnte nicht umstimmen. Er legt viel Wert auf Tradition.«

»Warum? Sie leben doch hier in Deutschland.«

»Er will später zurück nach Kenia, Familie da. Tshala nur findet Mann, wenn beschnitten.«

»Und dann mussten Sie handeln?«, fragte ich.

»Habe Beschneidung bei Bashira erlebt. Schrecklich. Sie so anders nun ist. Ruhiger, schüchtern. Habe Angst, Tshala wird auch so gehen.«

Sie steckte den Ohrring wieder in ihr Ohr und fuhr fort.

»Tshala musste weg von zu Hause. Habe Mugambi gebeten. Er steht auf meiner Seite und liebt seine Schwester.«

»Wo hat er Tshala letzte Woche Freitag mitgenommen?«

»Auf Schulweg. Mugambi wusste, wo sie hergeht. Hat im Friedhof gewartet. Dann zur anderen Seite. Dort stand Auto.«

»Aber nicht seins?«

»Nein, hat sich geliehen Fahrzeug von Freund.«

»Ein dunkler Kombi.«

Sie zuckte mit den Schultern. »Ich nicht weiß. Nicht wichtig.«

»Und dann hat er sie in seiner Wohnung versteckt?«

Feza nickte.

»Sie haben mir gerade gesagt, dass Sie Christin sind. Ich dachte, Sie sind Moslems.«

»Mein Mann glaubt an Allah. Habe ihn in Dortmund kennengelernt. War schwierig für mich bekommen Asyl. Haben verliebt und geheiratet schnell. Seine Bedingung, ich musste übertreten zum Islam, aber ich glaube an Jesus.«

»Und die Kinder?«

»Kennen meinen Glauben. Dürfen selbst entscheiden, wenn alt genug.«

»Warum ging Tshala über den Friedhof nach Hause?«

»Sie liebt Blumen.«

23

Um einundzwanzig Uhr neunundfünfzig fuhren wir auf das Flughafengelände.

»Wo muss ich jetzt hin?«

Parkplatz eins und zwei waren ausgeschildert. Ich nahm an, dass P1 teuer war, aber auch nah am Eingang lag, also folgte ich den Schildern. Ich musste durch eine Schranke fahren, zog die Parkkarte und reichte sie Feza. »Hier. Gut aufbewahren. Brauchen wir gleich beim Rausfahren.«

Ich fuhr in die erste freie Parklücke. Das Gebäude war u-förmig angelegt. Ein riesiger Komplex.

»Hoffentlich finden wir sie noch rechtzeitig. Kommen Sie.«

Wir liefen zum Eingang. Durch zwei Schiebetüren, die Rolltreppen hoch, und schon waren wir drin. Ich fummelte die Buchungsbestätigung, die ich mir eingesteckt hatte, aus meiner Tasche. Lufthansa. Terminal C. Ich sah auf die Schilder über uns.

»Da. Check-in C. Lassen Sie uns erst mal dorthin.«

Wir liefen linksherum, an einem Rewe-Markt vorbei, überholten ein älteres Ehepaar, das sich darüber stritt, wer welchen Koffer hinter sich herzog. Am Check-in-Schalter der Lufthansa standen fünf Fluggäste, aber von Mugambi und Tshala keine Spur.

»Scheiße«, sagte ich, lief zum Schalter und drängelte mich neben einen großen Mann mit schwarzem Mantel und Bolerohut.

»Ich habe eine kurze Frage: Hat Mugambi Kiwanika schon eingecheckt?«

»Stellen Sie sich hinten an«, raunte der Mann mit dem Hut.

Die Frau von der Fluggesellschaft sah mich fragend an.

Ich zeigte auf Feza. »Er hat etwas vergessen. Seine Mutter muss ihm noch etwas geben.«

»Einen Moment bitte.«

Sie klebte den Zettel mit den Flugdaten an den Koffer, ließ ihn über das Transportband fahren und gab dem Mann seinen Ausweis und seine Flugpapiere.

»Wie war der Name?«

»Kiwanika.« Ich buchstabierte den Namen, dann schaute sie auf ihren Monitor. Ungeduldig tippte ich mit meinen Fingern auf die Plastikoberfläche des Check-in-Schalters.

»Nein. Er hat noch nicht eingecheckt.«

»Danke«, sagte ich und drehte mich zu Feza um. »Wir können hier warten«, schlug ich vor.

»Habe Idee.« Sie zog mich hinter sich her.

»Wo wollen Sie hin?«

»Habe Schild gesehen draußen von Starbucks. Tshala liebt Cookies von Starbucks.«

Wir rannten den Weg wieder zurück. In dem Moment klingelte mein Handy. Ich zog es im Laufen aus meiner Handtasche. Es war Herr Nienstedt.

»Habe jetzt keine Zeit!«, rief ich ins Telefon.

»Ich habe nachgeforscht. Mugambi hat Flugtickets nach Kinshasa gebucht. Wir könnten ganz nah dran sein«, sagte er. »Ich habe der Polizei am Kölner Flughafen schon Bescheid gegeben. Er wird in Gewahrsam genommen.«

Wie ich vermutet hatte, dachte ich.

»Wo sind Sie denn? Warum sind Sie so außer Atem?«, fragte er.

»Erkläre ich Ihnen später. Ich kann jetzt nicht.« Dann drückte ich das Telefonat weg.

»Die Polizei weiß Bescheid. Wenn Mugambi mit Tshala eincheckt, werden sie die beiden kriegen. Wir müssen vor dem Check-in-Schalter warten, dort können wir sie nicht verpassen.«

Doch Feza ließ sich nicht abbringen und lief weiter. Vorbei an Modegeschäften und Fast-Food-Restaurants. Direkt gegenüber von Burger King lag Starbucks Coffee. Wir liefen hinein. Plötzlich fing Feza an zu schreien. Und dann sah ich sie auch: Tshala. Das kleine Mädchen mit den Rastazöpfen, den strahlenden Augen und dem fröhlichen Lächeln. Sie saß da, trank aus einer großen Tasse und hielt einen Schokocookie in der Hand. Blickte auf. Sie lachte. Mein Herz machte einen Sprung. Wir hatten sie endlich gefunden. Mugambi saß neben ihr. Feza stürmte auf ihre Tochter zu und schloss sie in die Arme. Mugambi stand auf und schaute skeptisch in meine Richtung. Redete auf seine Mutter ein.

Ich trat näher. »Wie kommen Sie darauf, mit dem Flugzeug verschwinden zu wollen? Es läuft eine Großfahndung. Noch bevor Sie die Maschine bestiegen hätten, hätte man Ihnen Tshala weggenommen und Sie verhaftet.«

Feza wiegte ihre Tochter im Arm und streichelte ihr über den Kopf. Tshala knabberte an ihrem Cookie.

»Was will sie hier?«, fragte Mugambi seine Mutter.

»Ich helfe Ihrer Mutter und Ihnen. Also lassen Sie uns hier verschwinden, bevor uns jemand findet.«

Wir eilten zurück zum Parkplatz.

»Das Parkticket«, sagte ich zu Feza. Sie suchte in ihren Hosentaschen, bis sie es schließlich aus einer herauszog.

»Es ist ja zerknickt«, sagte ich, als ich es entgegennahm. Sie zuckte nur mit den Schultern und ging mit Tshala Richtung Auto. Am Kassenautomaten funktionierte die Karte. Vier Euro fünfzig musste ich zahlen. Ich hoffte, dass auch der Automat an der Schranke die Karte annahm.

Als wir alle im Auto saßen, fragte Mugambi: »Wo soll es jetzt hingehen?«

»Nicht nach Hause. Nicht zu dir«, sagte Feza.

»Wir bringen Tshala in ein Hotel«, schlug ich vor. »Wir bleiben dort so lange, bis Raziya abgereist ist.«

Feza nickte.

»Okay«, stimmte Mugambi zu.

Ich ließ den Motor an und wollte gerade rückwärts aus der Parklücke fahren, als sich ein Wagen direkt hinter uns stellte.

»Was soll das denn?«, sagte ich und hupte. Dann stieg jemand aus dem Wagen aus. Und noch eine Person. Ich erkannte ihn erst, als Mugambi seinen Namen aussprach: »Upenyu. Er hat Raziya und Abasi mitgebracht.«

»Wie haben die uns nur gefunden?«

Ich blickte nach vorne. Der Parkplatz vor mir war belegt, aber ein alter Mann hievte gerade seinen Koffer in den Kofferraum des Mercedes. Ich ließ das Fenster herunter und lehnte mich nach draußen. »Fahren Sie los?«

Der alte Mann sah mich an und bejahte.

»Bitte beeilen Sie sich!« Ich schloss das Fenster wieder und verriegelte die Türen. Upenyu war bereits am Heck des Autos angekommen. Der Vordermann bestieg sein Auto. Ich konnte nicht zurück, also musste ich vorne rausfahren. Upenyu erreichte die hintere Tür und versuchte sie zu öffnen.

»Papa!«, rief Tshala.

Dann ein Klopfen. »Machen Sie die Tür auf«, rief Upenyu. Er stand plötzlich an meinem Fenster. Seine Augen weit aufgerissen und hasserfüllt. Die Lichter an dem Auto vor mir gingen an.

»Da ist Papa!«, rief Tshala.

»Nein, ich werde nicht aufmachen«, sagte ich.

»Machen Sie die Tür auf. Sofort. Ich schlage das Fenster ein.« Upenyu hob die Hand. Er schnaufte. Seine Nasenlöcher blähten sich. Seine Zähne zusammengebissen. Ich hupte und setzte den Wagen ein Stück nach vorn. Upenyu riss am Türgriff. Endlich fuhr der Mercedes aus der Parklücke.

»Gehen Sie vom Auto weg!«, rief ich Upenyu zu, dann fuhr ich an. Ein Poltern von hinten, jemand schlug auf mein Auto ein. Schreie von Feza. Ich fuhr aus der Parklücke, Upenyu immer noch neben mir. Er hielt sich am Türgriff fest und lief nebenher. Mit der Faust schlug er an die Fensterscheibe.

»Hey! Bleiben Sie stehen. Sie können nicht …«

Als ich geradeaus fahren konnte, gab ich Gas. Upenyu rannte noch ein Stückchen mit, dann ließ er los. Ich sah ihn im Rückspiegel. Erst schaute er uns hinterher, dann lief er zurück zu seinem Auto. Scheiße, ich musste schnell sein.

»Beruhigen Sie sich!«, rief ich nach hinten. Feza schrie immer noch und hielt dabei ihre Tochter im Arm. Diese wehrte sich.

»Lass mich los. Wieso fahren wir weg? Da war doch Papa.«

Ich hielt an der Schranke und steckte das Ticket hinein. Ein Piepen. Es kam wieder heraus. *Karte nicht gültig.* »Scheiße.« Ich schaute in den Rückspiegel, nahm das Ticket und strich es auf meinem Knie glatt. Dann steckte ich es wieder in den Automaten.

»Machen Sie schon!«, rief Mugambi von hinten.

Endlich öffnete sich die Schranke. Ich fuhr vom Flughafengelände auf die zweispurige Straße und beschleunigte.

»Wo soll ich nur hin?«, fragte ich mehr mich selbst als meine Mitfahrer, die allesamt auf der Rückbank saßen. Im Rückspiegel sah ich zwei Lichter, die sich näherten. Das musste er sein. Ich drückte das Gaspedal durch und überholte einen Lkw. Mein Herz schlug schneller.

»Wo hat er nur das Auto her? Ich dachte, er hat kein Auto.«

»Das gehört einem Kollegen«, antwortete Mugambi.

Bei der nächsten Möglichkeit fuhr ich rechts. Die Straße machte eine Kurve, sodass ich die Geschwindigkeit wieder drosseln musste. Eine Querstraße. Ich fuhr nach links. An den Straßenrändern nur Bäume, doch bald erreichten wir eine Ortschaft. An der Kreuzung fuhr ich rechts.

»Vorsicht!«, schrie Mugambi. Ein Fußgänger ging über den Zebrastreifen. Ich riss das Lenkrad ruckartig nach links und wich aus. Feza kreischte. Der Wagen holperte, als ich mit dem linken Hinterreifen über einen Bordstein fuhr. Die nächstmögliche fuhr ich links und nahm damit einem entgegenkommenden Auto die Vorfahrt. Ich beschleunigte bis zur nächsten Straßenecke. Sah in den Rückspiegel. Upenyu war immer noch hinter uns.

»So ein Mist«, murmelte ich.

Ich bog in dem Wohngebiet mehrmals ab und hoffte, ihn damit abzuschütteln, doch er blieb an mir kleben. Eine andere Taktik musste her. Ich verließ das Wohngebiet. Ein Bulli fuhr vor mir. Viel zu langsam. Ich fuhr vorsichtig in die Straßenmitte, schaute nach vorne, lenkte aber sofort wieder ein, als zwei Lichter mich blendeten. Ein Lkw donnerte an uns vorbei. Hupend. Rechts war ein kleiner Feldweg. Als es fast zu spät war, trat ich auf die Bremse und lenkte scharf nach rechts. Der Wagen schlingerte heftig. Wieder Schreie von der Rückbank. Nach einem Moment hatte ich den Wagen unter Kontrolle. Ich drückte das Gaspedal durch, und der Wagen holperte zügig über die unebene Straße.

»So werden wir ihn nicht los!«, schrie Mugambi. »Er ist immer noch dicht hinter uns.«

»Ich weiß!«, schrie ich. Ich gelangte auf eine größere Straße. Eine Baumallee. Ich beschleunigte. Die zwei Lichter hinter mir ebenfalls. Upenyu fuhr bis auf die Stoßstange auf und betätigte die Lichthupe.

»Das ist Papa!«, rief Tshala, kniete sich auf den Rücksitz und winkte.

»Ist sie nicht angeschnallt?«, fragte ich.

»Sie war es zumindest«, antwortete Mugambi und setzte seine Schwester wieder auf den Sitz. Tshala wehrte sich, als er sie anschnallte. »Ich will Papa winken.«

»Später.«

An einer Kreuzung überfuhr ich eine rote Ampel und bog in die Querstraße ab. Ich beschleunigte, so schnell ich konnte, und raste durch die Ortschaft. Ein entgegenkommendes Auto hupte mich an. Ich gewann Abstand zu Upenyu. Eine zweite Kreuzung. Wieder über Rot. Ich sah in den Rückspiegel. Upenyu wurde von dem kreuzenden Verkehr aufgehalten. Ich nutzte die Chance und bog in eine Seitenstraße ein. Ein Blick zurück. Upenyu war nicht zu sehen. Dann bog ich rasch zweimal ab, in einen engen Weg. Beim Fahren schaltete ich die Lichter aus. Ich lenkte scharf nach links und bremste stark, sodass alle in die Gurte gedrückt wurden. Wir standen vor einer Garage. Ich drehte den Schlüssel und ließ den Motor verstummen.

»Ich glaube nicht, dass wir hier sicher sind!«, sagte Mugambi.

»Er hat uns nicht gesehen. Also Ruhe.«

Leise öffnete ich die Tür und stieg geduckt aus. Um uns herum Bäume und Gärten. Hoffentlich hatte uns Upenyu nicht hier abbiegen sehen. Wenn er in den schmalen Weg einbog, hatten wir keine Chance zu entkommen. Ich schlich um mein Auto herum und hockte mich hinter einen Busch. Lauschte. Hörte in der Ferne die Autos und meinen eigenen Atem. Irgendwo bellte ein Hund. Es begann zu regnen. Meine Haare wurden feucht. Dann schien Licht auf die Straße. Ich spähte um die Ecke. Ein Auto bog hundert Meter entfernt in den schmalen Weg ein. Mein Herz setzte einen Schlag aus. Scheiße. Das Licht der Scheinwerfer kam näher. Ich zog mich weiter hinter den Busch zurück. War es sein Auto? Ich konnte es von hier aus nicht erkennen. Nur zwei Lichtquellen inmitten der Dunkelheit. Sie kamen immer näher. Achtzig Meter, siebzig, fünfzig. Gleich würde er meinen Ibiza vor der Garage sehen, aussteigen und Tshala herausholen. Was sollte ich nur tun? Ich krempelte meine Ärmel hoch. Ich würde ihn überraschen, ihn meine Fäuste spüren lassen. Ich drehte mich um und sah zu meinem Wagen. Fezas Gesicht an der Fensterscheibe.

Panik in ihrem Blick. Ich konnte es trotz der Dunkelheit erkennen. Plötzlich hörte ich ein schabendes Geräusch. Ich drehte mich um und sah zu dem Auto. Dreißig Meter entfernt war der Wagen zum Stehen gekommen. Nun konnte ich sehen, dass es Upenyus Wagen war. Was hatte er vor? Mein Herz pochte wild in meiner Brust. Schweiß bildete sich in meinen Handflächen und vermischte sich mit dem Regen. Ich rieb sie an meiner Hose trocken. Upenyu legte den Gang ein und setzte zurück. Er vermutete uns anscheinend nicht hier. Ich blieb so lange still in der Hocke sitzen, bis die Lichter seines Wagens verschwunden waren.

Ich fuhr ziellos durch die Straßen Kölns und suchte ein Hotel. Als ich eins gefunden hatte, parkte ich in einer Seitenstraße. Es hatte wieder aufgehört zu regnen.

Vor dem Hotel sagte ich zu Feza, Mugambi und Tshala, dass sie warten sollten, bis ich wiederkam. Ich schob die schwere Drehtür nach vorne. Als ich den warmen Eingangsbereich betrat, stieg mir ein blumiger Duft in die Nase. Eine zierliche Frau mit blondem Pagenschnitt saß hinter der rundlich gebauten Rezeption. Sie blickte auf ihr Smartphone und tippte drauf herum.

»Ich brauche ein Doppelzimmer für heute Nacht. Haben Sie noch etwas frei?«

Sie schob mir einen Zettel herüber. »Das bitte ausfüllen.«

Name und Adresse. War es klug, den richtigen Namen einzutragen? Was, wenn mich Herr Nienstedt auch auf seine Fahndungsliste setzte? Ich wusste schließlich nicht, wie lange ich hierbleiben musste. Ich entschied mich dazu, meinen Mädchennamen und die Adresse meiner Eltern aufzuschreiben. Dann gab es keine direkte Übereinstimmung.

»Wie viel kostet ein Zimmer pro Nacht?«

»Neunzig. Frühstück kostet zehn Euro extra.«

»Dann ohne Frühstück bitte. Kann ich bei Abreise mit Karte zahlen?«

»Wir akzeptieren EC- oder Kreditkarte.«

»Sehr gut.«

Sie überreichte mir die Schlüssel. »Dritte Etage. Wenn Sie mit dem Aufzug hochfahren, stehen Sie direkt vor Zimmer 322.«

»Danke.«

Ich trat nach draußen ins Freie. Der Wind pfiff mir um die Ohren. Ich sah mich um. Wo waren Mugambi, Feza und Tshala? Ich sah sie nicht. War uns Upenyu doch gefolgt? Hatte er sie überrascht und überrumpelt? Oder waren sie geflohen, wollten weg von mir? Ich lief ein Stück, dann sah ich sie auf einer Bank sitzen.

»Ach, hier seid Ihr. Ich dachte schon …«

»… wir würden vor Ihnen flüchten? Wo sollten wir denn jetzt noch hin?«, sagte Mugambi.

Ich nickte. »Kommt erst mal mit hoch. Dann besprechen wir, wie es weitergeht.«

Als wir die Eingangshalle betraten, sah die Dame an der Rezeption nicht einmal auf, so sehr war sie mit ihrem Handy beschäftigt.

»Darf ich drücken?«, fragte Tshala, als sich die Aufzugstüren geschlossen hatten.

»Die Nummer drei«, sagte ich. Tshala drückte auf die Drei und klatschte in die Hände. »Mama, wo sind die Geschenke? Mugambi hat gesagt, wenn ich dich wiedersehe, gibt es Geschenke.«

Feza sah ihren Sohn an, der nur mit den Schultern zuckte.

»Bald«, antwortete Feza und nahm ihre Tochter auf den Arm.

Fragend sah ich Mugambi an. »Ich dachte, Geschenke gäbe es nur zur Be…« Ich stockte, als ich Tshala ansah. Sie gähnte und rieb sich die Augen. Was wusste sie von dem Vorhaben ihres Vaters? Hatte die Familie sie eingeweiht?

Mugambi hatte mich verstanden und antwortete: »Die Geschenke liegen bereits im Schrank. Eine Freude machen können wir ihr auch ohne ein Ritual.«

Ich nickte ihm zustimmend zu. Als sich die Türen öffneten, sagte uns eine Computerstimme an, dass wir uns in der dritten Etage befanden. Das Zimmer lag, wie die Rezeptionsdame gesagt hatte, direkt gegenüber. Ein geräumiges Hotelzimmer mit einem braunen Holzbett. Passend dazu ein Schreibtisch mit einem Holzstuhl. Ein großer Spiegel darüber. Auf einer Kommode stand ein kleiner Fernseher. Eine Tür führte zum Badezimmer. Badewanne und Eckdusche. Nun bedauerte ich, dass ich keine Zahnbürste dabeihatte. Dafür lag Seife und Duschgel auf der Anrichte. Morgen würden wir uns mit Hygieneartikeln eindecken können. Ich trat zurück in den Schlafbereich. Feza hatte Tshala unter die Decke gelegt und strich ihr über den Kopf. Tshala hatte schon die Augen geschlossen.

»Was machen wir jetzt?«, fragte ich.

»Ich fahre nach Hause und rede mit Upenyu«, sagte Mugambi.

»Nein.« Feza trat auf ihren Sohn zu und strich über sein Gesicht. »Du nicht. Bleiben hier alle. Bis Raziya und Abasi fliegen nach Kenia.«

»Sie werden nicht gehen, bis sie uns gefunden haben«, widersprach Mugambi.

»Wir könnten die Polizei informieren«, schlug ich vor.

»Keine Polizei«, rief Feza.

»Aber irgendwann müssen wir die Polizei wissen lassen, dass Tshala wieder da ist«, sagte ich.

»Jetzt nicht. Polizei bringt Tshala zu Papa und dann … Nein«, sagte Feza.

Ich wollte ihr widersprechen, doch mir fehlte die Kraft dazu, ich setzte mich aufs Bett. Die Anspannung der letzten Tage fiel von mir ab.

Feza und Mugambi diskutierten weiter, und obwohl sie deutsch sprachen, nahm ich den Inhalt ihrer Worte nicht wahr. Irgendwann stand Mugambi vor mir.

»Ich fahre mit meiner Mutter nach Hause. Wir reden mit Upenyu. Geben Sie uns Ihr Auto?«

»Sind Sie sicher? Ich halte das für keine gute Idee.«

Ich hatte Angst, dass Upenyu die beiden zwang, ihn ins Hotel zu führen, und sagte das auch.

»Das werde ich nicht zulassen«, sagte Mugambi. »Vergessen Sie nicht, wir sind immer noch eine Familie. Wenn Raziya und Abasi abgereist sind, wollen wir nicht, dass Upenyu sie nach drei Wochen wieder nach Deutschland holt.«

Ich atmete tief ein. Nur widerwillig überreichte ich Mugambi meinen Autoschlüssel.

»Wir melden uns morgen bei Ihnen. Bleiben Sie solange hier.«

»Also gut.«

Feza kniete sich noch einmal neben Tshala und gab ihr einen Kuss auf die Stirn.

»Komm, Mutter«, sagte Mugambi. Sie verabschiedeten sich und verließen das Hotelzimmer.

Nachdem ich im Bad gewesen war, legte ich mich aufs Bett und betrachtete Tshala. Wie aufgeregt alle wegen deines Verschwindens waren, dachte ich und zog ihr die Decke über die Schulter. Und nun lag sie hier neben mir. Sollte ich Herrn Nienstedt anrufen? Nein. Ich wollte nicht einfach gegen Fezas Entscheidung handeln, und morgen war auch noch ein Tag. Ich zuckte zusammen, als es an der Tür klopfte. Hatten Mugambi und Feza noch etwas vergessen?

24
Samstag, 20.04.

Ich öffnete die Tür. Zwei dunkle Augen vor mir. Ich spürte einen heftigen Schmerz im Magen und als Nächstes am Kopf. Ich fiel nach hinten. Niemals die Deckung offen lassen, dachte ich noch, dann wurde alles schwarz.

Als ich zu mir kam, konnte ich nichts sehen. Jemand hatte mir die Augen verbunden. Ich versuchte mich zu bewegen, dann merkte ich, dass meine Hände hinter meinem Rücken gefesselt waren. Ich wollte schreien, doch ein Knebel in meinem Mund hinderte mich daran. Panik stieg in mir hoch. Mein Herz begann schneller zu schlagen. Schweiß bildete sich auf meiner Stirn. Ich bekam nicht genug Luft durch die Nase. Atmete schneller und schneller. Nicht noch einmal. Dann hörte ich Upenyus Stimme. »Danke. Sie haben mich zu ihr geführt.«

Ich versuchte zu schreien, doch es ging nicht. Bleib ruhig, befahl ich mir. Ich atmete durch die Nase und schloss die Augen, dann versuchte ich den Knebel aus meinem Mund zu würgen. Tatsächlich schaffte ich es, ihn auszuspucken. Ich atmete ein paarmal tief durch.

»Wie haben Sie uns gefunden?«, rief ich. Schritte kamen näher, ich spürte warmen Atem an meinem Kopf.

»Du hast gesagt, wohin ihr fahrt. Weißt du nicht mehr? Mir kam es seltsam vor. Hab mir vom Freund ein Auto geliehen. Bin mit Abasi und Raziya auch zu Mugambi gefahren. Habe einen Notizzettel an der Pinnwand gefunden. Köln–Kinshasa mit Datum und Uhrzeit. Mir war klar, wo ihr hingefahren seid. Ihr hättet alles mitnehmen sollen.«

Er lachte. Bevor ich reagieren konnte, steckte der Knebel wieder in meinem Mund. Ich wollte den Kopf wegdrehen, doch ich hatte keine Chance. Er stopfte das ekelhafte Tuch immer tiefer in meine Mundhöhle. Ich musste würgen. Als er von mir abließ, versuchte ich mich wieder zu beruhigen, durch die Nase zu atmen.

»Es war leicht, euch am Flughafen zu finden«, fuhr Upenyu fort. »Auf den Straßen hast du mich aber abgehängt. Wir hatten euch verloren. Ich hab in einer Straße geparkt und gewartet. Habe gehofft, dass ihr wiederauftaucht. Und tatsächlich. Ein paar Minuten später seid ihr an uns vorbeigefahren. Mit großem Abstand bin ich euch gefolgt. Neue Taktik. Jetzt kannst du uns nicht mehr aufhalten.«

»Nein«, wollte ich brüllen und versuchte meine Hände zu befreien. Das Band, eine Kordel, was immer es war, es grub sich noch tiefer in meine Haut. Damit erreichte ich nur, dass meine Handgelenke höllisch wehtaten und meine Finger taub wurden. Ich konnte nichts tun. Ich konnte Tshala nicht helfen. Sie war auf sich gestellt. Wie ich damals. Was hatte ich nur getan?

»Papa.« Das war Tshalas verschlafene Stimme.

»Hallo, Sonnenschein!«, sagte Upenyu.

Noch jemand war im Raum. Das mussten Raziya und Abasi sein. Das durfte doch nicht wahr sein. Ich versuchte aufzustehen, aber eine Hand drückte mich nach unten.

»Bleib liegen.«

Ich spürte einen Schlag im Gesicht und knallte mit dem Kopf auf den Boden. Ich rollte zur Seite. Schmerz. Ich konnte an nichts anderes denken. Nahm Schritte und Stimmen wahr, als kämen sie aus einer anderen Welt. Der Schmerz in meinem Kopf zog sich bis in meinen Nacken. Dann packte mich jemand an den Armen und zog mich hoch, stellte mich auf die Füße. »Meine Tasche!«, wollte ich schreien, doch meine Tasche war im Moment das geringste Problem. Türschließen, Schritte, das Geräusch des Aufzuges. Die Fahrt ging nach unten. Türen gingen auf, die Computerstimme kündigte das Erdgeschoss an. Ich wollte schreien, doch Upenyu – ich nahm an, dass er es war – drückte mir den Knebel noch fester in den Mund, sodass ich Mühe hatte, den Würgereiz zu unterdrücken. Ich vernahm eine bekannte Stimme aus der Richtung der Rezeption. Abasi. Was machte er da? Wollte er die Rezeptionistin ablenken, damit sie nicht bemerkte, dass ich gefesselt und geknebelt aus dem Hotel geschleppt wurde?

»Ich kann Sie nicht verstehen«, sagte die junge Frau.

Kurz darauf spürte ich den kalten Wind in meinem Gesicht.

Ich wurde in ein Auto gezerrt. Ich wollte mich wehren, doch kräftige Finger gruben sich in meine Schultern.

»Bleib ruhig. Sonst knallt es. Dann wachst du nicht mehr auf.«

Also ließ ich mich auf den Sitz fallen. Raziyas Stimme direkt neben mir. Ich hörte auch Tshala, sie saß bei ihr auf dem Schoß. Vorne die beiden Männer. Sie unterhielten sich. In Somali, wie ich vermutete. Sicher brachten sie Tshala zu einem Ort, wo sie die Beschneidung vornehmen wollten. Sie würden auf keinen Fall damit warten. Wie konnte ich sie nur davon abhalten? Ich versuchte, meinen Atem zu beruhigen, doch ich hatte immer wieder das Gefühl, die Besinnung zu verlieren. Selbst vor meiner Nase befand sich ein Tuch, das nur wenig Sauerstoff durchließ. Denk nach. Ich versuchte meine Hände zu bewegen, auseinanderzuzerren. Keine Chance. Ob meine Handgelenke schon bluteten? Das waren jedoch nicht annähernd die Schmerzen, die Tshala gleich erwarteten. Ich musste etwas tun. Ich konnte nur auf den Moment hoffen, in dem Upenyu uns aus dem Wagen holte – und darauf, dass er mich nicht hier im Auto ließ.

Die Autofahrt kam mir unendlich lang vor. Zwei Stunden. Drei. Aus Erfahrung wusste ich, dass Entführungsopfern die Fahrt meist wesentlich länger vorkam, als sie tatsächlich war. Dann stoppte der Wagen. Türen wurden aufgerissen. Der Wind fegte durchs Auto.

»Sind wir schon zu Hause?«, fragte Tshala.

»Bald.«

Dann wurde ich an den Armen gepackt und nach draußen gezogen.

»Wenn du dich wehrst, liegst du am Boden. Klar?«

Ich nickte, da ich zu einer Antwort nicht fähig war. Ich wurde einen Weg entlanggezerrt.

»Wieso ist sie gefesselt?«, fragte Tshala.

»Weil sie böse war«, antwortete ihr Vater.

»Was machst du mit ihr?«

»Ich bringe sie in den Keller.«

»Kann ich mit ihr sprechen?«

»Später, mein Sonnenschein. Sie muss sich ausruhen.«

Schlüsselrasseln, das Klacken im Schloss. Dann wurde ich

Stufen hinuntergezerrt. Nein, nicht in den Keller, wollte ich schreien, doch ich konnte nicht. Upenyu ließ mich auf den kalten Boden fallen.

»Danke, dass du meine Tochter gefunden hast.«

Die Tür knallte ins Schloss. Ein Klacken. Stille. Ich würgte den Knebel aus meinem Mund. Atmete tief ein. Es roch nach Öl und gemähtem Rasen. Ich war wieder das neunjährige Mädchen, das auf der Matratze lag und mit einer Hand an die Wand gekettet war.

Der maskierte Mann hatte mir das Telefon ans Ohr gehalten. Mein Vater war am anderen Ende der Leitung. »Papa!«, schrie ich. »Helena«, hörte ich ihn rufen. »Hol mich hier raus!« Mir wurde das Telefon vom Ohr genommen. »Neeeinnn!« Ich schrie, stand auf, rannte hinterher, streckte den Arm aus, wollte nach dem Telefon greifen, erreichte es nicht, wurde von der Kette zurückgehalten. Der Mann verließ mit schnellen Schritten den Raum und sprach mit meinem Vater. »Papaaaaaaa! … Komm zurück!« Die anderen beiden Gestalten sahen mich noch einen Moment an, bis auch sie den Kellerraum verließen und die Tür von außen verriegelten. Tränen liefen über meine Wangen. Meine Nase war zu, ich atmete schnell und hektisch. Es lag ein Druck auf meinen Lungen. Papa. Ich hatte mit Papa gesprochen. Er hatte besorgt geklungen. Er versuchte mich zu finden. Das war viel zu wenig gewesen! Zu wenig Information, zu wenig Worte. Zu wenig Zeit. Ich zitterte. Meine Hände, mein ganzer Körper. Papa kannte meine Entführer. Ich wollte zu ihm, nur zu ihm. Ich wollte raus hier, raus aus dem Weiß, weg von der Kette, an die frische Luft, in die Sonne, in mein eigenes Zuhause. Mama! Ich wollte sie umarmen und ihre Wärme spüren und dann einschlafen. Ich stand auf und lief, so weit es die rasselnde Kette zuließ, vor und zurück. So lange, bis die Haut unter dem Metallring aufgescheuert war. Ich sackte auf der Matratze zusammen und weinte, bis ich keine Tränen mehr in mir hatte.

Auch jetzt liefen mir wieder Tränen über das Gesicht. Ich hatte es nicht geschafft, Tshala zu retten. Und nicht nur das. Ich war wieder in der gleichen Situation. Jemand anders hatte die Macht über mich. Jemand anders konnte bestimmen, wo ich hingebracht wurde, was ich tun und vor allem was ich nicht tun konnte, was ich essen würde und vor allem was ich nicht essen sollte. Schweiß lief meinen Rücken hinunter. Mein ganzer Körper bebte. Ich wollte schreien, doch alles, was ich damit erreichte, war, dass ich Atemnot bekam. In schnellen Zügen versuchte ich, Luft durch meine Nase einzuatmen. Beruhigen! Der Scheißkerl. Ruhig atmen! Das Arschloch. Mir wären noch weitaus schlimmere Schimpfwörter eingefallen, hätte sich nicht immer wieder ein Gedanke dazwischengeschoben: Tshala. Sie war hilflos. Sollte gleich verstümmelt werden. Und das von ihrer eigenen Familie. Ich hatte Feza doch versprochen, dass sie sicher sein würde. Unwillkürlich zog sich mein Unterleib zusammen. Nein, das sollte keinem Kind, keiner Frau, keinem Menschen widerfahren. Wie konnte der eigene Vater seiner Tochter das antun? Und Raziya. Sie war doch bestimmt selbst beschnitten und musste wissen, wie grauenhaft das Ritual war.

Bei meinen Recherchen über Kenia war ich auch kurz auf einer Seite über Genitalverstümmelung gelandet. Die Folgen eines solchen Eingriffs waren gravierend: lebenslange Schmerzen, Komplikationen bei einer Geburt und nicht zu unterschätzen die psychische Belastung. Außerdem starben viele Mädchen bei dem Ritual, da keine medizinische Versorgung stattfand und die Klingen oder Glasscherben oft weder gesäubert noch desinfiziert wurden. Ein Schauer durchlief meinen Körper, als ich daran dachte. Ich musste Tshala helfen. Ich drückte mich vom Boden ab und stand auf. Irgendwie musste ich meine Hände befreien, aber erst mal war es wichtiger, dass ich etwas sehen konnte. Ich schob meinen rechten Fuß nach vorne, spürte nichts. Ging noch einen Schritt. Ich stieß mit meinem Fuß vor etwas. Im selben Moment spürte ich etwas Hartes an meiner Hüfte. Ich drehte mich um und tastete danach. Ein Tisch. Ich bückte mich. Versuchte meine Augenbinde an der Kante hochzuschieben. Das funktionierte nicht. Ich suchte die Tischecke. Das Gleiche noch mal. Endlich schob sich das Band vor meinen Augen nach oben. Ich konnte sie wieder öffnen. Es war immer noch alles schwarz. Licht. Wo war nur der Lichtschalter? Ich ging in die Richtung, in der ich die Tür vermutete. Schritt für Schritt tastete ich mich vorwärts. Dann spürte ich die Wand. Kurz darauf fand ich die Tür. Ich ertastete die Türklinke. Mit dem Rücken zur Tür drückte ich die Klinke nach unten. Nichts geschah. Natürlich abgeschlossen. Ich strich an der Wand entlang. Fand den Lichtschalter und schlug mit meiner Schulter dagegen, bis das Licht an der Decke ansprang. Ich blinzelte. Meine Augen mussten sich erst an die Helligkeit gewöhnen.

Ein Fahrrad, Reifen, eine Leiter, ein Gartentisch, ein alter Staubsauger, ein Rasenmäher, zwei alte Küchenhängeschränke, eine Werkbank und dort der Tisch mit Werkzeug. Dort ließ sich sicher etwas finden, womit ich das Band durchtrennen konnte. Ein Teppichmesser lag am hinteren Ende des Tisches. Damit sollte es gehen. Aber wie sollte ich darankommen? Ich drehte mich mit dem Rücken zum Tisch, setzte mich darauf und lehnte mich zurück. Mit meinen Händen versuchte ich, das Messer zu erreichen. Ich bekam es nicht zu fassen. Beeil dich, dachte ich. Tshala wird nicht ewig Zeit haben. Mein Kopf klemmte zwischen der Wand und meinem Brustkorb. Weiter runter, endlich konnte ich das Messer mit dem Mittelfinger ertasten und näher zu mir ziehen. Jetzt musste ich es nur noch hinkriegen, die Kordel zu durchtrennen. Mit den gebundenen Händen war es nicht einfach, das Messer in die richtige Position zu drehen.

Plötzlich hörte ich einen schrillen Schrei. Ich verharrte bewegungslos und lauschte. Es war still. Oh mein Gott! Tshalas Prozedur hatte begonnen. Jetzt bloß keine Zeit verlieren. Und ich musste noch die Tür aufbrechen. Ich durfte gar nicht daran denken. Ich konzentrierte mich auf das Messer. Als die Klinge die Kordel berührte, begann ich, es hoch und runter zu bewegen. Behutsam erst, dann immer schneller. Es dauerte viel zu lange. Ich übte mehr Druck aus, in der Hoffnung, mich nicht selbst zu schneiden.

Der nächste Schrei. Oh nein, ich war zu langsam. Ich übte noch mehr Druck aus und bewegte die Klinge schneller über das Band. Versuchte dabei die Schmerzen zu ignorieren. Dann endlich fiel die Kordel zu Boden. Ich rieb mir die Handgelenke und trat zur Tür. Upenyu hatte sie abgeschlossen. Ich sah mir das Schloss näher an. Es war ein Bundbartschloss. Es gab einen Trick, der nur funktionierte, wenn … Ich schaute in das Schlüsselloch. Tatsächlich: Der Schlüssel steckte. Wenn der Bart nicht schräg stand und sich nicht verklemmte, konnte ich den Schlüssel auf der anderen Seite herausschieben. Die Höhe des Türspalts schien auch auszureichen. Der nächste Schrei von oben. Ich musste mich beeilen, sah mich um und suchte etwas Glattes. Ein dreibeiniger Grill stand eingepackt in einem Pappkarton in der Ecke. Ich holte den Grill heraus, riss die Pappe auseinander und schob sie unter der Tür durch. Mit einem Schraubenzieher versuchte ich, den Schlüssel auf der anderen Seite herauszuschieben. Meine Finger zitterten. Einmal tief durchatmen, dann machte ich weiter. Der Schlüssel bewegte sich und rutschte aus dem Schloss. Ich legte mich auf den Boden und sah unter der Tür durch. Er war auf der Pappe gelandet. Langsam zog ich diese unter der Tür hervor. Gleich hatte ich es geschafft. Doch … der Schlüssel blieb an der Tür hängen. Scheiße. Der Spalt war nicht hoch genug. Ich hielt die Pappe in der Hand, aber hatte keinen Schlüssel. Was jetzt? Mit dem Schraubenzieher versuchte ich, den Schlüssel unter der Tür durchzuholen. Es klappte nicht. Wieder ein Schrei. Verdammt, mir lief die Zeit davon. In einem Regal fand ich eine abgebrochene Autoantenne. Damit müsste es gehen. Ich legte mich wieder auf den Boden und ließ die Antenne über den Boden gleiten. Der Schlüssel bewegte sich und glitt unter der Tür durch. Endlich. Drei Sekunden später war die Tür offen.

Ich lief die Treppen hinauf. Jetzt wusste ich, wo ich war. In diesem Haus wohnte Mugambi. Ich lief hoch zu seiner Wohnungstür und drückte die Klinke hinunter. Die Tür ging auf. Tshala kreischte. Kam ich zu spät? Ich rannte los, fand sie in der Küche. Tshala lag auf dem Küchentisch. Upenyu stand hinter ihr und drückte sie mit dem Oberkörper auf die Tischplatte. Seitlich stand Abasi, der ihre nackten Beine auseinanderdrückte. Und vor ihren Beinen Raziya, die sich zu Tshala hinunterbeugte. Als ich den Raum betrat, drehten sich alle drei Erwachsenen zu mir um und sahen mich erstaunt an. Raziya hielt eine Rasierklinge in der Hand. Jetzt durfte ich keinen Fehler machen. Tshala schrie weiter und zappelte auf dem Tisch. Upenyu sagte etwas zu Raziya. Wahrscheinlich, dass sie anfangen solle. Dann kam er hinter dem Tisch hervor. Ich nutzte die Chance und stieß Raziya zur Seite, sodass sie umfiel. Sie schrie kurz auf, rappelte sich hoch und brüllte mich dann in ihrer Sprache an. Sie versuchte mich wegzuschubsen, doch ich wich zurück. Upenyu packte mich an den Schultern und riss mich zu Boden. Als er mit der Faust ausholte, rollte ich mich zur Seite weg und stand auf. Die alte Frau hatte sich wieder Tshala zugewandt. Tshala zappelte, strampelte mit den Beinen. Abasi stand nun hinter ihr und drückte sie auf den Tisch. Er konnte sie nicht allein bändigen. Wenn Raziya wirklich anfangen sollte, würde sie das Mädchen noch mehr verletzen, als sie es eigentlich vorhatte. Ich packte Raziya an den Hüftknochen und zog sich vom Tisch weg. Sie schrie mich wieder an, schien zu fluchen und mich zu beschimpfen. Jäh sah ich aus den Augenwinkeln, dass Upenyu auf mich zustürmte. Schnell hob ich meine Hände, drehte mich zu ihm und duckte mich, schlug mit der Faust gegen seinen Unterleib. Er keuchte. Es brachte aber nicht die Wirkung, die ich mir erhofft hatte. Er stürmte auf mich zu. Ich stand mittlerweile auf der Türschwelle. Ich ging einen Schritt nach hinten, tauchte ab und schlug ihm mit einem Aufwärtshaken unters Kinn. Mit dem nächsten Schlag traf ich ihn genau am Auge und erneut in die Magengegend. Er taumelte rückwärts. Meine Hand schmerzte. Stimmengewirr. Abasi schrie seine Frau an, die sich wieder vor Tshala platziert hatte. Ich schlug auch Raziya mit meiner Rechten direkt ins Gesicht. Sie fiel zur Seite. Ich zog an Tshalas Beinen und versuchte sie aus Abasis Händen zu befreien. Hinter mir hörte ich ein Schnaufen. »Vorsicht«, schrie Tshala.

Ich sprang zur Seite. Upenyu hatte eine Gabel in der Hand, die er hochhielt – bereit zuzustechen. Oh nein! Zumindest war es kein Messer, dachte ich, dann sauste die Gabel auf mich zu. Ich duckte mich und wich aus. Ich musste ihm unbedingt dieses Ding wegnehmen. Bevor ich mir etwas überlegen konnte, kam er wieder auf mich zu. Ich trat ihm zwischen die Beine. Er stöhnte laut auf, krümmte sich und verzog sein Gesicht. Ich schlug gegen seine rechte Schulter und versuchte ihm die Gabel abzunehmen. Er riss mich mit der anderen Hand zu Boden. Damit hatte ich nicht gerechnet. Upenyu stieg über mich. Ich konnte mich nicht zur Seite rollen. Er nahm die Gabel in die linke Hand und schaute mich mit hasserfüllten Augen an. Ich wollte ihm noch einen Tritt verpassen, doch er war schneller. Seine linke Hand sauste nieder. Ein stechender Schmerz fuhr in meinen Arm, zog bis in meinen Brustkorb. Ich schrie. Laut. Kreischend. Ich spürte, wie er die Zacken wieder aus meiner Haut zog. Mir wurde plötzlich kalt, mein ganzer Körper bebte. Vor meinen Augen bildete sich eine wässrige Schicht. Ich konnte kaum noch etwas erkennen. Und denken konnte ich nur an den Schmerz. Upenyu wandte sich von mir ab, ging zum Tisch. Dann hörte ich einen schrillen Schrei, von dem ich eine Gänsehaut bekam. Laut, kreischend, schmerzerfüllt. Der Schrei lief durch meinen ganzen Körper. Ein Schmerzensschrei, ein Angstschrei, ein Todesschrei. Niemals hatte ich jemanden aus voller Seele so schreien hören. Die Verstümmelung hatte begonnen. Es konnte nicht anders sein. Raziya hatte ihre Klinge in Tshalas Fleisch eintauchen lassen. Geschwind wischte ich mir mit meinem Pullover die Tränen aus den Augen. Meine Schmerzen waren nichts im Vergleich zu dem, was Tshala erleiden musste. Ich durfte nicht aufgeben. Ich drückte mich vom Boden hoch.

»Hast du noch nicht genug?«, hörte ich Upenyu rufen. Er kam zurück. Ich sah die blutige Gabel auf der Arbeitsplatte, ergriff sie und warf sie in den Flur. Sah auf Tshala. Ihre Augen waren weit aufgerissen, ihr Gesicht zu einer schmerzerfüllten Grimasse verzogen. Ich riss eine Schublade auf. Taschentücher, Zettel, ein Stift. Die nächste. Das Besteck. Ich zog ein großes Messer heraus und fuchtelte damit herum.

»Schneiden mögt ihr doch, oder?«

Upenyu wich einen Schritt zurück. Das war genau der Moment, auf den ich gewartet hatte. Ich hob die Hand und tat so, als wollte ich auf ihn einstechen. Er hielt die Arme schützend vor seinen Kopf. Ich ließ das Messer hinter mir zu Boden fallen und schlug mit all meiner Kraft zwischen seine Beine. Als er seine Deckung im Gesicht aufgab, schlug ich ihn mehrmals mit voller Wucht an die Schläfen, bis er zu Boden sank. Dann zog ich Raziya wieder von Tshala weg. Blut tropfte bereits auf die Tischplatte. Sie weinte und schrie. Ich sah Abasi an und hielt ihm meine Faust vors Gesicht. Er hob die Hände, ließ Tshala los. »Wo sind die Autoschlüssel?«, fragte ich. Abasi sah mich stumm an. Er konnte mich nicht verstehen. Ich ging zu Upenyu, der noch auf dem Boden lag, und fühlte in seinen Hosentaschen. Dort wurde ich fündig. Ich wandte mich zurück zu Tshala. Sie fasste sich zwischen die Beine. Die Finger blutig. Hektisches Atmen. Schluchzen. Ich half ihr hoch und trug sie hinaus. Auf dem einen Arm den Oberkörper, auf dem anderen die Beine. Der Schmerz in meinem linken Arm zog sich bis in die Brust. Nicht dran denken. Schnell lief ich mit ihr zum Auto. Legte sie auf den Rücksitz. Dort fand ich auch meine Handtasche.

»Ich fahre dich ins Krankenhaus.«

25

Mit Tshala im Arm lief ich in die Notaufnahme. Das Blut war über die Beine bis zu ihren Füßen hinuntergelaufen.

»Wir brauchen sofort Hilfe«, schrie ich.

Mir kam eine Schwester entgegen. »Was ist passiert?«

»Sie sollte beschnitten werden.«

Die Schwester nickte der Dame am Empfang zu und sagte: »Informier die Polizei.«

»Verlangen Sie nach Herrn Nienstedt. Er kennt sich mit dem Fall aus«, fügte ich hinzu.

»Kommen Sie«, sagte die Schwester und lotste uns in ein Behandlungszimmer, wo ich Tshala auf eine Liege legte. Ein junger Mann mit weißem Kittel und zerzausten Haaren kam herein. Dann führte mich die Krankenschwester hinaus.

»Er wird sich um sie kümmern. Aber auch Sie sollten wir behandeln.« Sie zeigte auf meinen Arm. Ein Blutfleck hatte sich auf meinem Ärmel gebildet. Jetzt spürte ich wieder den pochenden Schmerz. Sie brachte mich in ein anderes Zimmer.

»Ziehen Sie Ihren Pullover aus.«

Mit dem rechten Arm zog ich langsam den linken Ärmel über meine Haut. Es brannte fürchterlich.

»Was ist hier passiert?«, fragte sie.

»Jemand hat mich mit einer Gabel verletzt.«

Sie setzte sich auf einen Rollhocker und rutschte zu mir herüber. »Darüber sollten Sie mit der Polizei sprechen.«

»Ihre Kollegin ruft die Polizei doch an, oder? Dann kann ich mit der Kripo sprechen. Sie wissen Bescheid. Das Mädchen wurde als vermisst gemeldet.«

»Das entführte Mädchen aus Menden?«

Ich nickte.

»Und was haben Sie damit zu tun?«, fragte die Schwester.

»Ich bin Privatdetektivin. Die Familie hat mich engagiert.«

»Sie sollten Anzeige erstatten.«

»So weit habe ich noch nicht gedacht.«

»Alles der Reihe nach. Zuerst versorgen wir Ihre Wunde.«

Sie säuberte meinen Arm und begutachtete die vier Einstiche. Eine Röntgenaufnahme zeigte, dass keine Knochen beschädigt waren. Sie legte mir einen Verband an und sagte, ich dürfe den Arm vorerst nicht belasten.

Danach ging ich mit meinem Handy aus dem Gebäude. Ich hatte fünf Anrufe in Abwesenheit. Zwei von Lars und drei von Herrn Nienstedt. Lars war bestimmt schon eingeschlafen. Ich schrieb ihm eine SMS, dass es mir gut ging, dass wir Tshala gefunden hatten, ich sie ins Krankenhaus nach Dortmund gebracht hatte und dass ich bald nach Hause kommen würde. Herrn Nienstedt rief ich an.

»Ich habe Sie gesucht. Wir haben …«

»Ich habe Tshala gefunden«, unterbrach ich ihn.

»Das Krankenhaus hat mich schon informiert.«

Ich erzählte ihm kurz, was passiert war. Als Nächstes musste ich Feza anrufen. Aber erst wollte ich wissen, wie es um Tshala stand. Ich ging wieder hinein und fragte die Schwester, die mich empfangen hatte, wie es ihr ging.

»Besser, als Sie denken. Sie wird gerade versorgt. Warten Sie hier.«

»Ich werde jetzt die Mutter anrufen. Was soll ich ihr sagen?«

»Dass alles wieder in Ordnung kommt. Ein kleiner Schnitt an der äußeren Schamlippe. Das wird genäht.«

Ich nickte und informierte Feza. Sie war außer sich und wollte mit Mugambi gleich herkommen. Als ich aufgelegt hatte, rief Lars an.

»Du bist noch wach?«, fragte ich.

»Es ist mitten in der Nacht, und du bist immer noch nicht zu Hause.«

»Jetzt ist der Fall vorbei. Wir haben Tshala gefunden.«

Es blieb einen Moment still. »Das freut mich. Geht es dir gut?«

»Mir geht es gut. Ich habe nur eine kleine Verletzung. Die wurde verarztet. Alles andere erzähle ich dir später.«

»Eine was? Was ist passiert?«, fragte er aufgeregt.

»Nicht dramatisch. Wirklich nicht.«

»Wann kommst du nach Hause?«

»Ich muss auf die Polizei und Tshalas Mutter warten.«
»Dann komme ich zu dir.«
»Brauchst du wirklich nicht. Ich bin bald zu Hause.«
Aber Lars hatte schon aufgelegt.

»Wo ist sie?«, fragte Herr Nienstedt, als er mit fünf Polizisten hereinkam.

»Sie wird noch versorgt«, antwortete ich.

»Was ist passiert?«

»Sie musste genäht werden.«

»Also haben sie es doch geschafft.«

»Ich habe das Schlimmste verhindern können.«

»Sie haben mich am Telefon belogen. Sie wussten schon Bescheid und haben es mir verschwiegen. Das wird ein Nachspiel haben.«

»Das Einzige, was ich wollte, war, Tshala zu retten.«

»Wären Sie am Flughafen zu unseren Kollegen gegangen, wäre dem Mädchen gar nichts passiert.«

»Ich wollte nur nicht, dass sie wieder zu Upenyu gebracht wird.«

»Sie hätten nur etwas sagen müssen.«

»Im Nachhinein klingt das logisch, aber …« Ich dachte an die Situation mit Feza am Straßenrand. »Frau Kiwanika hat mich auf Knien angefleht, Sie nicht zu informieren. Es ging alles so schnell, und in dem Moment wusste ich noch nicht, dass uns Herr Kiwanika mit seinen Verwandten schon auf den Fersen war.«

Er zeigte auf die Frau im blauen Mantel neben ihm. »Ich habe übrigens jemanden vom Jugendamt mitgebracht.«

Sie reichte mir die Hand. »Doris Römer.« Ihre lockigen braunen Haare wirkten wie eine Frisur aus den Achtzigern.

Feza würde ausrasten, wenn sie das erfuhr.

»Haben Sie mich nicht richtig verstanden? Upenyu hat seine Tante aus Kenia einfliegen lassen, um die Beschneidung vorzunehmen. Feza war die ganze Zeit dagegen. Sie hat ihren Sohn zu der Entführung angestiftet. Sie wollte ihre Tochter nur retten.«

»Das werden wir noch prüfen. Warum ist sie nicht direkt zur Polizei gekommen?«, fragte Nienstedt.

»Aus Angst. Sie ist hier in einem fremden Land. Außerdem ist ihr Mann sehr dominant. Sie konnte ihn nicht einfach anzeigen.«

»Und dann lässt sie die Polizisten halb Deutschlands nach ihrer Tochter suchen?«

In dem Moment stürmten Feza und Mugambi herein.

»Da sind sie«, sagte ich.

»Wir werden mit den beiden sprechen, und Sie halten sich bitte noch zur Verfügung. Auch wir müssen uns noch unterhalten«, sagte Herr Nienstedt.

Feza rannte uns entgegen. »Wo ist Tshala?«

»Sie ist noch beim Arzt«, sagte ich.

»Wie schlimm ist es?«, fragte sie aufgeregt.

»Sie sollten doch auf sie aufpassen«, sagte Mugambi.

»Jetzt keine Vorwürfe«, mischte sich Herr Nienstedt ein.

Ich fasste Feza am Arm. »Es ist nicht so schlimm. Nur eine kleine Verletzung.«

Dann kam der Arzt heraus, und Feza durfte zu ihrer Tochter.

»Sie hätten nicht die Polizei rufen dürfen«, sagte Mugambi.

»Es war das einzig Richtige, und wir müssen uns jetzt erst mal unterhalten.« Nienstedt zog Mugambi zu einer Reihe von Stühlen und begann ihn zu befragen. Frau Römer stand immer noch neben mir.

»Was werden Sie tun?«, fragte ich sie.

»Ich werde gleich mit dem Mädchen sprechen.«

»Und dann?«

»Werde ich morgen früh mit dem Familienrichter telefonieren. Er wird darüber entscheiden, was mit ihr passiert.«

»Tshala muss bei der Mutter bleiben.«

»Eine Beschneidung ist kein Kavaliersdelikt. Dafür wandern die Eltern ins Gefängnis.«

»Aber die Mutter war dagegen. Die ganze Zeit. Es ist nur der Vater.«

»Wir müssen uns davon überzeugen, dass das Mädchen in Sicherheit ist.« Ihre Stimme klang kalt, und ihr Gesicht war starr.

»Glauben Sie mir. Bitte nehmen Sie Frau Kiwanika nicht ihre Tochter weg. Ich habe es ihr versprochen.«

Frau Römer sah mich mit ihren hellblauen Augen lange an. »Wir werden es überprüfen und Ihre Aussage berücksichtigen.«

»Danke.«

Als ich Lars sah, lief ich ihm in die Arme. Ich war so froh, ihn zu sehen, auch wenn ich ihn gebeten hatte, zu Hause zu bleiben. Wir ließen uns auf den Wartestühlen nieder.

»Das ist wirklich nur eine kleine Verletzung?«, fragte er und zeigte auf meinen dicken Verband.

»Ich hab alles gut überstanden. Und ich habe Tshala retten können. Sie wurde zwar verletzt, aber nicht beschnitten. Ihr geht es wieder besser.«

»Und du? Erst das Auge, dann der Arm. Was genau ist eigentlich passiert?«

Ich erzählte ihm von dem Kampf mit dem Vater.

»Ich finde es nicht gut, dass du dich so in Gefahr bringst. Es ist nur ein Job.«

»Du weißt, dass es für mich nicht nur ein Job war.«

Ich dachte an den Moment, als mein Vater mich gefunden und das erste Mal nach der Entführung wieder in die Arme geschlossen hatte. Meine Tränen durchweichten seinen Pullover. Ich wollte ihn nie wieder loslassen.

»Du hättest diesen Auftrag niemals annehmen dürfen.«

»Doch. Genau den musste ich annehmen. Nur ich wusste, wie es Tshala ging. Zumindest, wie es hätte sein können.«

»Aber …«

»Schhhhhh.« Ich legte meinen Finger auf seine Lippen. »Meine Entführung wird immer ein Teil meines Lebens bleiben. Und du kannst mich nicht vor allem beschützen. Hätten mich damals nicht die Russen entführt, wäre ich nicht zum Boxen gegangen und hätte Marlene nicht kennengelernt. Dann hätte sie mich nicht auf die Party mitgeschleppt, und wir hätten uns niemals getroffen.«

»Dann bin ich froh, dass es so gekommen ist.« Er schlang den Arm um meine Schulter und drückte mich an sich. »Ich hoffe nur, dass nicht jeder deiner Aufträge ein Entführungsfall ist und dass es nicht immer so gefährlich wird.«

»Versprochen«, sagte ich und lehnte den Kopf an seine Schulter.

Nach ein paar Minuten kam Herr Nienstedt zu uns. »Wir werden hier jetzt Feierabend machen.«

»Was ist mit Tshala?«, fragte ich ihn.

»Die Ärzte wollen sie bis morgen früh hierbehalten.«

»Und dann?«

»Der Familienrichter wird morgen entscheiden, was mit Tshala geschieht. Frau Römer geht davon aus, dass sie zu ihrer Mutter zurückkann. Herrn Kiwanika und seine Verwandten haben wir gefasst. Die sind jetzt vorläufig festgenommen.«

»Das ist gut.«

»Ich erwarte Sie mittags auf dem Revier. Ich werde Ihre Zeugenaussage aufnehmen.« Er schaute auf seine Uhr. »Sagen wir um vierzehn Uhr?«

»Kann das nicht bis Montag warten?«, fragte Lars.

»Leider nicht.«

»Ich werde da sein«, antwortete ich.

Nachdem ich mich von Feza, Mugambi und Tshala verabschiedet hatte, verließen Lars und ich das Krankenhaus.

»Dein Vater hat heute Abend angerufen und sich erkundigt, wie es dir geht und wie dir der Job gefällt.«

Ich lächelte. »Ich werde ihn morgen zurückrufen.«

Danksagung

Ich danke allen, die zur Entstehung dieses Romans beigetragen haben, insbesondere den Teilnehmern meiner Romangruppe (Anja Wedershoven, DERHANK, Ludolf von Rüden, Marika Bergmann), die den gesamten Prozess vom Plotentwurf bis zum Feinschliff begleitet haben. Außerdem danke ich Ralf Keller, der mir eine Einführung ins Boxen gegeben hat, und Ngole Pemba, die mir vom Leben im Kongo und den Schwierigkeiten des Alltags als Afrikanerin in Deutschland erzählt hat.

Nicht zuletzt danke ich auch Dr. Hanna Stegbauer für das tolle Lektorat.

Anmerkung

Beschneidung ist immer noch ein aktuelles Thema. Nicht nur in Afrika werden Kinder an den Genitalien verstümmelt, sondern auch in Deutschland leben laut Schätzungen der World Health Organization mindestens 30.000 betroffene Mädchen und Frauen. Mindestens 5.000 Mädchen laufen Gefahr, diesem Ritual ausgesetzt zu werden. Diese grausame Praxis ist eine schwerwiegende Körper- und Menschenrechtsverletzung, welche gravierende gesundheitliche und seelische Folgen hat und nicht selten zum Tod führen kann.

Quelle: Integra. Deutsches Netzwerk zur Überwindung weiblicher Genitalverstümmelung. www.netzwerk-integra.de